覆雨翻雲

黃易 作品集 卷四

【修訂版】

【目錄】

第一章 紅日法王

第一章　紅日法王

方夜羽站在大花園裏亭內寵斑觀蝶的那位置，不住接聽流水般傳來的報告。被范良極打傷了的「萬里橫行」強望生，坐在亭內的石椅上，看著石桌上一碗濃黑的藥湯面冒起來的騰騰熱氣，臉色蒼白，可見范良極那一下實是傷得他不輕。里赤媚則優閒地在亭旁花叢裏的小徑漫步，細意觀賞幾盆開早了的蘭花，似乎再沒有其他事物更能引起他的興趣。

強望生咕噥道：「怎會找不到韓柏？」

方夜羽微微一笑道：「不是這小子難抓，而是范良極那老傢伙難找，秦夢瑤若非知道有范良極在附近照應韓柏，也不會輕易讓里老師離去。」

強望生有點不滿地看了遠處的里赤媚一眼，提高了點聲音道：「以里老大魅變之術，誰可攔得住他？只要當時給韓柏多加一掌，不是所有問題都解決了嗎？」園內的里赤媚對強望生的話置若不聞，伸手摘起一朵蘭花，送到鼻端用心地嗅著。

方夜羽道：「秦夢瑤加上不捨，恐怕師尊也要有三分顧忌，里老師又中了韓柏那小子一腳，若再加上一個范良極，任誰也要忍著不動手。所謂退一步海闊天空，只要韓柏仍在武昌，我們遲早可把他挖出來。」

強望生聽到范良極三個字一雙眼像要噴出火來，剛想罵上幾句，里赤媚那柔柔韌韌，不溫不火的招牌聲音傳過來道：「老四！內傷最忌動氣，傷藥最怕冷飲。」

強望生呆了一呆，深吸一口氣後，平靜下來，舉碗「嘟嘟」的把藥湯喝個乾淨。

方夜羽皺眉苦思道：「范良極究竟將韓柏藏到哪裏去了？照理若還有個逍遙艷姬，韓柏又受了傷，他們要躲起來眞不容易呀！」

這時又有手下進來報告，說完成了對城南區的搜索和調查，卻沒有任何發現，也沒有人見過可疑的生面人。

里赤媚拈起那朵蘭花，走入亭內，來到方夜羽旁，悠悠道：「他們會不會早溜出城外去了？」

方夜羽搖頭道：「我們的封鎖網如此嚴密，即使他們能逃出城外，也絕逃不過我們的眼線，除非……」

里赤媚道：「除非是他們能混在剛才府台蘭致遠的車隊裏，那是我們唯一沒有碰的出城隊伍。」

方夜羽道：「若范良極和韓柏眞是神通廣大至可差得動堂堂府台大人來掩護他們出城，我們也唯有輸得口服心服，但我很懷疑他們是不是有這種能耐？」

里赤媚點頭道：「雖然世事往往出人意表，怕也不會離奇至此。不過這事很快就可揭曉，你在官府的眼線應該很快有消息回報。」

話才說完，又有手下進來報訊，道：「府台那邊有話回過來，原來有外國來的特使帶著獻給朱元璋的名貴貢品途經武昌，所以蘭致遠親自押陣，送上一程。」

方夜羽一愕道：「哪裡來的使節？」那名手下道：「蘭致遠緊張得不得了，所以他身旁的人都不肯多說，知道的就是這麼多了。」

方夜羽揮退手下，向里赤媚道：「原來如此，看來應與范韓兩人無關。」

里赤媚同意道：「無論他們三頭六臂，也不能在事態忙急下化身變成外國使節，更沒有可能變出可令蘭致遠深信不疑的貢品和兩國交往的文書證明，所以兩人應仍在城內，我們耐著點性子吧！」

方夜羽沉吟不語。這人天性剛毅沉著，愈困難的事愈感到樂在其中。

里赤媚將手上蘭花拋到亭下的人造溪流裏，讓蘭花隨水而去，問道：「剛才我聽到怒蛟幫在秘密調動手上幾艘性能最佳、作戰力量最強的船艦，看來是準備援救雙修府，你是否準備和他們打場硬仗？」

方夜羽道：「調動船隻並非現在的事，早在幾天前浪翻雲離島後，怒蛟幫進入全面備戰的狀態，二十八艘最大的戰船均駛離了碼頭，不知所蹤，教我們完全猜不到怒蛟幫的佈局，只知道它們可以在我們意想不到的情況下突然出現。」

強望生調氣完畢，精神好了點，道：「若我們能將怒蛟幫的水師掌握在手裏，將可以把整條長江徹底控制住，對我們滅明興元的大業會有極大的助力。」

方夜羽道：「強老師說得一點不錯，現在天下黑道最少有一半落進我們手裏，但沒有了怒蛟幫，等於龍沒有了眼睛，何況怒蛟幫一日稱雄水道，我們一日不能展開反攻的行動，所以收服怒蛟幫，乃是我們眼前第一要務。」

強望生沉吟道：「我們是不是該等到攔江之戰後，才向怒蛟幫開刀。」

方夜羽臉上閃過極爲複雜的表情，嘆了一口氣，輕輕道：「假設師尊出乎我們意料地輸了，我們應怎麼辦？」

強望生呆了起來，顯是從未想過這可能性。連里赤媚亦爲之愕然，道：「龐老怎麼會輸！」

方夜羽道：「並非我們對師尊沒有信心，反之我比任何人對他更有信心，但既然我身爲復蒙主帥，身上繫著千千萬萬同胞的安危，我不能不設想每一個可能性。」頓了頓，續道：「明朝立國至今不過十多年，陣腳未穩，但每過一天，朱元璋的皇座便穩上一分，所以我們實應爭取時間，趁朱元璋仍在隔岸觀火的當兒，開展大業。」

強望生嘆道：「假設龐老肯出手，何愁大事不成？」

里赤媚失笑道：「假設？假設龐老不退隱二十年，再多十個朱元璋也趕不走我們，言靜庵這一招也不可不謂厲害至極矣。」

方夜羽微笑道：「再讓我作另一個假設，就是假設當年傳鷹放棄仙道的追求，轉而號召天下，我們是否仍能入主中原，也將是個大疑問。」

里赤媚收起笑容，神態仍是輕輕鬆鬆，閒話家常地道：「自上官飛創立怒蛟幫，以水戰起家，稱雄天下，朱元璋若非得他之助，也不能擊敗亦以水戰見稱的陳友諒。這次我們若與怒蛟幫正面對仗，無可避免也要和他們在江面湖上一決雌雄，豈非重蹈昔日陳友諒的覆轍？」

方夜羽道：「爲了對付怒蛟幫，我請到了怒蛟幫的死敵黃河幫助陣，不是沒有一拚之力，不過上策仍是希望進行『點』的打擊，只要能除掉凌戰天和翟雨時兩人，怒蛟幫將再不足懼，遲早會成爲我囊中之物。」

強望生奇道：「這些漢人難道不知我們的目的乃是要重返中原，爲何仍樂於與我們合作？」

方夜羽道：「這事微妙非常，以黃河幫爲例，幫主藍天雲乃陳友諒舊部，與朱元璋自是仇深似海，又因黃河隔斷南北，有如芒刺在朱元璋之背，故剷之不遺餘力，使黃河幫聲勢如江河日下，勢力日蹙，於是看到生存之道莫如愈亂愈好，所以這次我們向他招手，恰好正中他下懷，若中原回復四分五裂之局，說不定他還可以當上皇帝，你說他怎還有空計較我們是甚麼人？」

里赤媚一笑道：「看來夜羽早成竹在胸，那便告訴我，里赤媚可以幫上甚麼忙？」

方夜羽眼中爆起精芒，沉聲道：「我只希望里老師能在怒蛟幫進入鄱陽湖前，殺死凌戰天和霍雨時。」

里赤媚看他一眼後，望向亭外陽光漫天的花園，淡淡道：「放心吧！只要他們肯離開怒蛟島，我里赤媚有把握要他們永遠回不去。」

不捨的聲音悠悠傳去道：「何方高人大駕光臨。」

「叮！」再一下刃擊之音，一個年輕雄壯的聲音傳回來道：「怒蛟幫戚長征，到此來找少林馬峻聲討回一筆賬。」一邊說，一邊是兵刃交擊的連串音響逐漸移近。眾人齊齊動容，這戚長征竟能邊打邊說，且聲音清朗不斷，像平常說話般，只此已可知他功力遠勝攔路的眾門人。

不捨眉毛一聳，道：「放他進來！」

兵刃聲沉寂下去，一個虎背熊腰、健碩挺拔，面相豪雄，但看上去爽朗舒服，教人喜歡的青年，背插著長刀，龍行虎步走進廳內。他絲毫沒有因成爲了眾人目光的集中對象而有絲毫不安，灑然一笑，閃閃有神的眼光掠過全場，到了秦夢瑤美絕人世的俏臉上愕了一愕，眼瞳掠過精芒，才移了開去，最後來到馬峻聲身上，仰天一陣豪笑道：「馬兄見我戚長征今日安然在此，是否感到失望？」眾人聽他語氣，便知馬峻聲定是幹了對不起戚長征的事。

不捨皺眉道：「戚小兄可知這廳內正舉行八派的重要會議……」

戚長征哈哈一笑，打斷不捨道：「我就是要揀這時候來，好將馬峻聲的所作所爲，讓自命正道的人知道。」頓了一頓，忍不住望向秦夢瑤，抱拳道：「請問這位姑娘，是否就是慈航靜齋三百年來首次有傳人入世的秦夢瑤姑娘？」秦夢瑤淺笑點頭。

戚長征仰天一嘆道：「天下間竟有如此秀色，戚長征眞是大開眼界。」

換了第二個人來說這番話，眾人定會怪他色膽包天，不懂禮貌，而且不適合在這種情況下說，但戚長征語氣眞摯誠切，反使人感到他率直坦白的可愛性格。

謝峰心中一動道：「戚小兄與馬峻聲有何過節，何不爽快說出來。」

戚長征眼光再落在馬峻聲臉上，冷笑道：「枉我還當你是個肝膽相照的朋友，將我們的行蹤全盤奉上，希望你能爲我請來援兵，但我們得到的是甚麼援手？就是莫意閒和談應手張開了的虎口，馬峻聲！你有何解釋？」

「砰！」謝峰拍几而起，厲聲道：「馬峻聲！你還有甚麼話要說？」

眾人心中感嘆，又怎會這麼巧，剛剛秦夢瑤還在質詢馬峻聲以甚麼條件向孤竹換回韓柏，這戚長征便來興問罪之師，不用說也知是馬峻聲向孤竹洩露了怒蛟幫一眾的行蹤，讓莫談兩人知道應在何處守候他們，難道眞是天網恢恢，疏而不漏？假若馬峻聲曉得秦夢瑤其實並不知他和孤竹的對話，可能還會狡辭強辯，現在卻知道說甚麼也沒有人會相信。他原本以爲這次必能因缺乏眞憑實據而安然過關，豈知事與願違，說到底都是因爲韓柏未死，可知人算還是及不上天算。

雲清站了起來，向不捨和謝峰各施一禮後道：「這事現在清楚明白，雲清要離此回觀了。」語氣中帶著一股心灰意冷的味道。她此次來韓府，本打算看能怎樣助馬峻聲洗脫嫌疑，可是當知道她和范良極的關係極可能是由馬峻聲洩露出去給方夜羽知道後，才醒覺自己在馬家始終是個外人，一顆心頓時冰冷下來，而馬家兄妹這對從小被她寵大的孩子，竟幹出了這種劣行，她實在不忍再聽下去，再看下去。沒有人出言挽留，也不知可說些甚麼來挽留她，唯有以目光送著她的背影消失在廳門處。

戚長征一聲悶哼，將各人眼光吸回他身上。「鏘！」戚長征大刀出鞘，冷然道：「三年前渡頭一戰，戚某以半招落敗，今日很想再試試馬兄的劍，是否仍有昔日的雄風？」馬峻聲臉色陰沉至極點，沒有答話。

不捨輕嘆一聲，往謝峰看過去，謝峰會意，微一點頭，坐回椅裏，心中湧起一股奇怪的情緒，夾雜對自己比不上不捨的失望和對死去兒子的失望，忽地意興索然，馬峻聲的生死也像與他再沒有半丁點兒的關係了。馬峻聲牽涉到鷹刀的去向，那已不再是少林和長白兩家的事，也不只是八派內部的事，而是牽連到中原和西藏武林的大事了。

不捨肅容道：「峻聲跪下！」

馬峻聲臉色數變，緩緩走到廳心，跪了下來。戚長征大感沒趣，刀收背後，立在一旁。

不捨聲音轉寒道：「不捨以門法令執行者身分，宣判刑罰，你雖沒有親手殺人，但包庇凶手，又冤枉好人，幸好對方吉人天相，未致冤死獄中，由今天起，本僧正式將你逐出師門，並追回武功，你可還有話說？」

眾人都默然不語，體諒出不捨的心意。說到底，謝青聯之死，只是在爭奪鷹刀之事上輸給了馬家兄妹，與因小故被蓄意謀殺不可相提並論。而且馬峻聲乃知道鷹刀去向的人，勢必成爲天下覬覦鷹刀者的共同目標，不捨自不能一掌將他打死。把他逐出門牆，少林和他劃清界線，以後兩不相干，避免了西藏和其他中原高手找上門來要人的煩惱。至於追回他的武功，便是要廢掉他二十多年苦修來的功力，對一個武人來說，那是比死還難過的一回事，這懲罰不可謂不重了。

馬峻聲垂頭道：「不捨大師，請動手吧！」他不稱師叔而直呼其號，顯然已不認是少林門下。眾人聽他聲音冷靜，不由都暗呼他有種。

不捨嘆了一口氣，正欲動手，忽地神情一動，往廳頂望上去。幾乎是同一時間，秦夢瑤喝道：「小心，上面有人！」廳內眾人無不駭然大驚，要知這裏高手如雲，又有秦夢瑤和不捨這類級數的高手，居然人來到廳上才有所覺，難道來者竟是龐斑？浪翻雲？又或之前曾出現過的「人妖」里赤媚？甚至是被懷疑在幕後指使的「鬼王」虛若無？

「轟！」廳頂瓦面破了個大洞，隨著陽光灑下的是無數礫石瓦片，雨點般罩射下來，獨有馬峻聲跪處連半點碎屑也沒有。戚長征離馬峻聲最近，一個箭步飆前，長刀往馬峻聲點去，不是要殺他，而是要制他的穴道。眾人怒喝聲中，兵器紛紛離鞘，但要先擋開疾射下來的瓦石碎片，武功較次的人已頭破血流，可見對方的氣勁是如何驚人。不捨暗吸一口眞氣，運勁震開激射下來的碎瓦，離座飛起，一縷輕煙般朝馬峻聲掠去。秦夢瑤古劍出鞘，在頭上化出重重劍芒，騰空而起，往廳頂的破洞沖空而上，姿態美妙得無以復加。這時馬峻聲拔出長劍，「鏘鏘」連擋戚長征迅若奔雷的兩刀，這對冤家終於再次動手。

紅影一閃，一個人由大洞疾落而下，速度之驚人，連秦夢瑤也撲了個空，落下處剛攔著不捨的去路，一掌往不捨印去。不捨這才看清楚對方是個身形雄偉，鬚眉全老得花白了的喇嘛，印來的手掌開始時並無異樣，但在印過來那眨眼的工夫裏，手掌由白轉紅，由小變大，知道對方掌上功夫必有獨到之處，一聲長嘯，劍到手內，劈在對方血紅的大手上。「噹！」的一聲，如中金石。不捨悶哼一聲，飛退往後，以化開對方掌上傳來那怪異無比的內勁。那紅衣喇嘛也「咦」了一聲，隨勢飄飛開去，到了馬峻聲身後，恰好這時馬峻聲給戚長征殺得全無還手之力，眼看落敗在即，給那喇嘛攔腰抱起。戚長征眼前一花，馬峻聲變了那喇嘛，忙全力一刀劈出。那喇嘛眼中精芒一閃，也不知使了甚麼手法，一指彈在刀鋒處。戚長征虎口一震，差點拿不住刀，駭然下叫了聲「好傢伙」，退了開去，那紅衣喇嘛早反身撞入了古劍池冷鐵心和一眾門下弟子的人叢裏。

秦夢瑤雙腳在橫樑一勾，掛在那裏，緊盯著在人堆裏縱橫捭闔的喇嘛。不捨再掠過來，豈知迎頭黑影壓來，心中一嘆，伸手接過，原來是古劍池主冷別情的掌上明珠冷鳳，把她放在一旁時，那喇嘛已挾著馬峻聲在古劍池眾人的人仰馬翻中，沖天而起。秦夢瑤凌空攔截，喇嘛一聲長笑，將馬峻聲像兵器般揮出，迎向秦夢瑤電射而至的長劍。秦夢瑤一聲嬌叱，硬將劍勢收回，飄回地上。喇嘛再將馬峻聲往上揮起，借勢像一支箭般往上疾升，「砰」一聲撞破了廳頂另一個大洞，帶著一天碎瓦，長嘯而去，聲音迅速由近而遠。眾人看著瓦背撞後灑下的碎石塵屑，呆在當場。一直沒有動手的楊奉一聲大喝，穿洞追去。這時謝峰手上仍托著個古劍池的弟子。喇嘛的嘯聲由小變至再不可聞。

「砰！」冷鐵心連退兩步，坐倒椅上，噴出了一口鮮血，搖頭道：「眞是高手！」

不捨環目一掃，見到雖有弟子倒在地上，但都是給這喇嘛運勁震飛，阻擋其他高手，受的只是皮外之傷，也可以說是對方手下留情，稍微放下心來，向秦夢瑤望去。

秦夢瑤點頭道：「是的！這就是北藏第一高手紅日法王。」

不捨望著廳頂的兩個大洞，兩束陽光透洞射了下來，心中嘆道：「鷹刀出世了，不知又會給這早已煙雨迷途的江湖，帶來甚麼樣的災難呢？」

黃昏。位於鄱陽湖西南的南康府一所妓院的靜廳內，乾羅安閒地坐在椅內，右手托著茶盅，左手用盅蓋撥著茶面的幾片嫩葉，喝了一口濃香的雨前龍井。另一名相貌堂堂，精神奕奕，一身華麗絲質儒服，三十來歲的男子，垂手立在他左側處，神態虔敬。

乾羅臉上不覺半點長途跋涉的疲累，無限享受地再喝了一口清茶，將茶盅放在腿上，用雙手捧著，讓茶熱由盅身傳進雙手和腿內去，像在感受著寶貴的生命，望向那男子奇道：「小章！爲何你不坐下來？」

那喚小章的男子肅然應是，將茶几另一邊的椅子拉得側了少許，才敢坐下，以示不敢和乾羅並排而坐。這李少章是南昌最有勢力的武林大豪，手中有幾間賭場和妓院，在江湖上也頗有點聲望，想不到竟是乾羅佈在暗處的一著棋子。

乾羅道：「外面有甚麼最新的發現？」

李少章恭敬地道：「最轟動的事，莫如卜敵的五艘戰船在九江附近給風行烈燒了，弄得狼狽非常，連魅影劍派有刁項助陣的大船，也給風行烈駕走了，刁項眞是丟臉丟到了家。風行烈這小子恁地了得！卜敵也眞大意，大張聲勢，怕他怎麼也想不到會這樣落個灰頭土臉。」

乾羅心頭掠過戚長征直率爽朗的面容，微微一笑道：「果然不出我所料，方夜羽要向怒蛟幫開刀了。」

李少章一愕道：「卜敵去的地方似是鄱陽湖，與遠在洞庭的怒蛟幫有何關係？」

乾羅含笑看著他，頗有考較他智力的味道。李少章皺眉想了想，「呵！」一聲道：「我明白了，但……但是卜敵憑甚麼可引怒蛟幫離洞庭而來，何況……何況怒蛟幫有浪翻雲在，魔師龐斑在攔江之戰前又肯定不會出手，方夜羽怎蠢得去惹他。」

乾羅嘿然道：「你也犯了我同樣的錯誤，就是低估了方夜羽。」說到這裏，眼睛往廳門望過去，低喝道：「老傑！你來了。」

廳門像被一陣風般吹了開來，再人影一閃，一個高大冷峻、滿臉風霜皺紋的高大老人，跪在乾羅身前道：「少爺！我來了！」

乾羅伸手扶起這年紀比他大上二十年的忠僕，洪聲大笑道：「四十年了！我們不見足足四十年了！今日相見雖非代表甚麼好事，但見到面總是令人欣悅非常，老傑你身體好嗎？」

老傑雖弓背縮頭，仍比乾羅高上半個頭，神情冷靜沉穩，銳利的眼神先掠過站了起來拱手為禮的李少章，轉向乾羅道：「只要少主健在，天大的事情我們也可以架得住。」

乾羅向李少章道：「小章，你來見過老傑，假使天下間要我乾羅找一個可真心信賴的人，必是他無疑。我一身武功雖來自家傳，但若非老傑自幼在旁提點，也不會有今天的成就。」

李少章聞言震驚，暗忖乾羅實是老謀深算之至，竟可把這樣一個厲害人物，藏在暗處四十年，半點風聲也不漏出來。忙再恭敬施禮。老傑冷冷看著他，神情倨傲冷漠。

乾羅道：「少章是我自小收養的孤兒，忠誠方面絕無問題。」老傑臉上這才露出半點笑意，微微點頭，算是回禮。

李少章知道眼前這老人乃半個乾羅師父的身分，對方雖只微露善意，已感受寵若驚，神態更是恭謹。乾羅示意兩人分左右坐下，李少章又親自爲老傑遞上香茶，三人繼續商議。

乾羅續回先前的話題道：「方夜羽這小子必有妙法引開浪翻雲，否則絕不會貿然向怒蛟幫挑戰。」轉向老傑道：「對方夜羽的實力有甚麼寶貴情報？」

老傑沉聲道：「方夜羽的實力，主要來自三方面，一是魔師宮本身的班底，這批人都是由柳搖枝和花解語兩人從域外和中原各地精心挑選出來，加以訓練，所以名雖不見經傳，但都是一等一的好手，兼且擅長合擊戰陣之術，又不用自重身分，故縱使是一般高手，遇上他們也非吃虧不可。」

只聽這一番分析，李少章便知道這老傑手上有個龐大的情報網，由此推知，這人亦必握有強大的實力，足可助乾羅東山再起，至此不由更對乾羅四十年前便放下這暗樁的深謀遠慮，感到懾服。

乾羅想起了絕天滅地兩人，點頭道：「老傑說得一點沒錯，我曾和魔師宮十大煞神中的兩人碰過頭，果是不可輕忽視之。」能得乾羅如此評價，絕天滅地兩人若知道必欣喜非常。

老傑續道：「第二方面的實力來自蒙古和西藏。蒙人自以當年逃回去的五大高手爲首，其中的人妖里赤媚武功直逼魔師龐斑，雖仍有一段距離，卻是相差不遠，中原除了少爺等寥寥數人外，怕沒有人足當他對手。新一輩的蒙古好手雖尚未有人露臉，但可猜想必有一二傑出之士，實力不容輕侮。」

乾羅哈哈一笑道：「若非方夜羽手下實力驚人，哪來膽子挑戰中原武林？」頓了一頓道：「西藏武功高者都是喇嘛之輩，這些禿奴終年潛修密法，正因如此，他們武功雖高，亦不足懼，蓋皆難得有興趣到中原來爭霸。」

老傑道：「他們是否有人到中原來，很快便可揭曉。」

李少章一呆道：「聽傑老之言，似乎聽到了點有關的風聲？」

老傑首次對李少章露出讚許的神色，點頭道：「據我在西藏的眼線傳回來的消息說，北藏的紅日法王和青藏以護法爲己任的四密尊者，均已秘密潛入中原，可惜我仍未能探到他們的行蹤，只從這點，可知掩護他們的人定是方夜羽無疑。」

李少章禁不住嘆道：「傑老的推斷確是精到，因爲這批喇嘛若非得方夜羽掩護，以如此礙眼的形相，怎瞞得過中原武林的耳目？」

乾羅搖頭笑道：「方夜羽這小子也算厲害，連紅日也請得動，眞不知他使了甚麼法寶？紅日啊紅日！我乾羅倒要秤秤你有多少斤兩，是否名實相副？」

老傑神色凝重道：「據說此人成就上追當年的蒙古國師八師巴，雖或未能比得上龐斑，但……」

乾羅揮手道：「中藏武林仇怨深若汪洋，遲早也得見個眞章，快一點實比遲一點好，乾羅能適逢其會，雖死無憾。」

老傑一聲長笑，豪情蓋天，軒眉喝道：「好！不愧乾三公子的好兒子，我老傑就拚了一身老骨頭來陪少爺玩玩。」

李少章給兩人激得熱血沸騰，朗聲道：「別忘了算上我李少章一份兒！」

乾羅望向李少章，眼中掠過慈和之色，微笑道：「少章你有妻有兒，生活美滿，縱使你要跟我涉險江湖，我也絕不容許，況且你留在暗處，對我們的幫助會更大。」

李少章從未被乾羅以這種眼神望過，心頭一陣激動，哽咽道：「城主……」

乾羅佯怒道：「休要婆婆媽媽，我意已決。你不如專心多生兩個兒子，好好栽培他們，將來再告訴他們我和龐斑的故事。」轉向老傑道：「方夜羽還有甚麼人？」

老傑道：「方夜羽第三方面的人，情況要複雜多了，雖都是中原武人，卻包括了被官府通緝，受江湖唾棄的劇盜殺手；或因各種緣故，受他收買或籠絡的門派幫會中人，最後則是他收降的黑道人物。」

聽到最後一句，乾羅仰首無語，好一會後黯然一嘆道：「葛霸和謝還盤兩人有沒有背叛我？」

老傑沉聲道：「應該沒有，據逃出來的少爺舊部說，葛霸被暗算身亡，謝還盤則不知所蹤，但若少爺出來振臂一呼，謝還盤必來追隨少爺。」

乾羅心中暗嘆，三年前與浪翻雲一戰，葛霸受了內傷，至今未癒；謝還盤則斷去右手，自己亦受了重傷，致大權旁落在易燕媚和自己一向不太信任的毛白意之手，否則方夜羽要策反自己的手下，談何容易。

老傑道：「有件奇怪的事，就是易燕媚離開了方夜羽，孤身沿江東來，一路留下山城暗記，看來……看來……」

乾羅眼中爆起奇怪的神色，沉思片晌，平靜地道：「她是來找我，你沒有動她吧？」

老傑道：「她行為反常，雖看上去並非陷阱，但我當然要請示過少爺，才會行動。」

乾羅對老傑的小心周詳大感滿意，點頭道：「燕媚燕媚，希望我沒有再看錯你。」兩人愕然望向他。

乾羅舉起茶盅，呷了一口茶後，淡淡道：「由今天開始，我們全面和方夜羽開戰。」

武昌。韓府門外。大街上行人稀少，縱有人走過，都是行色匆匆，趕著回家吃飯。不捨將秦夢瑤送至門外。

秦夢瑤微笑道：「大師請回！八派的人都在等著你。」

不捨搖頭道：「若秦姑娘不介意，小僧想再送一程。」

秦夢瑤沒有拒絕，走下石階，沿街緩緩而行。不捨落後尺許，默默陪著走。

走了十多步，不捨有點難以啓齒地道：「秦姑娘可否准小僧大膽問上一個問題？」

在夕陽斜照下，秦夢瑤俏臉泛著聖潔的光輝，露出笑靨道：「有甚麼話，大師勿要藏在心裏。」

不捨仰望天邊的紅霞，神情落寞，輕嘆道：「小僧生於蒙人藏僧橫行的時代，父母兄姊均慘死於他們之手，我幸得恩師營救，才得身免，避居少林，本以爲這一生都不會離寺下山，但恩師的死亡，卻改變了小僧的一生。」又再一聲輕嘆，喟言道：「恩師敗於龐斑之手，負傷回寺，當我們均以爲他會逐漸痊癒時，卻忽然仙逝，沒有留下隻字片言，那時我想到的只是，無論如何，我也要爲了恩師，爲了少林寺，除去龐斑。」

秦夢瑤知道不捨這番心底話，可能是自他師尊絕戒和尚死後，從沒有向任何人說過，心中也不由惻然，感到不捨隱然有視她爲紅顏知己之意。

不捨的語氣轉趨平靜，道：「那時小僧便想到，恩師的武功已達少林寺武學的最高層次，縱使小僧再待在少林，無論如何勤修苦練，最多也是另一個恩師，故此把心一橫，往外求之，唉！」

秦夢瑤自然知道他最後選了雙修府專講男女之道的雙修心法，以不捨這樣自幼清修的高僧，要他下一個這樣的決定，他內心的矛盾和鬥爭可想而知。

不捨沉吟片晌，道：「秦姑娘可知小僧爲何忽然提起這些陳年舊事？」

秦夢瑤目注不捨，搖頭道：「對別人來說，這些可能是陳年舊事，但對大師來說，卻永遠是歷歷如在目前，夢瑤說得對嗎？」

不捨目中閃過痛苦的神色，點頭道：「是的！所有這些事就像在剛才發生，揮之不去。好了！我送秦姑娘就送到這裏爲止。」言罷立定。

秦夢瑤輕移數步，才轉過頭來道：「大師先前不是想問，爲何我故意不攔阻紅日法王擄人而去嗎？」

不捨微微一笑道：「因爲小僧忽然想到了箇中原因，事實上小僧也沒有全力出手，只不過和秦姑娘不眞正出手的原因或者略有分別。」

秦夢瑤別有深意地望了不捨一眼，恬淡地道：「大師不肯全力以赴，是否希望紅日法王爲了要找尋鷹刀，無暇他顧呢？」

不捨眼中射出讚賞的神色，坦然道：「小僧是純從利害關係的角度出發，因爲小僧昨晚接到密報，卜敵率著紅巾盜和一批黑道高手，往雙修府進發，這事小僧縱然明知是方夜羽佈下的陷阱，也不能不踩進去，沒有了紅日法王這種可比擬龐斑或浪翻雲的絕代高手，對小僧自是有利得多。」

秦夢瑤美目閃起異彩，默思片刻，道：「夢瑤也有一個問題想詢問大師？」

不捨奇道：「秦姑娘請說！」

秦夢瑤道：「那天柳林之會，龐斑走時，大師有的是攔截龐斑的機會，只要你們動上了手，夢瑤不管如何也不會介入，爲何大師卻放過了那千載一時的良機呢？」

不捨愕然自問道：「是的！爲何小僧會放過那機會？」

秦夢瑤代答道：「因爲大師的心裏面有兩個不捨，一個是爲了師門和白道武林，下定決心不顧一切擊殺龐斑的不捨；另一個不捨卻是你眞正的自己，一個不願乘人之危，並且不計生死，也要光明正大，轟轟烈烈和大敵決一死戰的不捨。最後仍是眞正的不捨勝了。」語罷轉身慢步而去。

看著她逐漸遠去的優美背影，不捨的神情更落寞了。這次到雙修府去，會不會見到自己最怕碰見的「她」呢？

天已入黑，烏雲密佈，眼看就有一場大雨。

谷倩蓮和風行烈兩人，悄悄由北郊進入乾羅所在的南康府，趁著夜色，來到位於府北一個幽林內，林內有座僻靜的齋堂，隱隱透出燈火。

谷倩蓮鬆了一口氣，一把拉著風行烈的手，輕輕道：「一切無恙！來！讓我們由側牆進去。」

風行烈早習慣了谷倩蓮這種對男女之防毫不避嫌的作風，但要他如此貿然闖入這自己一無所知的避世靜所，卻大感猶豫，皺眉道：「你若不告訴我進去幹甚麼，我絕不會進去。」

谷倩蓮嗔道：「休要如此婆媽，隨我來！」大力一拉，拖著風行烈轉到左方的側牆，扯著風行烈往牆頭躍上去。

風行烈當然可將谷倩蓮反拉回來，但這樣做可能會使谷倩蓮眞氣逆轉，致受內傷，無奈下唯有提氣飄身，隨她躍上牆頭。谷倩蓮像打了場小勝仗般，得意地瞄他一眼，放開他的手，躍落內院側的空地上。風行烈自知鬥她不過，苦笑搖頭，躍落她身旁。

谷倩蓮一手按著他肩頭，身子貼了過來，把小嘴湊在他耳邊，輕輕道：「我帶你去見一個人，無論她對你說甚麼話，又或如何不客氣，你都不要放在心上，更不要怪她，唔！你要先答應我，我才可以帶你去見她。」

風行烈雖是好奇之心大起，仍氣得忍不住哂道：「你最好弄清楚一點，是你要我去見她，而不是我要求見她，所以我並不需要答應任何條件。」

谷倩蓮跺足道：「你是不是男子漢？一丁點要求也不肯讓讓一個小女孩兒家？」

風行烈心頭一軟，搖頭苦笑，卻沒有再出言反駁。谷倩蓮喜道：「我當你是答應了，隨我來！」帶頭由齋堂側往後座走去。

風行烈瀟灑地聳聳肩膊，放開一切顧忌，追在她背後，繞過前座。齋堂原來佔地極廣，前座大院後另有一條幽徑，穿過一個樹林，通往後院。幽林小徑盡處是另一座三進的院落，庭院深處隱有敲打木魚的聲音傳出來，使人塵心盡洗。谷倩蓮一個勁兒推門入內。十多個老婆婆正忙碌地工作著，有些在包接著元寶冥紙，一些則在縫補衣物，見到兩個不速之客闖進來，都抬起頭，驚異地朝他們望去。

谷倩蓮盈盈一福，微笑道：「各位婆婆好！」

「哼！」一聲悶哼，來自堂內一個角落。風行烈正大感尷尬無禮，聞聲往悶哼傳來處望去，只見一個面容冷漠的胖婆婆，像一堆肉團般擠在一張靠牆的扶椅上，在如此秋涼的天氣裏，手上仍輕搖著把大蒲扇，一對精光閃閃的眼，直盯在他身上。其他婆子聞聲都垂下頭去，繼續先前的工作，就如風谷兩人從沒有進來那樣。谷倩蓮回頭向風行烈嘻嘻一笑，又甜又嫵媚，然後往那搖扇的胖婆婆走過去，蹲在她身旁，嘴巴在她耳邊說個不停，又快又急。風行烈給那胖婆子驗屍般上下看得大感不自然起來，乾咳一聲，便想退出屋外。那胖婆子眼中露出些微笑意，站了起來，身高竟比得上軒昂的風行烈，活像一座大肉山。

谷倩蓮向風行烈招手道：「不要像呆子般站在那裏，過來吧！」

風行烈大不是味道，唯有走了過去，正以爲谷倩蓮要爲他引見時，胖婆子一言不發，轉身往後堂走去，谷倩蓮再向他招手，隨著去了。風行烈沒有辦法，只好跟在兩人背後，進入後堂。後堂地方大得多了，是個清雅的佛堂，供奉著一尊淨土佛和分列兩旁的十八羅漢，佈置淡雅，佛前的供桌燃著了一爐香，輕煙裊裊升起，把兩旁的長明燈火籠罩在一個不眞切的天地裏。風行烈不敢踏足鋪在佛座前的地氈上，由側旁繞過佛座，這時谷倩蓮和那胖婆子已從佛座後的裏門，走出佛堂去。木魚聲有規律地從門外不遠處傳來。風行烈踏出門外。

木魚聲忽地停了下來。風行烈心中懍然，佛堂後是另一所呈長方形的靜室，由一條約百步之遙的碎石徑將兩座建築物連接起來，這麼遠的距離，敲木魚者竟像知道有人來臨般，就在他腳踏碎石徑的同時，停止了敲木魚；只從這點，即可知對方是個超卓的高手。究竟是誰？谷倩蓮爲何要帶自己來見對方？

這時谷倩蓮在靜室門前停了下來，只有那胖婆婆一人緩緩推門而入，消失門內。風行烈來到谷倩蓮身旁，待要相詢，谷倩蓮將食指按在唇上，作了個噤聲的表示。好一會後，那胖婆婆走了出來，冷冷望了風行烈一眼，一句話也沒有說，繞過兩人，逕自往原路走回去。風行烈大感摸不著頭腦，望向谷倩蓮。

谷倩蓮如釋重負地鬆了一口氣，低聲道：「可以進去了！」

這回輪到風行烈猶豫起來，正要出言推拒，谷倩蓮已伸手過來抓著他的衣袖，眼中射出令他心軟的懇求神色。風行烈苦笑搖頭，隨著她穿過敞開的門，進入靜室。上等檀木的香氣充盈著整個靜室。室內的長方形空間出奇地長而廣闊，長度至少是寬度的四倍，感覺上頗爲怪異。寬廣的長室盡處，蒲團上坐了一個身穿尼姑袍的長髮女人，面向著盡端全無他物裝飾的裏壁，伴著她的只有右旁一盞油燈，一爐檀香和左方一個木魚，予人寂寥靜穆的感覺。風行烈看到的雖是那個女人的背部，卻感到對方有種異乎尋常的魅力，如雲下垂烏光閃亮的黑髮，配著淡素的尼服，是如此地不調和，但又是如此地合成另一種吸引力，使他也不由想看看這有著無限優美背影的女子，長相生得如何？她究竟是誰？

谷倩蓮有點戰戰兢兢地躬身道：「夫人！」

長髮女子輕哼一聲，反手一揚，一道黑影朝著谷倩蓮飛去。事起突然，連風行烈也來不及應變。谷倩蓮剛抬起頭來，呆了一呆，黑影穿進了她精心結成的髮髻裏，使她頭上無端多了件飾物，原來是那夫人敲打木魚的小木槌。風行烈吁了一口氣，暗忖只是這一擲的時間和力道，這夫人毫無疑問可被列入一等一的高手。先不說谷倩蓮距她足有三十多步之遙，只是她拿捏谷倩蓮抬起頭那微妙的剎那，小木槌穿入髮髻的力道，已教人吃驚。尤其難得是她並沒有回頭，只是純憑聽覺辨到如此高難度的動作。谷倩蓮像受慣了這夫人的脾氣，一點驚容也沒有，但卻扮作可憐兮兮地動也不動。

那夫人冷冷道：「我早吩咐了你這小精靈不要再來，爲何你不但大膽抗命，還帶了一個臭男人來。」

風行烈還是第一次當面被人稱作臭男人，心裏大不是滋味。若非谷倩蓮哀求的眼神飄了過來，記起了她先前囑他不要介懷的話，怕不立即拂袖而去。

夫人又道：「小精靈你啞了嗎？爲何不說話？」

谷倩蓮眼角露出笑意，楚楚可憐地道：「我怕一說話，又會惹得夫人不高興。」

夫人微怒道：「你既沒有膽子說話，爲何又有膽子到這裏來？」

風行烈怕她又隨手拿起木魚或那盞油燈來丟谷倩蓮，不禁暗提功力，以作防備。

夫人立有所覺，哼了一聲，聲音轉回冰冷，道：「年輕人，若你要對付我，恐怕非亮出若海的丈二紅槍不可。」接著又嘆了一口氣，道：「放心吧！凝清是永不會和若海的徒兒動手的。」

風行烈呆了一呆，已知這女人是誰，難怪谷倩蓮有恃無恐地違抗禁令，帶自己到這裏來，仗著竟是他身爲厲若海徒兒的身分，因爲對方正是和厲若海有著微妙關係的上一代雙修府府主——雙修夫人谷凝清。他抱拳施禮道：「風行烈參見夫人！」

雙修夫人谷凝清幽幽一嘆，淡然問道：「令師可好？」

風行烈早知她接著問的必是這他不想被問及的問題，淒然一嘆道：「先師與龐斑於迎風峽一戰中不幸落敗，已歸道山。」

谷凝清默然不動，好一會才柔聲道：「若海死時，你是否陪在他身旁？」

風行烈給勾起了傷心事，心中一酸，強忍著要掉下來的熱淚，點頭道：「行烈當時正在他身旁。」

谷凝清緩緩道：「他有甚麼話說？」

風行烈的熱淚終忍不住，順著臉頰流了下來，仰天嘆道：「先師說『到了這一刻，我才知道自己是如何寂寞，人生的道路是那樣地難走，又是那樣地使人黯然魂消。生離死別，悲歡哀樂，有誰明白我的苦痛？』」

「哈……」谷凝清仰天一陣狂笑，又出奇平靜地道：「生離死別、悲歡哀樂、生離死別、悲歡哀樂！若海啊若海，二十年前我便看透了你的痛苦，無論你扮作如何堅強，也瞞不過凝清這個最愛看蝶舞雙雙，在你心中是只懂作夢的小女孩。」

風行烈想起往事，欷歔搖頭，忽地記起一事，低聲道：「行烈十七歲時，有日見到先師在書房內，欣賞著一幅繡著雙蝶飛舞的精美刺繡，不知是否夫人之作？」

一直看似平靜的谷凝清全身劇震，猛地轉過身來，仍保持著盤膝的姿態，面向著風行烈道：「你說甚麼？」

風行烈終於看到她的容顏，只見她掛滿了無聲淚珠的清麗俏臉，雙眼有如點漆，顧盼間使人魂消，不但不覺半分衰老，還多了谷倩蓮沒有的成熟高貴風韻，姿容之美，比之絕世無雙的靳冰雲也不遜色分毫。谷倩蓮反變成了旁人，看看谷凝清，看看風行烈，也忍不住掉下了晶瑩的淚珠來。

風行烈情緒平復了點，臉上露出回憶的神情，道：「當時我問師父，這塊刺繡是何家女子所製，師父罕有地嘆了一口氣，搖搖頭，沒有答我，但在我離開書房時，卻道：『好花堪折直須折，行烈你要緊記我這句話，機會一錯過了便永不回頭。』」

谷凝清閉上美目，全身劇震，喃喃道：「若海啊若海！當日只要你說一句話，凝清甚麼國仇家恨，復國大業，雙修大法也可棄之如敝屣，但爲何你連那句話都吝嗇不說呢？」言罷美目睜開，眼中閃著興奮的神色，但瞬間又被悲痛替代，如此悲喜交替，最後轉身向回牆壁，輕輕道：「倩蓮你帶風公子走吧！」

谷倩蓮急道：「夫人！我還有重要話兒想說！」

雙修夫人谷凝清柔聲道：「走吧！無論甚麼話，我現在都不想聽。」

谷倩蓮聽出她語氣中的堅決，吐了吐小舌頭，向風行烈使了個眼色，悄悄退出靜室外，順手掩上了門。風行烈跟在她背後，問道：「現在是否應立即趕回雙修府去？」

谷倩蓮搖搖頭，轉身向著靜室道：「夫人，倩蓮和行烈候在屋外，到夫人肯聽我說話時，再召我們進去吧！」言罷向風行烈扮了個俏皮的鬼臉，伸手指了指插在髮髻處的小木槌，表示在這裏不用怕再給谷凝清當活靶般擲來東西了。風行烈啞然失笑，又禁不住大皺眉頭，也不知要等到何時，才會被「召見」。念頭未已，一粒豆大的雨打在臉上，接著大雨嘩啦啦的落下來。

一艘中型的風帆在黑夜裏沿江而下。坐在船頭的是黑榜的無敵高手「覆雨劍」浪翻雲和「酒神」左伯顏之女左詩。

左詩喝完手上那杯酒，微笑道：「這酒很適合我，濃而不烈，醇香可口，多喝兩杯也不會醉。」

這時風帆剛到九江府，浪翻雲看著泊在岸旁過夜的陳令方那艘官船，淡然一笑道：「可惜要趕路，否則我可向老陳多借兩罈酒，讓詩兒你喝個痛快。」

左詩低頭輕笑道：「哈！老陳！」顯是感到浪翻雲說得有趣。

眼看風帆轉眼要越過渡頭，負責操舟的怒蛟幫大頭目范豹走了過來道：「浪首座！小人有事請示。」這范豹數日前奉命到達武昌，乃幫中年輕幫眾裏的特級好手，有獨立應付大事的能力。這次能爲浪翻雲出力，更是小心翼翼，不敢有失。

浪翻雲和聲道：「是否因天色轉壞，所以你想泊向渡頭，待風雨過後，才再起航。」接著望向左詩，想起她可能受不起風浪，點頭道：「看來只好如此！」范豹領命去了。

帆船往下游的渡頭泊去。左詩鼓掌笑道：「上天注定詩兒有酒喝了！」

剛才浪翻雲只是順口說說，想不到左詩卻認眞起來，看著她小女兒的情態，又首次親暱地自稱詩兒，對比起她以往楚楚帶愁的神情，眞是欲拒無從，遂長身而起，離船掠往岸旁，大笑道：「以酒賞雨，只是這念頭已使人心動，詩兒乖乖待在這裏，等待老陳的美酒。」

左詩有點失望叫道：「你不帶我去嗎？」浪翻雲早消失在岸旁的暗黑裏。

雙修夫人谷凝清的聲音從靜室內傳出來道：「小精靈你還不帶風公子進來？」

谷倩蓮大喜，拉著風行烈逃離風雨，進入室內。

谷凝清早轉過身來，神色平靜，道：「小精靈自幼給我和小女寵壞了，累公子你受了風雨，眞是抱歉！」

風行烈想不到谷凝清變得如此親切，連說不要緊。谷倩蓮看著他頭髮臉上的水珠，噗哧笑了出來。風行烈憤然往她望去，只見半濕的衣衫緊貼在她身上，將曼妙的曲線顯露無遺，頗想多看兩眼，但在谷凝清灼灼目光下，唯有視而不見，收回目光，可是谷倩蓮動人的線條，已深印在腦海裏，心中暗嘆一聲，自己是不是對靳冰雲用情不夠深，爲何和谷倩蓮在一起時，對靳冰雲那愛恨難分的感情，像淡了許多似的。

谷凝清冷冷道：「小精靈，你若不乘機把話說出來，我會將你再趕出去！」

谷倩蓮裝出惶恐的姿態，乖乖應是，才低聲道：「他快來了！」

谷凝清一震道：「他？」

谷倩蓮點頭道：「就是他！」

風行烈如丈二金剛摸不著頭腦，「他」究竟是誰？

谷凝清美目靈光閃閃，沉聲道：「你不要騙我，他怎敢來？難道不怕我殺了他嗎？當年我曾說過，若他回來，我定會殺了他。」

谷倩蓮神態回復平時的精靈活潑，嘻嘻一笑道：「不用夫人動手，自有人會殺他。」

谷凝清嬌軀輕顫，眼中閃過關切的神色，一呆道：「誰想殺他？誰殺得了他？」

風行烈猛然驚醒，已知道兩人說的「他」正是八派聯盟的頭號種子高手不捨大師，那封由谷倩蓮代雙修公主交給不捨的信，便稱不捨為「宗道父親大人」，不言可知不捨正是眼前雙修夫人的夫婿，想不到這超塵脫俗的高僧，竟有這麼一段糾纏不清的情緣冤孽。

谷凝清顯然對不捨亦是愛恨難分，自己既要殺他，但當聽到別人要殺他時又擔心起來。同時她亦想到不要看谷倩蓮詐痴扮呆，其實心思細密，單從方夜羽公然派人來犯雙修府，看出其中一著用意是要引不捨孤身前來，加以撲殺。因為這是私人之事，不捨勢不能、也不願意發動八派來助雙修府，所以此計確是毒辣周詳。

谷倩蓮嘆了一口氣道：「夫人塵心已了，最好聽都不要聽有關這假和尚的事，也不要理雙修府的存亡，以免擾亂了清修之心。」

谷凝清怒哼一聲，手一閃，果然抓起那木魚，眼看要擲向谷倩蓮，忽又改變主意，納入懷內，幽幽一嘆道：「小精靈你若不想我知道這事，為何又要來告訴我，你若不能給我一個滿意的答案，這個木魚會擲在你額上，壞了你那討人喜歡的臉蛋兒。」

谷倩蓮嘻嘻一笑，竟閃到風行烈身後，嬌嗲地道：「夫人你說過不會和厲若海的徒兒動手的，你若要傷我，行烈自會保護我，你便要和他動手了，所以你是傷不到我的。」

風行烈大惑不解，谷倩蓮剛才對谷凝清仍是戰戰兢兢，唯恐開罪了她，乖得不能再乖，爲何現在卻來個大轉變，竟施出拿手絕技，要弄起谷凝清來。

谷凝清不單沒有發怒，還露出見面以來第一絲笑意，搖頭嘆道：「你這小鬼頭，一點也沒有長進，姿仙難道對你一直也不加管教？」

風行烈至此恍然大悟，谷倩蓮實在厲害至極點，先以厲若海的死訊將谷凝清防守森嚴的感情堡壘衝破一個缺口，自己也恁地合作，告訴了谷凝清厲若海心中並非全沒有她的影子，使這風華絕代的女子的心死灰復燃，接著以不捨爲引，對那已破開的缺口再加衝擊，現在又以自己一向的頑皮搗蛋，勾起谷凝清想起昔日雙修府的歲月，步步進逼，確是高明的心理戰術。

谷倩蓮躲在風行烈背後道：「夫人不要想以溫和的態度引我出來，你的小精靈不會上當的。」

谷凝清有點啼笑皆非，向風行烈道：「你若不好好管束她，將來有得你受。」

風行烈臉皮一紅，不知應怎樣答她，忽地背脊癢癢的，原來谷倩蓮以手指在他背上寫字。他自然全神注意。谷倩蓮寫得很慢，先寫了個「女」字，然後在右旁寫個「家」字，合起來就是「嫁」。風行烈以爲她在提示自己應和谷凝清說些甚麼話，或提及甚麼事，感到是個「嫁」字後，知道必有下文，爲了不想給谷凝清看破，隨口道：「夫人爲何不在雙修府靜修，那處風光不是更勝這裏嗎？」

這時谷倩蓮又寫了另一字，竟是個「你」字，合起來就是「嫁你」。風行烈明知谷倩蓮既膽大包天，又對他情深一片，勢想不到她在這種情形下對自己坦白示愛，腦際轟然一震，迷糊間隱隱聽到谷凝清答道：「傷心地怎會留得住傷心人，谷凝清但願自己從未存在過。」

谷倩蓮從風行烈背後竄了出來，俏臉紅噗噗的，看也不敢看風行烈，向谷凝清道：「夫人回復正常了！」

谷凝清美目一瞪，手一揚，木魚化作一道黑影，剎那間來至谷倩蓮頭頂處。「噗！」一聲輕響，木魚撞在谷倩蓮仍深插髻內的木槌頭上，木魚和槌頭同時撞成碎粉，但剩下的槌桿卻動也沒有動。粉屑灑下，谷倩蓮吁出一口涼氣，兩眼翻上去，猶有餘悸地看著頭上劫後的餘景。

谷凝清嘆道：「小精靈你若想我回到雙修府去，實在提也不須提，我谷凝清有生一日，絕不回到那裏去。」

谷倩蓮大有深意地瞟了風行烈一眼，才向谷凝清道：「這個好商量得很，倩蓮今日來見夫人，並不是想求夫人回府，而是……」再瞟了風行烈一眼，才道：「倩蓮只是想夫人阻止小姐重蹈夫人昔日的覆轍。」

風行烈暗叫不好，谷倩蓮現在所說的事，隱隱似與自己有著關聯，這俏皮女詭計多端，又懂裝神弄鬼，自己眞不是她對手。唯一可以肯定的是，對方絕不會害他，不過只是這點並不能使他釋懷。

谷凝清愕然道：「我怎可教自己的女兒違抗先王的遺命？」

風行烈也是智慧靈通的人，想起谷凝清先前提到復國大業，現在又不稱先祖而稱先王，已約略猜到雙修府可能是某國的貴冑遺民，落難至此，甚至以雙修大法招婿，也是與復國之事有關。不由更留心細看谷凝清，只見她輪廓清楚分明，鼻樑比之一般中原女子特別高挺，雙目澄藍深邃，先前還以爲是她雙修心法的獨有現象，現在卻想到她可能帶著塞外民族的血統。難怪谷倩蓮如此爽直大膽，原來習染了塞外浪漫多情的風氣，在中原人看來自是驚世駭俗。

谷倩蓮轉向他盈盈笑道：「風公子請退避一會，倩蓮要和夫人說幾句私話，待會再詳細向公子稟上。」

風行烈哭笑不得，輕嘆搖頭，向雙修夫人谷凝清施禮後，退出室外去。

浪翻雲沿岸飛掠，陳令方的官船燈火通明，禁不住奇怪起來。陳令方一家大小平日養尊處優，當不慣舟船之苦，但看情形，卻沒有登岸度宿。況且以陳令方的身分，地方州府官員巴結唯恐不及，怎會不邀請他們回府以盛情款待，其中必有原因，心中一動，登上一所民房瓦頂，遙遙望去。只見官船岸旁守著百多名官兵，防衛森嚴。浪翻雲心中暗笑，自己和左詩一句戲言，想不到引來如此局面，唯今之計，只有神不知鬼不覺，摸上船去，偷他兩罈好酒，再悄悄退出來。想不到自己昨夜才做完「明賊」，今夜卻要做「暗賊」，這樣下去，偷雞摸狗的賊勾當必定愈來愈高明。打定主意，到附近摘了幾枝粗樹枝，除去多餘枝葉，來到下游遠處，大鳥騰空般飛向江裏，擲出粗枝，凌空提氣，一個翻身，往前飛掠，點在粗枝上，「颼」一聲貼著水面前掠，再拋出另一粗枝，借點力度鬼魅般沿著水面來到官船旁江上的暗黑處。官船旁泊著三艘快艇，都是燈火明亮，佈滿把守的兵丁，官船上亦隱見守衛的人。至此浪翻雲再無疑問，知道陳令方必是剛接到有人要暗害他的消息，否則沒有理由之前還登樓喝酒，現在卻作出如此大陣仗的防衛佈置。要知若要暗殺陳令方，最不智莫如在大江上進行，因爲這種官船亦是大明的戰船，有堅強的攻防能力，一般高手若要駕舟明來，恐怕未上船便被擊沉，空有一身武功也無所施其技，所以最佳的時刻，莫如趁船泊岸時進行偷襲。這時他也不由有點爲陳令方擔心，因爲對方不來則已，若來必會有足夠能力破開封鎖，進行刺殺。官兵看去雖是人多勢眾，威風凜凜，但可惜卻缺乏高手，應付不了敵人作「點」的強攻。若對方目標只是陳令方一人，他就更危險了。想到這裏，一沉氣，沒入江水裏。

當他再冒起頭來時，已潛過了船底，來到船頭處。浪翻雲施出天視地聽之術，不一會已對船上江上岸旁的形勢了然於胸，雙掌運勁，吸盤般吸著船身，倏忽間壁虎般由船身的暗影處爬了上去，來到船頭邊緣處。天下間的「盜賊」裏，除了盜賊之王范良極外，恐怕沒有人能以這樣高明的身法神不知鬼不覺登上船去，既能避開燈光的照明，又能藉船身的斜度，避開甲板上的監視。浪翻雲當然不會貿然翻上警戒森嚴的甲板上，將耳朵貼在船身上，凝聚耳力，瞬間整艘船裏裏外外的所有聲響，盡收耳底。換了一般耳目特靈的高手，縱能聽到由船身傳來的各種聲音，最多也是音質音量輕重不同，但像浪翻雲，又或以盜聽名震天下的范良極這類級數的高手，耳目之靈到了超凡入聖之境，可以將收進耳內的聲音重組，形成一個聲音的空間，一個音場，藉之定出聲音的關係和位置。所以一聽之下，浪翻雲對船上的防守形勢，已了然在胸。兩個人的足音由遠而近，最後來到頭頂處。浪翻雲精氣內收，避免對方中有天生特別敏銳觸覺者，「感」到他的存在。

頭上甲板處傳來一陣得意的男人輕笑聲，跟著低聲道：「陳老鬼的面子眞大，一句話傳過去，那小府官便連家中守茅廁的兵也調來保護他。」

另一人壓低聲音道：「眞不明白上頭打的是甚麼主意，既要老大殺人又要放出風聲，讓人防備。」

之前那人道：「不要胡思亂想了，只看陳令方尚未被召上京前，我們三人便給巧妙地安排當起陳令方的護院來，便知上頭計劃周詳，每一步必有後面的原因，我們依計行事便成。」接著低笑道：「區區一營官兵，怎能阻擋我們八友殺幾個飯桶護院和孺子婦人。哈！」接著兩人話題一轉，縱談著蘇杭一帶哪個窯子裏的姑娘床上功夫最好，愈說愈是不堪。

這時下面貼在船身的浪翻雲已失去了盜酒的「清興」，暗忖若陳令方被殺，必乃驚動到朱元璋的大事，其中當涉及京師錯綜複雜的權力鬥爭，掀起軒然大波，甚至有人因而擔上責任，設計這陰謀者可謂毒辣之極。浪翻雲心中嘆了一口氣，若非陳令方和他有一「酒」之情，這種官場的鬥爭他絕沒有興趣去管，但現在卻不能不理，便當作是用來換酒的報酬好了。立定主意，先迅速往上一望，記住兩人模樣後，往橫移去，對於此兩人的身分，早已有點眉目。他在船壁爬行的速度比壁虎還要靈敏快捷，眨眼間到了船側靠岸這邊。他不取靠江那邊而取靠岸這邊，完全是爲了捕捉一般人心理上的弱點。因爲靠江那三艘小艇，必會全神留意江上和船側的一動一靜，以防有人由江中攀上船去；反之岸上的守兵，留神的自是防止有人從岸上接近，於是疏忽了船這邊的形勢，更沒有那麼全神貫注。就在浪翻雲快要進入燈火集中處，在光暈的外緣處，浪翻雲探頭往甲板上望去。只見燈火通明下，船艙入口處站了四名衛兵和三名護院打扮的人物，正在低聲交談。浪翻雲微微一笑，泥鰍般遊上甲板，貼著甲板一閃，滑到艙側一堆粗索雜物裏，其中一個護院似有所覺，往這邊望來時，浪翻雲早影蹤全杳。護院不以爲意，繼續交談。浪翻雲心中暗懍，知道此人武功相當不錯，絕非屈於護院之流。原來一般人的視線雖只能看著一處地方，但眼側的餘光卻可感應得到任何在視域內出現的東西。武人經刻苦鍛練後，餘光的敏銳比普通人強勝以倍數計，浪翻雲竄出的角度，取的是那幾個人餘光不及之處，豈知這人也能感應得到，由此可推出他的武功深淺。亦因此知道此人當是剛才兩人所說三個內奸之一，於是更暗中記著他的樣貌。

船尾處整齊步聲傳來，顯是巡船的衛兵要往這裏來。對於船艦的結構，浪翻雲這自幼在湖裏江上長大的人，絕無疑問是個專家，想也不想，貼艙壁遊上甲板面二層艙樓的最上一層，由其中一個敞開的窗翻了進去。室內正如他進來前覺察到那樣，並沒有人，不過看佈置和鑽進鼻孔那淡淡的幽香，當知這是一個女子的房間，只不知是陳令方的妻妾或是女兒居所。室內一片黑暗，只從窗外透進了點燈光，不過對浪翻雲的銳目當然不會造成任何影響。在衛兵由窗下船側甲板巡過的同時，輕盈的足音在房外響起。浪翻雲聽出來者只有一人，不慌不忙，退在門旁。門開。一個身段修長美好的女子走了進來。她關門時，浪翻雲閃到她身後，當她關好門，再轉過來時，浪翻雲又已到了她背後。不要說那女子不懂武功，在這種光線下，縱使是江湖好手，除非達到了黑榜級高手的段數，否則休想能發覺連體溫也可以控制自如的浪翻雲些微影跡。女子心不在焉地來到房心處，站在黑暗裏，像是滿懷心事的樣子，不要說是浪翻雲，連個普通人站在她背後也不會知道。浪翻雲正想乘機拉門閃出去，女子忽地往後退過來。浪翻雲眉頭大皺，隨著往後移去，否則保證軟玉溫香，抱個滿懷。豈知女子直往後退，看來不碰上房壁，也不會停下來。浪翻雲當然不能從她左右側旁閃出去，唯有退至貼牆時，往上升起，用手掌發勁將自己懸空吊在房頂，還要曲起雙腿，以免對方撞在他的腳上。女子直退至背貼房壁，無力地靠在壁上。浪翻雲低頭望去，只見此女明艷照人，媚態橫生，身材又極爲惹火，看來是陳令方的姬妾，禁不住暗讚陳令方艷福齊天。女子闔上眼睛，睫毛一陣抖動，兩顆亮晶晶的淚珠掉了下來，香肩輕輕抽動，作著無聲的飲泣。浪翻雲憐意大生，不過這等官宦家族內的事，誰也管不來，趁著對方閉上眼睛，又迷失在悲哀的情緒裏，他無聲無息地躍往門旁，留心聽了聽，才開門關門，到了外面的長廊裏，兩邊壁上掛了幾盞風燈，照得走廊明如白晝。

「咔嚓！」廊道兩邊十扇門其中之一被推了開來，眼看有人要走出來，在這樣的光線下，連隻蒼蠅都逃不過別人的眼睛，何況是浪翻雲如此軒昂的一條漢子。浪翻雲不慌不忙，留神一聽後，搶前兩步，推開了右側那扇門，避了進去。房內几上點了一盞昏暗的油燈，床上垂下的蚊帳裏一個小孩擁被酣睡著，臉向著浪翻雲這邊，五官端正，目秀眉清。浪翻雲心中稱奇，這類官宦之後，最是嬌生慣養，肯獨宿者絕無僅有，只從這點可看出這小孩頗爲特別。

輕巧的足音在外面響起，一名女子的聲音道：「這次有得那騷狐狸受了，看老爺還要不要再寵她。」

另一女子道：「跌傷個腳伕有甚麼大不了，她偏要幫人包紮，肯定是春心動了，想摸摸其他男人。」

步聲遠去，接著是門戶開關的聲音，走廊外沉寂下來。浪翻雲一聽已知究竟，剛才暗室垂淚的女子必是最得陳令方寵愛，故招來其他姬妾之忌，甚麼事都拿來攻擊她，心中憐意大生，但卻是有心無力，也沒有那種閒暇去管別人的家事。蚊帳內微光一閃。浪翻雲知道是眼睛張開的亮光，暗叫不妙，往前搶去，掀帳而入，大手伸出，恰好將那醒過來張口要叫的小孩那張小嘴巴掩個正著。孩子掙了一掙，知道敵不過浪翻雲的力量，出奇地平靜下來，只拿著一對大眼盯著浪翻雲。浪翻雲柔聲道：「我是你爹的朋友，這次來是幫助你們，你相信我嗎？」孩子呆望著他，也不知信還是不信。

浪翻雲眼中射出憐愛的神色，微微笑道：「我放開掩著你小嘴的手，你會叫嗎？」孩子堅決地搖了搖頭。

浪翻雲讚賞地點頭，鬆開了手。小孩急速呼吸了幾口，輕輕道：「我知叔叔你不是壞人派來的。」這次輪到浪翻雲大爲奇怪，小孩看來年不過十二三，爲何會有如此高明眼力，問道：「你憑甚麼知道？說來給我聽聽。」

小孩天眞地道：「你掩我的嘴時，用力又輕又柔，就像小菊姊她們和我玩耍時那樣，況且你要害我輕而易舉，犯不著對我說好話。」

浪翻雲大爲驚異，正要說話，靈銳的聽覺捕捉到鄰房處一個女聲道：「老爺！朝霞是甚麼出身，我們大家心知肚明，你再不嚴加管束，將來做出甚麼敗壞門風的事，我看你的臉放在哪裏？」

陳令方的聲音道：「唉！男主外女主內，這家內的一切事都由你作主，你覺得朝霞做錯了甚麼事，便和她說個一清二楚，終日來煩我，弄得家無寧日，成何體統。」

陳夫人道：「這水性楊花的女人定是狐狸精轉世，每次我責罵完她，不是無端跌倒，便是有東西擲在我頭上，老爺自己去管她吧！」

這次連浪翻雲如此才智的人也聽不出所以然來，因爲怎能想到是范良極從中弄鬼。陳夫人又再嚕嚕囌囌，數說著朝霞的種種不是之處。

浪翻雲拍拍陳小公子的頭，聽準陳令方的位置，傳聲過去道：「陳老！我是浪翻雲，不要驚惶！」

陳小公子眼睛瞪得大大的，呆頭鵝般望著浪翻雲。浪翻雲知他對自己隔壁傳音之術大感驚奇，伸手按著他的小肩，繼續傳聲過鄰房道：「我現在於貴公子房內，你找個藉口過來，不要驚動任何人。」言罷向陳小公子微笑道：「你叫甚麼名字？今年幾歲？」

陳小公子爽快答道：「我叫陳念堯，今年十一歲。」接著瞪著他一瞬不瞬道：「爲甚麼隔著牆壁不住張嘴說話，卻沒有聲音發出來。」浪翻雲想要解釋，陳令方已推門而入。

浪翻雲從床沿站起身來，道：「客氣話不說了，我原意本想來借幾罈你的美酒，卻撞破了一個針對你的陰謀。」

陳念堯從床上跳了起來，投入他老爹的懷裏。陳令方摩挲著兒子的頭，眼中閃過驚異之色，道：

「陳某昨天辭別浪兄後，接到京城來的消息，知道覬覦我六部之位的敵對勢力，準備不惜一切，務要阻我上京，已派人南來，不過陳某既知他們有此陰謀，自不會教他們輕易得逞。」

浪翻雲搖頭嘆道：「陳兄中計了，虛者實之，實者虛之，假設我沒有看錯，這是一著嫁禍之計，針對的正是表面上最不想你任職此位的一方。」

陳令方一呆道：「在皇上跟前爲我爭取到這舉足輕重職位的乃當今紅人大統領楞嚴，他和我利益一致，沒理由……」

浪翻雲沉聲道：「陳兄聽過以小魚釣大魚的手法嗎？」

陳令方一愕，待要回答，岸上忽然傳來喧叫的聲音。浪翻雲一閃來到窗前，往外望去，只見近岸處兩所民房熊熊燒了起來，迅速蔓延，只看火勢既狂猛又突如其來，便知這火起得有問題。陳令方抱起兒子，來到窗前，不過既有浪翻雲在身旁，除非來者是龐斑，否則連半分擔心也是多餘的。守在岸旁的官兵雖有重任在身，但卻不能見死不救，分了一半人前往救火，其他人全亮出了兵器，守得碼頭近著官船一帶水洩不通。

「砰！」門推了開來，守在艙門外引起浪翻雲懷疑的護院楊武探頭進來道：「老爺立即和公子到下層艙房去，集中在一處讓我們全力保護。」

陳令方道：「夫人小姐她們呢？」

楊武答道：「小人正護著她們下去，老爺請！」

陳令方正奇怪爲何他像看不到浪翻雲存在般，扭頭往浪翻雲看去，後者影蹤全無，也不知躲到哪裏去了。

楊武連聲催促，陳令方猶豫間，浪翻雲的聲音在他耳旁響起道：「陳老放心隨他去，記得提醒念堯莫要向任何人提及我。」

當陳令方踏出門外時，浪翻雲的聲音再次響起道：「進來叫你的這個護院是內奸，不過船未離岸，他們是不會動手的。」

陳令方的心忐忑跳了起來，隨著楊武混在驚惶失措的家人裏，朝通往下層的樓梯走去。兩名忠心的家丁迎了過來，抱去陳念堯。

陳夫人在兩名婢女扶持下，抖顫顫地從房內走出來，她年紀比陳令方少了十多歲，算得上眉清目秀，一見陳令方，淚水滾滾流下，嗚咽道：「老爺！最要緊派人護著念堯。」

跟隨了陳令方十多年的護院班頭謝式也知事態嚴重，走在陳令方旁道：「夫人放心，除非他們要了小人的命，否則休想碰少爺一根頭髮。」

楊武轉過頭來，瞅了謝式一眼，閃過嘲弄的神色，口中卻道：「夫人放心，有小人們在，保證賊子無所施其計。」

陳令方被浪翻雲點醒後，楊武的神態自是逃不過他的眼睛。

楊武雙眼驀地一亮，往陳令方身後望去，原來朝霞到了他背後，輕輕道：「老爺！小心走路！」

在驚叫呼喊裏，陳令方和各人你擠我推逃難地來到下層寬敞的正艙，也是官船上迎客的重地。四方放滿几椅，牆上掛有字畫，中間還鋪了張波斯大紅地氈，佈置得古色古香，富麗堂皇，現在卻成了陳家上下五十多人的避難所。自然而然地，所有人都擠到離門最遠那半邊艙內，情況既混亂又狼狽，一些膽小的妾婢更慌張得哭了起來。

陳令方當然是最鎮定的一個人，指使婢僕扶著陳夫人、兒子和包括朝霞在內的三妾坐在靠牆的椅裏，向護院班頭謝式道：「你和白開、祈正、黃思雄、曹峰、史理五人守在艙裏，其餘三人給我守在門外。」除謝式外，他提及的四人都是隨他多年的護院武師，其忠誠無可懷疑，於此亦可見陳令方處事的老到。

楊武愕了一愕道：「老爺？」

謝式一向不喜歡這新來的楊武，喝道：「老爺吩咐，還不照辦！」

楊武眼中凶光一閃而逝，強忍著不發作出來，向其他兩個同黨打個招呼，悻悻然走出艙廳。

謝式隨著走了過去，關上了門，待要加上鐵橫閂，陳令方道：「不用了！」

謝式想想也是多此一舉，若真有高手到來，這門確是不堪一擊，心中也不由佩服陳令方在這等情況下仍如此冷靜，怎知陳令方是有恃無恐。

陳令方環顧家中上下各人，忽地豪氣大發，來到眾人的最前方，大叫道：「拿椅來！」眾人齊齊一呆，反靜了下來。

謝式勸道：「老爺！」

陳令方雖因環境關係，未能習武，只能修文，但內心深處卻非常嚮往武林人物刀頭舐血的生涯，故最愛結交英雄好漢，暗忖這次有浪翻雲在背後撐腰，豪氣一番，也是人生快事，不悅道：「老夫自有主張，拿椅來。」

護院們無奈下，抬出一張太師椅，依陳令方指引，放在眾人之前。陳令方氣概昂然坐了上去。坐在陳夫人旁的陳念堯一聲歡嘯，跳了起來，硬要擠到最前方去，絲毫不理陳夫人的喝止。

陳令方道：「讓他來吧！」

陳念堯擠過婢女家丁，坐到陳令方膝上，道：「念堯也要和阿爹在前面對付敵人。」

陳令方啞然失笑，想起浪翻雲先前的話，大聲道：「各人站穩，待會船離岸時，可能會有碰撞發生。」

眾人更是摸不著頭腦，船怎會無端離岸？除非被賊人上了船，可是現在艙外仍是非常平靜，除了岸上火場傳來的呼喊哭叫聲外，一切如常。念頭還盤繞在眾人腦際時，驀地船身連續兩下劇震，左搖右擺起來。站著的人有一半倒在艙板上，滾作東一堆、西一堆，一時哭喊震耳。各護院也慌了手腳，謝式色變道：「船在動！」便要撲出門外一看究竟。

陳令方摟著兒子，安坐椅內，喝道：「不要出去，留在這裏！」

這時凡是尚未嚇得麻木的人，也知官船正往下游放去，知道賊人到了船上來，原本哭著的哭得更厲害，其他的都面無人色。

陳令方喝道：「都給我閉嘴！可以爬起來的就爬起來，爬不起來的讓人扶起來！」

在陳令方的「指揮若定」裏，眾人在他身後擠作一大團，像群無助的待宰羔羊。五名護院臉色煞白，亮出兵器，一排散開守在最前方。兵刃交擊聲驀地在艙外響起，接著「噗通噗通」的有人被趕入水裏的聲音不絕於耳。廳內驚喊聲再次不受控制地響起來。陳令方正要喝止，忽然廳內靜得落針可聞，連五個如臨大敵的護院也奇怪地回過頭來。他們全身一震，臉上現出駭然欲絕的神色，看往陳令方身後。

陳令堯比陳令方快了一線，看向椅後，大喜道：「叔叔又來了！」

陳令方及時喝止要撲過來護駕的幾名護院，大笑道：「老夫還擔心老兄不知到了哪裏去？」他在官場打滾多年，人老成精，到這刻仍小心地不提浪翻雲的姓名。

憑椅立在他背後的浪翻雲伸手拍拍陳念堯的小頭，微笑道：「累陳兄掛心了，我乘船往下行之便，乘機通知吾友，著他們跟來歷練歷練。」哈哈一笑，又道：「陳兄好豪氣！」

陳令方開懷笑道：「老夫的豪氣實拜仁兄所賜，人來！拿我的仙香飄來！此情此景，怎可無酒奉客？」

眾人愕然以對，只覺陳令方今晚莫測高深，忽然又冒出了浪翻雲這樣一個神秘人物來，要知艙廳所有門窗都被緊緊關上，但剛才眼前一花，這高峻如山的大漢便立在陳令方椅後，教人難以置信這是真實發生的事。

朝霞的聲音在陳令方旁響起道：「老爺！酒來了。」

浪翻雲深望了這動人的美女一眼，想起她暗室垂淚的淒酸苦痛，一陣感觸，伸手接過朝霞托著的酒罈，道了聲謝謝。

艙外忽地沉寂下來。陳令方一呆道：「全被他們解決了？」

浪翻雲淡淡道：「他們沒有殺害守船的官兵，只是將兵哥們趕到水裏，我不會容他們濫殺。」接著笑道：「待會敵人進來時，陳兄將就點看看怎樣教訓他們吧！」在身旁的朝霞和廳內眾人目瞪口呆下，他挨著椅背後坐落地上，捏碎罈塞，「骨嘟骨嘟」連灌了幾大口。

陳令方吩咐五名護院退到兩旁，與他平排，免得阻礙視線，顧盼自豪道：「待會賊子破門而入，你們勿要大驚小叫，壞我家威。」話猶未已，「轟隆隆」一聲驚雷，在船旁響起，眾人猝不及防，有一半人叫了起來。姍姍來遲的豪雨終於「嘩啦啦」灑下來，大船搖擺得更厲害，平添驚險情狀。

浪翻雲挨著椅腳背坐在地上，懶洋洋地道：「這是雷響，不是門破聲，所以不算數。」

朝霞「噗哧」笑了出來，旋見眾人均呆若木雞般等待著末日來臨似的樣子，哪有半點嘻笑的心情，慌忙掩口。

「砰！」門給撞了開來。這次眞的沒有人失驚喊叫，並非因膽子大了，而是嚇得不敢叫出來。

楊武跌跌撞撞進來道：「老爺！不好！」

陳令方大喝道：「不要過來！」

楊武愕然立定，這才發覺平日儒弱文雅的陳令方從容淡定地坐在眾人之前，抱著兒子，一副有恃無恐的樣子。楊武眼光掠過謝式等五名護院，見到沒有多了個人出來，心中略定。

陳令方平靜地道：「喚你的同黨進來吧！也好讓我一併解決。」

一聲長笑由門外傳來，一名瘦骨嶙峋的中年男子，搖著一把精鋼打製的大鐵扇，故作優閒地走進來，啐啐嘲弄楊武道：「老四你恁地大意，竟給陳老看破了身分。」接著先斜眼上下掃射盈立一旁的朝霞，才向陳令方一揖到地，以沙啞的嗓子道：「山野小民，拜見陳老，聽說陳老有一美妾，不知陳老歸山後，可否借來陪我們兄弟各人同床數晚？」

眾護院紛紛喝罵。陳令方一邊喝止著謝式等人，耳中一邊收聽浪翻雲的指示，仰天一笑道：「老夫還以爲來的是甚麼人，原來是蘇杭八鬼，想不到你們如此不長進，竟當起楞嚴的走狗來。」

這次輪到那老大愕然色變。他們這次被揀選來負責這項任務，主因是他們一向只在蘇杭活動，兼且行蹤詭秘，所以不怕被人識穿身分，豈知一上來就給人叫出名號，又點出背後的主使者，那震驚確是不必說了。見到他的神情，陳令方心中有數，不過現在實無暇讓他想這煩事。謝式等五人也跟著色變，他們終是江湖中人，自然知道蘇杭八鬼手段的狠辣和武功的厲害。

陳念堯天眞地向陳令方問道：「爹！他們明明是人，爲何會被叫做鬼？」

楊武咬牙切齒道：「小鬼！待會我要讓你知道滋味！」

一名鐵塔般的粗黑漢子走了進來，奇道：「老大老四你兩人爲何還不動手？上面不是吩咐過速戰速決嗎？」

人影一閃，另一矮子搶了進來，一聲不響，手中長刀化作長虹，望著陳令方劈去。謝式等駭然大驚，正要拚死護主，耳中傳來浪翻雲的冷喝道：「退下！」五人一呆間，令人難以相信的事發生了。「噹！」長虹變成只剩下半截的長刀，凝定在陳家父子頭上尺許處。「砰！」坐在陳令方膝上的陳念堯手肘一熱，身不由主地小拳擊出，正中矮子的胸膛上，矮子整個人往後跌退，「蓬！」一聲倒翻紅地氈上，胸部仍起伏有致，竟是給制著了穴道。其他三名凶人看得眼也呆了，難道小孩兒是個高手，能發出眞氣侵進老八矮怪的經脈裏，制住他的穴道，只是這點，三凶便要自愧不如。

陳念堯歡叫道：「我打倒了他！」

陳令方豪情大發道：「兒啊！你已得老夫三成眞傳，要打倒這矮鬼自是不費吹灰之力。」

陳家上下都傻了起來，隱隱知道是浪翻雲從中弄鬼，心神稍稍篤定下來。

三鬼六目凶光閃爍不定，既驚且疑。老大向身旁兩人使個眼色，楊武和那粗黑漢暴喝一聲，一棍一斧，分左右兩側向陳令方攻去，老大摺扇一搖，使了下獨門手法，一支扇骨離扇疾射而出，直取陳念堯的小胸膛。眾人驚呼起來，怕浪翻雲一人之力，擋不住對方三方面來的攻勢。陳家父子眼前盡是棍光斧影，寒氣逼面而來，看都看不清楚間，陳令方忽地發覺手上多了個酒罈，兩道酒箭，由窄小的罈口激射而出，閃電間射在楊武和那粗黑漢的臉上，同一時間陳念堯手肘再熱，小手揚起，那支鐵扇骨像給他小手帶起的無形勁氣撞個正著，改往天花板插去。楊武和粗黑漢慘哼都來不及，往後飛跌，仰身倒在矮子之旁，也似矮子般被制著了穴道，三個人平排躺在地氈上，儘管蓄意移放也沒有那麼整齊一致。

八鬼的老大終於色變，喝道：「誰在弄鬼？」他終於看到疑點。

陳令方拍掌笑道：「說得好！你既是鬼，作弄你就是弄鬼了！」

老大一輩子從未陷身如此進退維谷的境地，自己三位拜弟都給放倒地上，勢不能逃之夭夭，把心一橫，一聲尖嘯，意欲召來在外控制著官船的其他四鬼。外面全無應有的回應。

浪翻雲伸了個懶腰，見到站在一旁的朝霞低下頭來，好奇地打量自己，遂對她微微一笑，後者嚇得忙移開目光後，才長身而起，向著那老大道：「不用大呼小叫了，你的兄弟自身難保，怎有閒暇來理你。」剛才他以獨門手法，通知在他船上的左詩和怒蛟幫眾。這次隨范豹來的十二名怒蛟幫人，都是這一帶的最佳好手，要對付幾名這等二、三流的角色，自是綽綽有餘。

老大知勢色不對，一聲狂喝，摺扇一揚，鐵扇骨化作十多道黑影，以漫天風雨的手法往眾人灑去。

浪翻雲冷笑一聲，閃了一閃，來到老大和眾人間，兩手穿花蝴蝶般在空中穿插，身體疾若鬼魅般左右搖擺，十多支扇骨全到了他手裏。這時老大已退到了門前，眼看給他逃出門外。浪翻雲冷笑道：「還你扇骨！」也不見他如何動作，十多支扇骨以比擲出時快上十多倍的速度，回敬對方。老大全身一震，不能置信地看著插在他身上各處穴道的十多支扇骨，仰天跌倒，一半身子到了門外，情景怪異莫名。

浪翻雲回頭向陳令方道：「若我們還不快些喝酒，有人會等得不耐煩了。」

第二章 禽獸不如

第二章 禽獸不如

「叮!」酒杯交撞的聲音在艙內響起。韓柏和蘭致遠分別喝了杯中的美酒。韓柏還是第一次喝酒，才入喉已受不住，強忍著不把酒噴出來，但卻嗆得連淚水也流了出來。

陪坐一旁的范良極大笑道：「專使呵!來中原前下屬早告訴了你，天國的酒比我們朝鮮的參酒辛辣得多，現在你相信了!」

蘭致遠一臉惶恐道：「朴專使沒事吧!人來!拿茶給專使解酒。」

同座的方園和守備馬雄也關切地道：「專使大人喝杯熱茶暖暖喉便沒事了。」

坐在韓柏身旁的柔柔關切地道：「專使你沒事吧!」

韓柏揮手擰頭，咳著道：「不用茶了!好酒，中原的酒都是好酒，我們高句麗的……的甚麼……」

范良極笑道：「專使!是參酒。」接著向蘭致遠等三人指了指自己的腦袋，表示韓柏的記憶還未復原。蘭致遠三人諒解地點頭。

韓柏終於咳定，范良極又爲韓柏斟滿另一杯酒，瞇著眼奸笑道：「大人你在國內以善飮之譽名震四方，否則大王也不會選你來天國和眾達官貴人交朋友，快喝了這杯，顯顯你喝酒的本事。」

蘭致遠剛受了韓柏的一株「萬年參王」，對韓柏自是感激有加，聞言頗有點不忍，另一方面又奇怪范良極膽敢如此不體恤自己的頂頭上司，或者朝鮮的上司屬下關係就是如此也說不定，道：「朴專使先喝杯茶好嗎？」

韓柏心中差點想捏斷范良極的老喉，但臉上不得不堆滿笑容，裝出豪氣干雲，毫不在乎的模樣，不過卻只能發出乾啞的「豪笑」，道：「哪用喝茶，我韓……噢……朴文……文正在敝國以酒稱雄，剛才只是不慣這酒的特性，才會陰溝翻船，看我的！」舉杯一飲而盡，果有酒將之風。

范良極知道他是以內勁貫在咽喉處，硬將一杯酒「倒」進肚內，諛笑道：「大人！這酒比之我們的參酒味道如何？」

韓柏正強忍著酒入腹中的滋味，聞言一愕道：「滋味深刻至極！深刻至極！」

范良極知他當然說不出個所以然來，故意作弄他向蘭致遠道：「府台大人，我們大人最愛喝酒，你最重要的就是關照沿途的朋友，備酒招呼我們大人。」

蘭致遠連忙應道：「這個當然！這個當然！」接著一嘆道：「可惜以前譽滿京城的『酒神』左伯顏不知所蹤，否則求得他一罈半罈酒來，包保朴大人和侍衛長喝了還想再喝！」

方園提醒道：「惜花老的官船上亦有他請來廬山名匠釀製的『仙香飄』……」

蘭致遠擊桌道：「下官差點忘記了，待會到了九江，專使大人轉乘的官船便有好酒享受。」

韓柏和范良極同時一呆道：「官船！」

蘭致遠應道：「下官忘了告訴兩位，武昌最大最安全的一艘官船恰巧給敝府一位趕著赴任的朝老乘了上京，所以我已以快馬傳書，將官船留在九江，兼且下官不能擅自離府，所以將大人和侍衛長送到九江，轉乘官船後，便要回去，沿途自有方參事爲各位打點，馬守備則負起護駕之責。」

馬雄摸了摸懷裏在進此廳前范良極送給他的重禮，恭敬地道：「若專使大人和侍衛長乘的不是我們最舒服最大的官船，皇上不高興起來，我們便糟糕透了。」

方園也唯恐這兩位豪爽的「朋友」不高興和別人共乘一船，諛笑道：「惜花老最愛交朋友，有他沿途招呼三位，蘭大人才可放心下來。」

范良極心中一動問道：「這惜花老姓甚名誰？」

蘭致遠擔心地道：「我們都慣稱他作惜花老，他姓陳名令方，此次上京，是要擔任新設六部的一個要職，有他在皇上面前說幾句好話，一切事都好辦多了。」他作官這麼久，自是懂得點醒范韓兩人其中利害關係。

范良極眼中爆起亮光，「呵呵」笑道：「沒有比這更美妙的安排了。」得意忘形下大力一拍韓柏的肩頭，兜了他一眼怪笑道：「我們大人也是惜花之士，就讓他兩人比比看誰最懂惜花之道。」

蘭致遠等放下心來，用眼看看艷麗奪目的柔柔，又看看韓柏這個「西貝」專使，一齊以男人有會於心的笑聲陪著起鬨，若非柔柔也在座，他們會笑得更是不堪。韓柏忍著肩膊處的陣陣痛楚，一顆心忐忑跳個不停，范良極若要硬逼他公然去勾引別人的愛妾，自己應怎樣應付才好？

大雨灑下，雷聲隆隆，一道接一道的電光，在林外閃爍著。易燕媚挨著一棵大樹，任由雨水從濃密的枝葉間灑下來，滴在她的秀髮和身上。天地雖大，她卻不知應到哪裏去。憑著和乾羅相處多年的經驗，她隱隱猜到乾羅會避到鄱陽湖附近來，卻不能肯定是哪個市？哪個鎮？又或哪個村？沿途她不住留下山城的暗記，但這可把乾羅引出來嗎？她一點把握也沒有。她甚至不知爲何要這樣做？以乾羅一向的冷漠寡情，心毒手辣，這樣做是否燈蛾撲火的自殺行爲？但那晚爲何乾羅被暗算後仍放過她呢？就是這點渺茫的希望，支持著她做著這蠢事。「轟隆！」一個激雷在林頂爆開，易燕媚心累神疲，無助地滑坐樹根上，背倚大樹，胸脯不住起伏，受著各種思緒的衝擊。自成爲乾羅山城三大高手以來，在江湖上她「掌上舞」易燕媚眞是橫行無忌，但現在這一刻，她只感到自己是條可憐蟲。遠方民居透出的燈火，標誌著一個完全與她不同的世界，另一種生活的方式，比對江湖上的鬥爭仇殺，使她升起一種來自內心深處的厭倦。

「擦擦擦！」由遠而近的足音使她驀地從愁思中清醒過來。風雨裏，一高一矮，兩個頭頂竹笠，身穿簑衣的人由遠而近，來到林邊外的空地，才停了下來，只看他們穩定有力的步伐，便知是江湖中人。

身形較矮的那個低頭細看身旁一塊在地上的方石，道：「爹！這是熊家界了，就是這地方。」嬌聲滴滴，原來是個女子。

易燕媚的江湖經驗告訴她這對父女透著一股不尋常的詭秘味道，心中一動，躲入了一叢濃密的亂葉裏，在雷雨的掩護下，加上嬌小的易燕媚一向以輕功見長，縱使對方武功比她高明數倍，也難以發覺她這小心的動作。

那被稱爲爹的人沉聲道：「你待在這裏！」身子一閃，穿入林內去，來回搜查起來。

易燕媚看著對方在身前身後掠過，心下駭然，這人也算小心謹慎了。

那高挺的男人到四周搜看一番後，回到那女子身旁道：「剛才爹有被人窺視著的感覺，原來只是疑心生暗鬼。」

躲在暗處的易燕媚懍然一震，林外這男人無疑是個一流高手，只有這級數的人，可對別人的窺視生出感應，究竟對方是誰？

那女兒嘆了一口氣道：「自大哥傳來鷹刀的消息後，我們馬家像變了另一個世界，每一步都要算過度過，終日提心吊膽，這是否值得呢？大哥他……」

父親肯定地道：「凡成大功業者，誰不歷盡災劫，作出種種犧牲，若能悉破鷹刀的秘密，盡得傳鷹的薪傳，那時天下何人不景仰我馬家，就算我們想坐上朱元璋那奸賊的皇座，也非絕無可能，當我們成功後，就知現在的一切犧牲和苦難都是值得的。」

林內的易燕媚心中一震，知道了林外的父女是誰，就是鼎鼎大名的馬家堡主馬任名和他的愛女馬心瑩。

馬心瑩答道：「爹教訓得是，與其平凡度過一生，不如轟轟烈烈幹一番大事，也對得住上天賜予我們的生命，只是大哥他……」

馬任名興奮起來，道：「聲兒有楊奉照顧，他們又無眞憑實據，能拿聲兒怎麼樣。有件事阿爹從未向你們提及，就是曾有一個高明的相士說我雙掌都生有龍紋，乃天子九五之尊之相，現在鷹刀鬼使神差落到阿爹手裏，你說是否注定我要做皇帝，天下還不是屬於我馬家嗎？噢！有人來了。」

這時連林內的易燕媚也聽到有人迅速接近的風聲。

馬任名道：「是否楊奉兄來了？」

楊奉的笑聲傳來道：「馬兄久候了！」

人影一閃，全身濕透的楊奉立在馬家父女之旁，那對著名赤腳踏在雨水裏。

馬任名道：「小弟也是剛來！」

易燕媚不敢往外看去，怕再引起馬任名的警覺。「鏘！」馬任名和馬心瑩的怒叫同時傳來。

楊奉大笑道：「馬兄功力更勝從前，還未教楊某佩服，但馬兄對我的防範，卻眞教楊某大出意外！」

馬任名怒道：「我們一場兄弟，爲何你一到便對我偷襲？」

楊奉冷笑道：「還說一場兄弟，得到了鷹刀也不知會楊某一聲，這算哪門子的兄弟，枉我還爲你的寶貝兒子出力。」

馬心瑩顫聲道：「你怎知……」

馬任名喝止道：「心瑩！」

楊奉嘿嘿笑道：「說不說出來也無關緊要了，現在江湖上誰不知鷹刀到了你們父女手裏，你的寶貝兒子也給北藏第一高手紅日法王擄走，天下雖大，看來亦無你馬任名藏身之所了。」

「鏘鏘！」林外再傳來數十下兵器交擊之聲，接著是馬心瑩的驚叱和馬任名的喘息聲，看來兩父女加起上來也非楊奉對手。

楊奉哈哈大笑道：「馬兄你縮在馬家堡太久了，就算朝夕苦練，也勝不過楊某這以海角天涯爲家，以遍訪天下高手爲練武之途的流浪漢，當年你的武功便遜我一籌，今天相差更遠。」

馬任名狠聲道：「我看錯了你，一聽到鷹刀便想據爲己有，甚麼朋友之義也不顧了。」

楊奉冷笑道：「爲了這天下人夢寐以求的寶物，不要說朋友之義，就算夫妻之愛，父子之情，在你馬任名又算得是甚麼？只要我將你二人殺了，找塊荒地埋了，武林還以爲你們躲了起來，那時我楊奉便可安然找出鷹刀的秘密，哈……」

「鏘鏘鏘鏘！」兵刃交擊聲不住在林外響起。

馬任名大叫道：「瑩兒！走！」

馬心瑩悲叫道：「爹！」

馬任名怒喝道：「還不快走！想死在一塊嗎？」

林內的易燕媚心中駭然，楊奉的武功竟如此高強，連鼎鼎大名的馬家堡主和女兒聯手，也及不上他，不由往外望去。馬心瑩的竹笠掉了下來，慌惶往密林掠去，馬任名則仗劍拚死擋著楊奉凌厲的攻勢。

易燕媚暗忖馬任名總算是個好父親，危急關頭下，寧願犧牲自己，也要救女兒一命，剛想到這裏，馬任名大喝道：「瑩兒快走，死也不要讓這惡賊得到你身上的鷹刀。」剛撲進林內的馬心瑩全身劇震，駭得一口眞氣提不起來，仆倒地上。

易燕媚一愕下已知其故。楊奉果然大喝一聲，一連幾拐逼開了馬任名，往林內撲來。楊奉才進林內，外邊的馬任名向著相反的方向逃去，剎那間消失在風雨裏。頭髮散亂，形若厲鬼的馬心瑩剛從泥地爬起來，楊奉從後掠至，一拐往馬心瑩擊去。馬心瑩像失去了魂魄般，擋也不擋，只是拚命往前奔去。

「蓬！」馬心瑩應拐飛跌，仆在一堆樹叢裏。

楊奉奔了過去，一點也不理男女之嫌，脫掉她的簑衣，仔細搜查起來，不一會全身一震，道：「不好！中了這奸賊之計！」飛掠出林，往馬任名逃走的方向追去。

易燕媚這時鬆了一口氣，來到馬心瑩伏身處。馬心瑩被楊奉搜身時翻轉了過來，眼耳口鼻全滲出鮮血，兩眼無力地睜開，氣若游絲。

易燕媚知道大羅金仙也救不了她的命，蹲在她旁，低聲道：「馬小姐！你有甚麼話想說？」雨水不住落在馬心瑩沒有了半點血色的臉上，鮮血混在雨水裏，化了開來，嘴唇輕顫。

易燕媚將耳朵湊過去，聽得馬心瑩微弱的聲音道：「爹！你好狠心！」

易燕媚心中悽然，用指尖揩去馬心瑩眼角的淚珠，嘆道：「馬小姐安息吧！這世上的一切都與你無關了。」

谷倩蓮由靜室走出，來到風雨中的庭院空地上，低垂著頭，由風行烈身旁走過，像看不到風行烈那樣子。風行烈看她失魂落魄的神情，生出憐意，追在她背後，也不知該說甚麼話方好，只有陪著她淋雨。谷倩蓮停了下來，幽幽嘆了一口氣。風行烈只有也停在她身後。

谷倩蓮輕輕道：「行烈！我的心很亂。」

風行烈道：「你用了這麼多手段，也達不到目的嗎？」

谷倩蓮搖頭道：「不！夫人答應了。」

風行烈很想問她谷凝清究竟答應了甚麼事，不過他爲人心高氣傲，縱有這個衝動，也強忍不問，留待谷倩蓮自發地告訴他，只是奇道：「目的已達，那你爲何還要心茫意亂呢？」

谷倩蓮背著他垂頭道：「行烈！若你有了個各方面都比倩蓮優勝的紅顏知己，以後會不會就不理我了？」

風行烈爲之愕然，不知應怎樣回答她，亦知無論如何回答都有點不妥。

谷倩蓮嘆道：「谷倩蓮呵！人人都說你最懂得爲自己打算，但你是否只是個看來聰明的大笨蛋，蠢得只懂作繭自縛呢？」

雨水打在兩人頭上身上，渾身全濕透了，衣衫也在滴著雨水。谷倩蓮悽然一笑道：「知道嗎！自第一次在刁小賊那間客棧遇到你，那時我還不知你是誰，心中便時常想著你，想著你那滿蘊著傷心往事的眼神，和縱使在落魄時仍沒有離開你的傲氣。你知道嗎？你是不是對倩蓮內心的感受一無所覺呢？」

風行烈給勾起了往事，嘆了一口氣，反覺得冰涼的雨水打在身上，有種折磨自己的快感。他想起當日離開那山中靈寺，玄靜尼看他時那令人心顫的眼神，那天大雨也是淅瀝淅瀝地下著，只是少了眼前的電光和雷響，是白晝而非黑夜。也想起了靳冰雲！他應該怎樣做呢？他很想再見冰雲，但也最怕見到她。他很想和谷倩蓮在一起，但又很想拒絕這唾手可得的瑰寶。

谷倩蓮的聲音繼續傳入他耳內道：「行烈！告訴谷倩蓮吧！你知否她除了你外，不會再看上第二個男人？」

風行烈伸出雙手，搭在谷倩蓮香肩上，緩緩將她扳轉過來。谷倩蓮仰起俏臉，眼中一片淒苦和無奈。真難為她有這麼多解不開的心事！

風行烈以前所未有的溫柔輕輕道：「我一直不相信你會真的喜歡我，直至你拚死帶著我逃出卜敵的魔爪時，我才體會到你的心意，可是你知道我的過去嗎？」

谷倩蓮茫然搖頭，又點了點頭，垂頭道：「我不想知道，你也不用告訴我，只要由這刻開始，我們快快樂樂在一起，便足夠了。以前的事我不管，以後的事我也不管。噢！行烈。」小鳥依人般投進他寬敞的懷抱裏。

風行烈心中感動，擁著她火熱的身體，濕透的衣服使他們全無隔閡地貼在一塊兒，使他有種和這美女血肉相連的感覺。他像得回一些失去了的東西，又像依然是一無所有，那種痛苦、矛盾和痛恨自己的感覺，使他差點仰天悲嘯起來。

谷倩蓮將螓首埋在他寬肩裏，喃喃道：「回雙修府吧！我眞的沒有騙你，現在倩蓮最不想做的事，就是回到雙修府去。」

雷暴終於緩緩收止，老天的狂怒化作無限柔情，灑下飄飛的雨粉。

陳令方以老練的手法，應付了那些前來致意的地方官員後，回到泊在原處的官船，和浪翻雲左詩關上艙門在正艙內對酌。這時離天亮還有少許時間。正艙內靜悄悄的，分外有種孤寂寥落的感覺。左詩擔心了整夜，兼之舟車勞頓，喝了兩杯酒後，不勝酒力，挨著椅背睡了過去。

這時朝霞推門進來，捧來另一罈仙香飄，嬌羞地垂著頭，盈盈步至桌前，輕輕道：「老爺！要不要朝霞在旁伺候？」

陳令方有點不耐煩地道：「我們有要事商談，放下酒罈去休息吧！記得關上門！」

浪翻雲皺起眉頭，微笑道：「且慢！少夫人請爲我和陳兄斟滿酒杯！」

朝霞呆了一呆。陳令方有點尷尬地道：「斟酒吧！」

朝霞戰戰兢兢，欲揑開罈塞，忙亂下卻怎麼也辦不到。浪翻雲溫和一笑，伸手過去，爲她把捧在胸前的酒罈拔去木塞。朝霞連耳根也羞紅了，顫兮兮爲兩人斟酒後，放下酒罈，按回塞子，才出門去了。

陳方令看著她的背影消失門外，嘆道：「浪兄或會怪我對這小妾並不太好，唉！我當初爲她贖身納而爲妾，眞是對她喜歡得直似發狂，但不足十日，我便掉官歸家，這三年來，其他妻妾對她又因妒成恨，弄得耳無寧日，這是否貪花好色之錯呢？」

浪翻雲不想再聽這種家庭糾紛，改變話題道：「陳老今後有何打算？」

陳令方茫然的眼睛閃過愧色，搖頭喟然道：「老夫求官的心太熱切了，有時甚至會不擇手段，今晚的事就像當頭棒喝，喚醒我長作的官夢，現在只想找個藉口，推掉欽命，回鄉過些安樂日子，以後長醉溫柔之鄉，快快樂樂度過餘生算了。」

浪翻雲見他意氣消沉，淡淡道：「陳老打的是如意算盤，但求官雖難，辭官也非容易，兼且艙底的囚室裏還有八名惡賊，事情仍是沒完沒了。」

陳令方道：「老夫爲官多年，朝庭內很多人還是我的門生，手段上也有一點，這八人絕對留他們不得，殺了他們後，我會放出聲氣，說他們爲我暗中請來的高手所殺，以後隻字不提此事，楞嚴怕也會放我一馬吧！」

浪翻雲道：「你終於肯定背後的指使者是楞嚴。」

陳令方沉聲道：「化名楊武這三名新護院，是西寧的沙千里特別推介給老夫的，所以老夫全無戒心……」

浪翻雲一愕道：「這樣看來，以胡惟庸楞嚴爲首的一黨，已與西寧領導的系統聯成一氣，攜手打擊鬼王虛若無等開國功臣……說不定……說不定背後的眞正主使者是朱元璋，那事情便更難弄了。」

陳令方色變道：「若老夫遭人暗殺，皇上便可命楞嚴編造假證據，然後向鬼王手下的人大開殺戒，削弱鬼王的力量，甚至會正面對付鬼王，這招確是狠毒至極。」

浪翻雲默思半晌，沉聲道：「我對朱元璋一向無甚好感，不過看在他治國還不錯的分上……」

陳令方哂道：「久亂求治，自古已然。況且大劫後人口劇減，土地對民生需求自是應付有餘，這事大家心裏有數，只是不敢說出來罷了！」

浪翻雲點頭表示同意，道：「一動不如一靜，這天子之位，還是不要動他才是上算。」接著肅容道：「恕我直言，陳老現在正陷於進退兩難的絕地，若以一般手法處理，實有死無生，陳老可敢放膽一搏，或能置之死地而後生。」

陳令方精神一振道：「謹洗耳恭聽！」

浪翻雲道：「首先陳兄以夫人公子等受了驚嚇為藉口，將她們送往安全地點，這事可包在我身上。」

陳令方最關心的乃獨子念堯，聞言喜道：「有浪兄此語，我可放心了！」旋又皺眉道：「但若老夫一個家人也不帶上京，豈不給敵人以藉口，說我心懷叵測嗎？」

浪翻雲道：「你可帶一二愛妾上京，再由我的人假扮你的護院家丁，便可應付過去，憑我浪翻雲的覆雨劍，要護送幾個人逃走，哪會有甚麼問題？」

陳令方放下最難放下的心頭大石，但又想起另一些問題，道：「上京後我們又可幹出甚麼事來？」

浪翻雲微微一笑道：「我還未了解京師的微妙形勢，不過以現在各據山頭的局面來說，其中必有弱點可以利用，若能扳倒胡惟庸和楞嚴，此消彼長，朱元璋權寵的力量將會大大削弱，說不定陳兄還會官運亨通，為天下百姓幹點好事出來。」

陳令方拍桌道：「置之死地而後生，就讓我和浪兄幹一番大事出來，但浪兄的身分……」

浪翻雲笑道：「我會收起我的覆雨劍，扮作你的清客謀臣，江湖上見過我的人並不多，更莫論躲在京師作威作福的人，若我刻意潛藏，誰可識破我的身分，又有誰想得到我竟會和陳公混在一塊兒？」

陳令方道：「但八鬼失手遭擒，任誰也知道老夫身旁有高手在暗護……」

浪翻雲笑道：「實則虛之，虛則實之，陳老放膽傳出消息，說八鬼被你請來的高手所擒，現正押往京師途中，最好楞嚴派人來救人或殺人滅口，這個遊戲就更有趣了。」

陳令方皺眉道：「但那高手應是何人？」

浪翻雲故作不解道：「你剛才不是見到他嗎？就是我幫的范豹，陳老做了這麼多年官，說假話的本領不會太差吧！」

陳令方老臉一紅，待要答話。「篤篤篤！」敲門聲響。進來的是陳令方的管家，施禮後道：「老爺！蘭致遠大人的座舟到了！」

長江之畔。秦夢瑤神色恬靜如常，來到碼頭旁的大街上。岸旁泊了大大小小十多艘船，挑夫們已忙碌地開始工作，趕路的商旅亦趁早到來，希望能在入黑前到達下游的九江府。和往日不同的是，碼頭處多了數十名官差，不住抽查引起他們疑心的人，使人感到剛發生了一些事故。秦夢瑤並不急於找船乘坐，走水路或陸路對她來說也沒有甚麼問題。她見天色尚早，便走上江旁的伴江樓，要了一間臨江的廂房，點了一碟齋菜、一碗清粥。酒樓的夥計見她美若天仙，氣質高雅，招呼得特別恭敬懇切，更主動要為她安排客船。碼頭處不時傳來挑伕有韻律的半歌半叫的聲音，使她感受著民間充滿汗水和努力的生活和節奏。秦夢瑤輕鬆起來，斜倚在窗門，平靜地看著江旁的活動。其中一艘特大的船，斜斜伸下了五六條跳板，十多輛騾車，負著一袋袋的米糧雜物，列成隊伍，等待著挑伕們搬運上船，送往別地，以賺取更大的收益。秦夢瑤大感興趣，細意觀賞。和這裏比起來，慈航靜齋是一個與塵世全無半點關係的靜地，在那裏一切都是自給自足，每一棵菜都是齋內的人親手從田裏種出來，捨兩餐溫飽外，再無他求。但這裏每個人都有他們的渴望和憧憬，由養妻活兒、買屋買地、豐裕生活、金玉滿堂，以致功名利祿、權位財勢。就是這些想求，支持著每一個人在這茫茫人世掙扎向上。

「篤！」秦夢瑤頭也不回道：「方兄請進！」

門開門關，方夜羽訝然的聲音在房內響起道：「夢瑤小姐總能令在下驚異莫名，怎可頭也不回，便知道是在下冒昧來訪？」

秦夢瑤的美目仍凝注著窗下的情景，淡淡道：「公子請坐！」

方夜羽在秦夢瑤對面坐下，這時那熱心的夥計走了進來，為方夜羽奉上碗筷茶盅，又問需不需加添酒菜。方夜羽客氣婉拒，順手賞了夥計一兩重的一錠銀子，這幸運的夥計小心地關上房門，歡天喜地走了。廂房內靜默下來。

秦夢瑤輕嘆道：「這夥計現在對你感激不盡，但假若他知道方公子可令他家破人亡，流離所失，淪為亡國之奴，不知他會怎樣想呢？」

方夜羽也嘆了一口氣，道：「夢瑤小姐指責的是，但小姐曾否想過你們自漢朝武帝以來，每值國力增強時，便對我們這些在塞外與世無爭的遊牧民族，大肆討伐，漢兵的殘暴，從未停止載在我們以血淚寫成的史冊上，到我們以彼之道，還施彼身時，卻派我們不是，夢瑤小姐認為這是否公平？」

秦夢瑤緩緩轉過身來，清澈的眼神和方夜羽熱烈的目光短兵相接，淡淡道：「自有史書以來，人類的歷史從離不開鬥爭和仇殺，但人世間除了仇恨外，還有偉大的情操和愛心，方兄看看門外和窗外這些人，仍堅持在兩者間只選取仇恨而不是愛心嗎？」

方夜羽喟然道：「在下亦是迫於無奈，蒙漢之間仇深似海，朱元璋亦絕不會放過我們，只待他穩定了內部，將會派出大軍，來把我們趕盡殺絕，姦淫所有婦女。此次在下挑起江湖的風雨，說要恢復大元統治只是個遙遠的夢，但若能引起大明內部的不安，使朱元璋無暇外顧，在下便達到目的。方夜羽為族人盡點心力，夢瑤小姐仍能指責我不是嗎？」

秦夢瑤心中一嘆，每個人都有其個人的立場和理由，一個人的好事，會變成了另一個人的壞事！聽了方夜羽這一番肺腑之言，她更深切體會到百年前的傳鷹，為何對人世間的鬥爭全無興趣。人世就是那樣，誰是對？誰是錯？

方夜羽沉聲道：「我們長居塞外苦寒之地，逐水草而居，生活之艱苦，絕非水土肥沃的中原人所能想像。我們東來侵華，可解作是追求美好的生活，因此我更不明白為何漢人要來侵逼我們，那又是為了甚麼呢？最好的土地已被你們佔據了，為何還要向我們這些一無所有的人開刀呢？」

秦夢瑤輕輕道：「現在整個江湖已給方兄牽著鼻子走，方兄是否感到滿意了？」

方夜羽搖頭道：「或許在下是受了師尊的影響，早看破了人世權位的追逐，只是場至死方休的角力。夢瑤小姐知不知道在下多麼希望能在你面前謙卑地跪下來，痛哭流涕，懇求小姐捨棄仙道，下嫁方某，執子之手，與子偕老。但背負在我身上的重擔子，卻使我只能在夢裏偷偷地這樣想，夢瑤小姐說方夜羽會感到滿足嗎？」

秦夢瑤想不到對方如此向她坦然示愛，看著眼前這兼具文才武質的軒昂男子，心中也不無憐惜之意，幽幽一嘆道：「方兄不要讓夢瑤為難了！」

方夜羽眼中爆起亮光，秦夢瑤如此一說，表明她芳心中並非全無他的位置，心頭一陣激動，說不出話來。

秦夢瑤別過臉去，看著窗外，那艘糧船剛解索離岸，往下游開去，平靜地道：「方兄攻打雙修府在即，到此來找夢瑤不會只是為了說說心事吧！」

方夜羽感到她的語氣回復了平常的冷漠隔離，知道不宜在感情上再進逼她，收起情懷道：「在下今天來見小姐，是想知道小姐欲往何處？」

秦夢瑤平靜地道：「你有四密尊者和紅日法王來對付夢瑤，還要擔心甚麼呢？」

方夜羽正容道：「夢瑤小姐請勿錯怪在下，方某寧願一敗塗地，也不會專門找人來對付夢瑤小姐，此番前來，只希望夢瑤小姐能明白在下苦衷，能超然於塵世間的征逐之外。唉！縱使沒有了我們，江湖上的紛爭又會有片刻靜止嗎？夢瑤小姐何苦要讓這些閃躍於生死瞬間的俗事擾了仙心？」

秦夢瑤心中一顫，知道方夜羽這幾句話正說在她的心坎裏。由離開慈航靜齋始，這塵世之行只是一個歷練的過程，由入世而出世，但若她真的捲進了這漩渦裏，她還能脫身出來嗎？不由想起了韓柏，這人也是一個使她感到難以脫身的「魔障」。

秦夢瑤轉過頭來，微微一笑道：「方兄若能放過一個人，夢瑤可以在十天內不踏入鄱陽湖半步。」

方夜羽愕然道：「你是否要我放過韓柏？」

秦夢瑤搖頭道：「不！」

方夜羽大奇道：「夢瑤小姐請說出那是何人？」

秦夢瑤淡淡道：「怒蛟幫的戚長征。」

方夜羽臉色一變，知道和秦夢瑤的談判終於破裂，而秦夢瑤亦看穿了他們這次進攻雙修府，主要的目標卻是怒蛟幫，所以嶄露頭角的戚長征亦成了第一個要除去的對象，若讓戚長征和上官鷹翟雨時會合在一起，三人聯手之勢，將使怒蛟幫更難對付。秦夢瑤提出了這個他不能答應的要求，擺明了她不會坐視不理。方夜羽長身而起，抱拳施禮，嘆道：「夢瑤小姐確教在下為難至極。」再嘆一聲，往房門走去。看著方夜羽肩寬腰窄的背影，秦夢瑤暗嘆一聲，方夜羽終究拒絕了她要求他退出中原的建議，因為不殺戚長征，等於不向怒蛟幫開戰，試問方夜羽的霸業如何展開？

方夜羽推開房門，忽又回過頭來，低聲道：「夢瑤姑娘是否愛上了韓柏？」

秦夢瑤猝不及防，呆了一呆，才淡淡道：「對不起！我無可奉告。」

方夜羽哈哈一笑，笑聲中充滿了憤懣難平的味道，往外走了，同時輕輕關上了門。

當秦夢瑤和方夜羽在伴江樓上談論他的生死時，戚長征從一個好夢裏醒了過來，伸了個懶腰，好不寫意舒服。昨天在紅日法王擄人離去時，趁混亂之際，他溜出了廳外，躲進韓府後院的糧倉去，藏身處剛好是以前韓柏躲起來那堆放雜物的閣樓。多日勞累下，他倒頭大睡，至此刻才醒來，精神飽滿，有信心可以應付任何危險。早在到韓宅找馬峻聲晦氣前，他與武昌的怒蛟幫人接觸過，得知怒蛟幫全面反擊的計劃，既興奮莫名，同時也知大大不妙。武昌乃方夜羽實力最強之處，以他一人之力，逃走都成問題，為此早吩咐怒蛟幫留守的眾兄弟化整為零，潛進地底，躲躲風頭。到紅日法王大鬧韓府，他心生一計，想起最佳藏身之處，莫如就在韓府之內。方夜羽的人以為他仍和八派的人在一起，自然沒有理由破門進來對付他，到八派的人逐一離去時，方夜羽的人自然以為他已逃走，再不注意韓府時，就是他逃離武昌，趕往長江歸入大隊的時候。本來若再多躲兩天才走，會更安全，但他生性好動，喜愛熱鬧，要他再在這裏多待半個時辰也受不了。

戚長征將長刀插回背上，躍下閣樓，到了地上。想起由蚩敵那類高手可能就在外面靜候，連他這膽大包天的人也不由小心翼翼起來，先來到門旁，由隙縫處往外望去，兩名馬伕正在外面的空地上洗刷馬具，優閒地聊著。戚長征暗忖：昨天韓府才發生了這麼嚴重的事，今天的韓府一切似都回復了正常，人忘記過去的力量眞是強大。這樣推門出去，兩人不叫嚷才怪，忙回頭四望，看看有沒有另外的門窗，不一會大失所望，這是個密封的糧倉，除了這道門外，連扇氣窗也沒有，想到這裏，心中警兆忽現，往外望去，那兩個馬伕已軟軟倒在地上，看來是給人點了穴道，對方的手腳快得駭人。戚長征心叫不好，知道方夜羽的人終於進來搜索他的蹤跡，同時也表示了八派的高手已全部離去，否則對方也不敢如此明目張膽，不怕被人發覺。他迅速退後，將自己留下的腳印全部消除，又將自己睡過的地方佈置過，使人看不出被他壓過的痕跡，然後環目四顧，看看有沒有理想的藏身之所。最後眼光來到放在一角的十多個大竹籮處，籮中堆著穀殼和米糠，看來是飼養家禽之用。戚長征叫聲謝天謝地，掠了過去，揀了一籮半滿的鑽了進去，用穀殼蓋著自己，動也不敢動。縱使以他的好勇鬥狠，也知道這是場不能力敵，只能智取的鬥爭。

「咿呀！」大門推了開來。戚長征聚精會神往外望去。黑影一閃，好像有甚麼東西跳了進來。他定睛一看，原來是隻似貓非貓，但鼻子特別大，似松鼠非松鼠的小怪物。牠似貓的身長約半尺，但拖著的松鼠般尾巴卻足有尺許長，靈活地在身後有節奏地擺動著，一對眼閃閃發光。戚長征心知要糟，同時也明白那晚被由蚩敵追上來的緣故，就是因爲鬥不過這頭怪畜牲的大鼻子。怪貓的頭忽地擺向他這邊，怪眼一眨也不眨地瞪著他藏身的大籮，前面兩隻腳在地上劃動著。

戚長征心中叫道：「乖乖過來吧！讓我給你一刀，否則我老戚無論逃到哪裏，也會給你找到。」至此他才明白方夜羽的人爲何可肯定他仍在韓府內，故大舉進來搜索，因爲這隻怪貓在前次追蹤時，早熟悉了他的氣味。

人影一閃，一個美妙的身形撲了進來，原來是那嬌軟若水的「水將」水柔晶。戚長征心叫一聲「完了」，伸手握住刀把。

水柔晶口中發出了一下短促的尖嘯，那怪貓躍入她懷裏。水柔晶將怪貓放在肩上，掠到戚長征的竹籮旁，低聲道：「現在整個韓家都被我們包圍起來，你要設法在韓家再躲上一個時辰，到時我或可將我們的人引走，之後你可好自爲之了。」頓了一頓再道：「你最好混到韓家的主宅裏，我們奉有嚴令，不得驚動韓家的人，好了！我水柔晶再不欠你甚麼，千萬不要以爲我愛上了你。」話完俏臉一紅，閃到倉中另一角落去。

一肥一瘦兩個男人掠了進來，肥的那人問道：「小靈狸沒有發現嗎？」

瘦的那人道：「這眞是個藏身的好地方！」

戚長征從大籮裏看出去，兩人都身穿白衣，但肥漢衣滾金邊，背上掛著兩個金輪，瘦的那人高若木條，衣滾綠邊，手上拿著的武器竟是塊木牌，心中暗懍，若此二人代表金和木，則水柔晶不用說也是水，那應還有火和土兩人，只要他們四人和水柔晶武功相若，便夠教他吃不消，何況對方必精通某種五行生剋制化而成的陣式，對上了時他可能連逃走都辦不到。

水柔晶纖柔若無骨的手輕輕揑著小靈狸的頸項，道：「沒有發現！來！我們搜馬廐去！」當先去了。

金將木將兩人掃視了糧倉一遍後，跟著追了出去。戚長征及時閉起眼睛，免去被人感應到眼睛的光映，發現了他，同時想道：「眼前最安全的地方，莫如就躲在這裏，不如再睡上一覺。」

正要閉目入睡，忽地驚醒過來，跳出大籮，竄到敞開了的門旁，探頭外望。原來他忽然想起江南捕快慣用的搜查手法，就是先將整個要搜索的地點圍了起來，然後來回搜索多次，所以即使被搜者東躲西藏，最後都會露出痕跡，假如以為搜過的地方沒有危險，躲了進去，更會落入陷阱。若對方不是採取這種手法，水柔晶也不須對他加以警告，要他混進韓家的人內。外面除了那兩個倒在地上的馬伕外，靜悄悄的，看來水柔晶三人都到了馬廄去。戚長征想撲出去，心中卻隱隱感到不妥，尋思其故，不一會恍然而悟。他想到水柔晶等人既奉令不得驚擾韓家的人，自亦應有人把風，以免韓家其他人突然來到，發現這兩個被點倒地上的馬伕。因為若真的有人來到，把風者可將對方點倒，到走時再將被點穴者拍醒過來，保證那人懵然不知自己怎樣被人下了手腳。戚長征暗暗心焦，就在這時，馬廄那方傳來兩下鳥鳴的聲音。衣衫聲響，一個滾著紫紅衣邊的白衣男子，背著個火炬形的怪兵器，腳不沾地掠過眼前，迅速消失在馬廄那方的轉角處。這人不用說代表的是火，如此看來，進韓宅來搜索他的就是這金木水火土五將，此外極可能再沒有其他人，因為若要搜人而不被韓府的人發現，就必須是高手，由此而推之，圍著韓府的人武功都應比這五人為低，自己若要強闖出去，或許有希望突圍逃走。當然這是下下之策，因為只要露出行藏，以方夜羽手下能人之眾，能逃出武昌府的機會仍微乎其微。為今之計，就是乖乖聽水柔晶的指示，想法子混到韓府的主宅裏，那時這五將投鼠忌器，要找他便會難得多了。假設現在只還有一個土將在外面某處把風，他逃過對方耳目的機會就大大增加，因為他身處的這方向不應是土將注意的地方。打定主意，戚長征迅速再探頭望向與馬廄相反的右方。

幾座建築物外就是韓府的大花園，曲徑通幽，林木婆娑，對隱蔽身形極為有利，園旁均有道長廊，接通韓府前後兩院。昨天摸來此處時，戚長征對韓府的形勢早有了大略的認識，記得往前是韓府著名的武庫，往後是婢僕居處，然後是另一個較小的後花園，花園內就是韓天德和夫人子女的後宅。要混進韓家的人裏去，最理想莫如到前院去，可是那裏是韓府所有日間活動集中處，人來人往，藏身困難，所以唯有將目標定在韓家的後院。戚長征運足目力，迅速視察右方的園中林木，那土將若要藏在暗處，只有躲在樹木裏又或花叢內。就在這時，兩名婢女穿過大花園內的碎石小徑，邊走邊以手上的刀剪修整花草。戚長征心中大喜，果然看到園內一叢花木動了一動，不用說也是土將躲藏的地方，見到有人經過，立即藏進花叢間更濃密的深處。戚長征知道對方的注意力必全放到那兩名女婢身上，豈敢遲疑，閃了出去，貼牆而走，快如電光般經過糧倉旁的三個雜物倉，兩腳用力，撲上長廊擋雨的瓦頂，停也不停，沿著廊頂迅速經過婢僕們的居所，來到後院。後花園的林木深處，隱見一所大宅和三幢兩層的小樓，小橋流水，景色宜人。大宅處隱隱有人聲傳來，照這時間，應是韓府眾人聚在宅內進早膳的時刻。戚長征選了正中的一座小樓，由一棵樹撲往另一棵樹，眨眼間便穿窗進入小樓的上層去。

戚長征鬆了一口氣，環目四顧。小樓佈置淡雅，繡帳低垂的大床旁有張梳粧檯，銅鏡胭脂水粉眉筆骨梳等女兒家妝扮之物樣樣俱備，臨窗處放了一組几椅，几上古琴旁有本翻開了的詞譜，細看下原來是宋代女詞人李清照的《漱玉詞》，配著牆上風格清婉，分繪上梅蘭菊竹的四個卷軸，那充盈樓內清幽的茉莉花香氣，既有書卷氣息，又不失旖旎香艷的氣氛，只不知是韓家三位小姐那一位的閨房。雖未見其人，她在戚長征心中已留下了美好的印象。戚長征移到窗旁，往外窺看，他的眼珠一動不動，以捕捉任何映入眼簾的動態。原來人的眼球移動時，比較容易察覺靜止的物體；而當眼球不動時，對在視域內移動的事物則特別敏感。戚長征現在採用的是後一種江湖人慣用的視物法。人聲隱隱從大後方的庭院傳過來，這三座小樓卻靜悄寧靜。戚長征忽有所覺，定神望去，兩道人影沿著他來時的廊頂撲入園內，在林木間一閃不見。戚長征心中詛咒，敵人既來此處，不用說也不會放過這三座看似無人的小樓。這閨房內唯一可躲藏的地方，只有床底下的暗處。他想了想，來到床旁，正俯身要鑽進去，忽又改變主意，揭開垂帳，躲了上床，牽被將自己蓋個結實，屈起身軀，只露了少許頭髮在被外，除非對方把被拿開，否則誰也看不出床上睡的竟是他這名大漢。他忽然改變主意，是因想到若對方看到樓內無人，自是不會放過進來搜查的機會，那時他還能躲到哪裏去？不如橫起了心，扮作韓家小姐尚好夢正酣，那對方基於不能騷擾韓家人的限制，自沒有理由揭帳細查。由此可知水柔晶寥寥數語，對他的幫助有多大，也使他好生感激。

躺了不及半盞熱茶的工夫，窗框處輕響傳來。戚長征故意扭動，裝著要轉過身來的樣子。衣袂輕響，那人果然離開了。戚長征鬆了一口氣，由臉壁側臥改爲仰躺，伸了個懶腰，只覺舒服至極，也記不起有多少日子沒有像現在般寬鬆地睡在一張大床之上了。他爲人不拘小節，灑脫之至，絲毫不覺得偷睡人家小姐的繡床有何不妥。他舒服得打了個呵欠，暗忖不如就這樣躺他一個半個時辰，待水柔晶引走那些同黨後，才施施然離去，豈非愜意極點。迷迷糊糊間，差點就要睡著時，忽給輕盈的腳步聲驚醒過來。他大驚坐了起來，待要躲進床底，還來不及揭帳，房門給人推了開來。

蘭致遠等陪著韓柏和范良極下船時，陳令方和當地十多名大小官員，早恭候碼頭上，趁一番客氣介紹間，有人將蘭致遠拉到一旁，細述昨夜發生的事，這時蘭致遠才明白爲何歡迎隊伍裏包括了超逾千人的軍兵行差，江上還有兩艘兵船來回巡弋。

客套介紹完畢，陳令方向韓柏笑道：「老夫二十多年前曾奉皇上密旨，秘訪貴國，深受貴國美麗的風景吸引，想當年貴國鎮國將軍程澄之兄熱情好客，帶老夫遊遍當地藝院，那醉人的情景，二十多年來仍縈繞心頭，現在得遇專使，可上詢故人之事，眞乃平生快事。」

韓柏和范良極一齊笑起來，不過兩人的笑聲一乾一澀，都是在掩飾心中的惶恐。

范良極怕他再說下去，道：「原來陳老曾到敝國，那就更好了！更好了！不如我們先上船去，好好暢敘一番。」

韓柏這時想到的只是如何溜之夭夭，正不知說甚麼話時，背後馬嘶聲響，原來灰兒正給牽下船來，遂改變話題道：「若非這好馬兒，我也難以逃過劫難，所以無論到甚麼地方去，我也要攜牠一起。」

這時蘭致遠走了回來，再一番客氣話後，和眾官簇擁著韓柏、范良極和柔柔三人登上官船。范良極怕被陳令方詢問高句麗的事，露出馬腳，上船即向各人表示韓柏因頭部舊傷，現在感到不適，需要稍息一會。眾官還以爲可以好好敘敘，打好關係，聞言唯有殷殷辭別，方園和守備馬雄是隨行的人，當然留了下來。韓柏和柔柔躲進上艙陳令方爲他騰空出來的貴賓房裏，想起遲早要給陳令方揭破身分，不禁面面相覷。

韓柏低聲咒罵道：「我都說這計劃行不通，京裏還不知有多少人熟悉高句麗的事，若對方和我要說高句麗話，我可怎麼辦？」柔柔也不知應怎樣安慰他才對。

這時范良極推門進來，道：「我和陳老頭約好了共進晚膳，你好好想想，看看怎樣應付他對你的『上詢』。」

韓柏大怒道：「我又沒逛過高句麗的窰子，教我怎樣答他。」

范良極也有點焦躁，兩眼一瞪道：「告訴他你大而無當的頭給人一敲後，甚麼也記不起來，不就成了嗎？」

柔柔忍不住道：「范大哥！假設公子甚麼也記不得了，又怎當專使？」

韓柏悶哼道：「陳老頭既能出使高句麗，說不定也懂高句麗話，和我或侍衛長大人說將起來時，我還可以說給人打壞腦袋，侍衛長大人豈非當場出醜？」

這時船身輕顫，開始啓航。范良極嘆了一口氣，承認道：「誰想得到有這種情況出現？不過我們總逃出了武昌，至不濟你的頭便痛起來，我們一齊扯呼，回房休息去，陳老兒又能奈我們何？」

韓柏也同意這是沒有辦法中的辦法，道：「找到朝霞沒有？」

范良極點頭道：「誰瞞得過我老范，這上艙哪間房住著甚麼人，給我全摸得一清二楚。」向韓柏陰陰一笑道：「專使你乖乖在這裏休息半晌，待我到船上各處走走，爲你的安全盡點力。」

韓柏惱怒地道：「半晌？」

范良極冷笑道：「若你大命活到一百歲，幾個時辰不是『半晌』是甚麼？」

在范良極出門前，柔柔低聲道：「范大哥，小心點！」

范良極一呆道：「有甚麼好小心的，大不了跪求你的韓大俠我的頂頭上司救走我們。」

柔柔「噗哧」笑道：「我是要范大哥小心點莫要碰上陳令方，因爲你的頭並沒有事。」

范良極知道誤會了柔柔，老臉微紅，尷尬地走出房去。

這時在下艙較次級的房內，陳令方來找浪翻雲，道：「詩姑娘呢？」

浪翻雲道：「在鄰房睡了，她需好好休息，至少要睡上幾個時辰才行。」

陳令方面色凝重道：「浪兄對那兩個來自高句麗的人有甚麼看法？」

浪翻雲道：「他們上船前，我在艙窗旁細看過他們，陳老何妨先告訴我你的看法。」

陳令方道：「這兩個都不似是高句麗人，否則不會連半點高句麗口音也沒有。若是假扮的，確是膽大包天，皇上為了對付蒙古人，特別籠絡中土外的國家，朝中熟悉高句麗的人不多，卻並非沒有，老夫便是最老資格的一個，這兩人一見皇上，保證立即被拆穿身分，我眞奇怪他們怎敢這樣做？」

浪翻雲微微一笑道：「這兩人敢如此大膽，因為他們另有本錢。」

陳令方一愕道：「本錢？」

浪翻雲道：「這兩人都是江湖上罕見一等一的高手，若要逃走，恐怕鬼王亦未必攔得住他們。」

陳令方色變道：「如此高手，為何要裝神扮鬼，是否……是否……」

浪翻雲道：「這個很難說，他們不似楞嚴能差遣得動的人，小的那個貌相雄奇，當非奸猾之徒，而且……唔！這事有點奇怪，我或許曾見過此人也說不定……」

陳令方大感奇怪，以浪翻雲這個級數的高手，怎會不能肯定自己是否見過對方。

浪翻雲看出他心中的疑惑，道：「這事遲些再和你解說，但那匹灰馬我確曾見過，因此也產生出種種聯想……」

陳令方道：「老夫現在應怎辦好？」

浪翻雲道：「暫時不要揭破他們，最好安排一個機會，調走所有閒人，讓我和他們碰碰面，試試他們。」話猶未已，范良極的聲音從艙口處遠處傳過來，不知和誰在寒暄著。

浪翻雲微笑道：「陳兄若現在走出去，我保證他立即藉故遁走。」

第三章

妾意郎情

第三章　妾意郎情

易燕媚失魂落魄地在路上走著，本來她已沒有特別的目的地，只是以往在山城時，不時聽乾羅提起鄱陽湖的山光水色，似是對這大湖情有獨鍾，又從方夜羽處得知乾羅逃往九江府，感到乾羅極可能是往鄱陽湖去，所以來碰碰運氣，能遇上乾羅的希望實在非常渺茫，剛才目睹馬心瑩慘死，心生感觸，這刻更若無主孤魂，也不知自己應到哪裏去。蹄聲在後方響起。易燕媚畢竟富於江湖經驗，縱使在失落的情緒裏，仍自然而然躲往道旁的草叢後。塵土飛揚下，一批百來人的勁裝大漢，策馬馳過，竟全是以往山城的手下，現在叛了乾羅，隨「飛腿」毛白意加入了方夜羽的人。易燕媚身心皆疲，乘機坐了下來，暗忖方夜羽如此調兵遣將，不用說也是進行策劃了多時的進攻雙修府行動，一場風雨正在醞釀中。以往想起爭霸江湖，易燕媚都感興奮莫名，但現在只希望永遠再看不到任何鬥爭仇殺。假若自己從此放下武事，避進窮鄉小鎮裏，是否可以過些安樂日子呢？

就在這時，一對赤腳出現在她眼前。易燕媚芳心大駭，想往後退，「砰」一聲撞在一棵大樹幹上，對她這種擅長輕功的人來說，這是絕不該發生的事，可見她是如何驚惶失措。楊奉哈哈大笑，一掌印來。易燕媚蠻腰一扭，轉到樹後，剛拔出兩把短劍，忽覺不妥，原來楊奉仍招式不變，一掌往樹身印上去。幸好易燕媚驚覺得早，想到對方的功力已高明至隔物傳力的境界，兩劍撐在樹身，疾退開去。她的嬌軀剛離開樹身寸許，楊奉渾厚剛猛的掌勁由雙劍處傳來，易燕媚慘哼一聲，踉蹌跌退，到背脊撞上另一棵大樹，才能停下。

楊奉由樹後轉了過來，哈哈笑道：「姑娘太大意了，記得做好事爲人做墳，卻忘記了留下足印，讓我輕易追來，難道你以爲我會讓知情的人活在世上嗎？」

易燕媚懊悔不已，暗恨自己失魂落魄，完全沒有想過楊奉會回過頭來毀屍滅跡，致發現了自己的蹤跡。他當然不會容許有人知道他殺了馬心瑩。

楊奉眼中凶光閃閃，冷冷道：「我楊奉一生都在追求武道的巔峰，所以遠赴域外，但願能有奇逢巧遇，這十多年來一無所得，本斷了希望，可喜老天爺終被我感動，賜我鷹刀，現在只要殺了你，天下再無人知道此事，只要我有時間，哪怕是十年或是二十年，終有一天會給我悟通鷹刀的秘密，使我成爲繼傳鷹之後的大羅金仙，哈……」他顯然得意至極，又不怕易燕媚能逃出手底，竟一口氣將心中的話吐出來。

易燕媚氣血浮動，心頭煩悶，知道被對方掌勁所傷，展不開平時一半功夫，自忖必死，反平靜下來，緩緩道：「你殺了馬任名嗎？」

楊奉仰天一陣狂笑道：「這小子枉我一向待他如兄弟，竟敢大膽騙我。楊某既給他騙了一次，還會有第二次嗎？在我入林追他女兒時，他先中了我學自天竺的一種掌法，假若能立在原地不動，調氣治傷，一盞熱茶功夫，即可復原，豈知他急於逃走，妄動眞氣，到發覺不妥時已太遲了，哈哈……」

易燕媚見他狀若瘋狂，知此人爲了鷹刀，到了六親不認的地步，眼光落在他背上露出來的刀柄，心想這就是天下人夢寐以求的神物了，自己爲它而死，總算不是死得不明不白。算了吧！一切也罷了。狂勁捲起，楊奉的鐵枴已然出手，當胸戳至，枴頭左右擺動，隱隱封死自己朝上和移往左右的逃路。易燕媚知道縱使在最佳狀態，也不是這人十招之敵，閉上雙目，只求一個痛快。

南康府的大街當然比不上黃州府、武昌府等大城邑的熱鬧，但自有一番小康之象，在市中心一幅大空地處，有十多個各地鄉人到來擺賣蔬果和各式用具的地攤，價廉物美，引得附近的人都到來選購。有些熟食販子乘機在空地兩旁豎起帳幕，擺了幾張檯子大做生意，光顧的人眞還不少。谷倩蓮回復她的俏皮活潑，拉著風行烈在大街小巷到處溜達，一點顧忌也沒有，見到這麼一個好去處，忙拉著風行烈到其中一個麵攤的空檯子坐下，叫了兩大碗牛肉麵，津津有味地吃起來。風行烈也感肚子餓了，風捲殘雲般轉眼便吃個碗底朝天，連湯水也一古腦兒送進去祭五臟廟。

谷倩蓮「咭」一聲笑道：「看你的吃法怎知這碗麵是何滋味？」

風行烈實在無法將這眼前快樂得像小鳥的谷倩蓮和剛才靜室外淒苦的她相連起來，拍拍肚皮道：「快有快的滋味，慢有慢的滋味，我不說你吃得不夠痛快，你還來說我。」

谷倩蓮夾起一箸麵，笑咪咪道：「只有慢吃才能將吃的快樂延長，像你那種吃法，縱使痛快，時間也短暫多了。」

風行烈愕了一愕，心想此姝說話總有點歪理，不敢重蹈前轍，和她辯論下去，看她再吃了幾口後道：「你好像一點不急於回雙修府去的樣子？」

谷倩蓮放下碗筷，兜了他一眼，甜甜一笑道：「方夜羽不急，我們爲何要急，何況……」幽怨地瞅著他續道：「何況我不想這麼快回去。」

風行烈拿她沒法，索性閉口不言，要了壺濃茶，優優閒閒喝起茶來。谷倩蓮一邊喝茶，一邊拿眼看他，俏臉笑意盎然，一副只要和你一起便無比滿足的樣子。

風行烈見到谷倩蓮這麼歡天喜地，心情開朗起來，道：「剛才你一路來時，不時在街角處流下暗記，為何現在仍未有人來和你聯絡？」

谷倩蓮美目湧出深情，沒有答他這問題，卻道：「記得那晚燒卜敵那些賊船前，我曾說過要告訴你一個雙修府的秘密，你還記得嗎？」

風行烈想起那晚從「白髮」柳搖枝手上救出眼前的佳人後，夜半棧房私語的醉人情景，心中湧起絲絲甜意，經過了剛才的雨中擁抱，往日風行烈自己一手築起來阻隔著兩人的堤防，已給長期患難與共建立起來的深厚感情、男女天生的互相吸引所匯成的洪流衝破了一個大缺口。聽到谷倩蓮重提那未有機會說出來的秘密，風行烈既感溫馨又感有趣，微笑道：「當然記得！」

谷倩蓮嬌嗔道：「那你為何問也不問，難道對倩蓮的事一點不關心嗎？」

風行烈想不到罪名如此嚴重，苦笑道：「你要說自然會說出來，以你谷小姐的一向作風，小生想不聽也不行，若我問你，不知你又會出甚麼花招耍弄我了？」

谷倩蓮「噗哧」一笑，橫他一眼，小嘴喃喃唸道：「小生！嘻！小生！」對風行烈首次自稱小生大感有趣。

看著她嬌態流露，天眞可人的風姿，風行烈心神全被吸引了過去，驀地心中一震，自己難道將冰雲置諸腦後了嗎？

谷倩蓮看到他神色有異，奇道：「你在想甚麼？」

風行烈看著谷倩蓮，心中嘆了一口氣，靳冰雲和谷倩蓮兩人有著極端不同的性格特質，前者像永遠被失落和哀愁鎖在一起，而後者則永遠那樣積極進取，充滿了對生命的熱愛和活力。谷倩蓮逐漸在塡補著他心內因斬冰雲離去而騰出來的空白。在敵人龐大的壓力下，沒有人知道明天能否還活著，時日既無多，爲何不好好掌握眼前的珍貴時刻呢？若自己的怪傷眞能被治好，跟著的事就是向龐斑挑戰，只有那樣做才可以補償因厲若海爲救自己而身亡的悲痛，因冰雲的欺騙而造成的創傷，縱使戰死，總勝過苟且偷生。就是在這種心態下，使他原本緊閉的心扉開放了，也使他感到應善待眼前這對他情深一片的嬌娃，而谷倩蓮亦的確對他有強大的吸引力，能給予他斬冰雲從來沒有予他的實在感和濃烈的沒有任何保留的愛。

谷倩蓮豎起一指按著櫻唇，示意他不要說話，甜甜一笑道：「讓我猜猜風小生的腦袋內現在裝著甚麼東西？」

風行烈頑皮心大起，暗忖自己堂堂男子漢大丈夫，平日的唇槍舌劍，玩弄手段總鬥不過這小精靈，如何能抬起頭來做人？不由動起腦筋來，看看能怎樣勝回一局。連他自己也不知道，經過了一段遙遠的心路歷程後，他終於由漠然不理，盡力拒絕，而至現在的投入和接受，享受到和眼前玉人相處的樂趣。這並非說他移情別戀，而是生命本身的力量使人無法永遠活在痛苦和消沉裏，厲若海的死和谷倩蓮的愛正是令他振作起來最重要的兩個因素。

谷倩蓮作出個嫵媚動人的猜想表情，試探著道：「你在想……」她還未說出來，風行烈大搖其頭。

谷倩蓮大發嬌嗔道：「人家還未說出來，你怎知猜得不對？」

風行烈哈哈一笑道：「你谷小姐有多大道行，難道瞞得過我風行烈嗎？當然知你猜錯。」

風行烈罕有表露如此強烈「反擊性」，谷倩蓮露出戒備的神情，杏目圓瞪道：「說出來吧！若是我心中猜到的事，倩蓮會要……要你……唔！說吧！」

風行烈見谷倩蓮破天荒第一次落在下風，大感痛快，哂道：「要我風行烈好看！是嗎？」

谷倩蓮咬著下唇，瞅他一眼，跺足道：「想欺負人家嗎？快說出來！」

風行烈微笑道：「我的腦袋裝著的不是甚麼東西，而是兩個字，不過當時認得的只有開頭時那半邊『女』字，跟著其他的都像鬼畫符那樣，教風小生如何辨認？又或者小生才疏學淺，不認得那麼多字吧！」

谷倩蓮俏臉一紅，又羞又氣，又不知風行烈是眞的辨不出寫在他背上那兩個字，還是存心要弄她，一時間亂了方寸。

風行烈步步進逼道：「下面那個字似乎淺白一點，好像是個『你』字，上面那個則怎樣也辨不出來，『女』作偏旁的字那麼多，究竟應是哪一個？」

看到風行烈扮出來的皺眉苦思狀，谷倩蓮終於知道中了奸人之計，不依道：「行烈啊行烈！人家還未嫁你，你就在欺負人家！」

這麼直接大膽的話，眞虧谷倩蓮說得出口，風行烈呆了一呆，猛地醒覺，知道谷倩蓮正在反擊，暗忖這次無論如何絕不可敗下陣來，把心一橫而且確想看看谷倩蓮招架無力的嬌憨樣兒，一拍額頭，舉手作投降狀道：「風某眞是愚不可教，忘了有『女』才能成『家』，這個正是『嫁』字。好！由今天開始，風某向江湖宣佈，因受不了谷小姐多方引誘，終於失陷情關。」他本是風流瀟灑的多情人物，只因受到靳冰雲的打擊，意冷心灰，這刻放開束縛，立即回復本色。

谷倩蓮嬌羞不勝垂下頭去，低聲道：「記得大丈夫一諾千金啊！」旋又想起另一事，不忿地道：

「誰在引誘你啊？」剛才她還要告訴風行烈那個秘密，現在調起情來，甚麼也給拋諸九霄雲外。

風行烈完全投入了谷倩蓮醉人的少女風情中，首次成功地拋開了過往的辛酸遭遇，奮起雄心，卻非關甚麼爭霸江湖之事，而只是怎樣要把眼前這可愛刁蠻娃兒暫時治個貼服，不讓她有還手之力，柔聲道：「倩蓮！」

谷倩蓮從未聽過風行烈如此溫柔的呼喚，芳軀輕顫，抬起頭來，羞喜地道：「甚麼事？」

風行烈知她全無防備，強壓著快要大獲全勝的快意，淡淡道：「給我親親好嗎？」

縱使谷倩蓮如何早熟大膽，終究是個未經男女之事的女兒家，不似風行烈在這方面有著豐富的經驗，而風行烈亦正是看準這點，展開攻勢。這種男女之樂，只有在無所不用其極時，才可盡歡。兩人自相識以來，一直採取主動的都是谷倩蓮，現在風行烈搶回主動，立即樂趣橫生，使兩人的心更拉近起來。

谷倩蓮紅透了耳根，心波蕩漾，偷眼看看附近已開始注意他們的其他食客，愕然道：「在這裏？」就憑這句話已可看出谷倩蓮比起一般閨女大膽了不知多少倍，因爲她不是拒絕，而只是猶豫這是否適合的地方。換了其他女子，這種荒唐情話聽都不可以聽進耳朵裏去。

風行烈認眞肯定地道：「當然是在這裏！」

谷倩蓮烏靈靈的雙眸秋波流轉，眼中閃過看穿了風行烈虛張聲勢的神色，嫣然一笑，也不理來自四周的目光，隔著檯子半仰俏臉，嘟長小巧的嘴巴，一副任君品嘗的誘人樣兒。

這回輪到風行烈愕然以對。心中一氣，難道我風行烈每次和你谷倩蓮交手，都要棄甲曳兵大敗而逃？乾咳一聲，狠狠咬牙，兩手撐在檯面，支起身體，擺出一副要越過來狼吞虎嚥的凶霸相。

谷倩蓮半閉的美目掠過恐慌，「嚶嚀」仰後，差點縮進檯底下去，求饒道：「風公子放過乖倩蓮這次吧！」

風行烈哈哈大笑，坐回椅上，充滿縱橫情場，凱旋而歸的勝利感覺。自靳冰雲離開他後，從未如這刻般的忘憂無慮，冷漠全消。谷倩蓮重新坐好，一臉嬌嗔，又喜又怕，那多情少女的嬌俏模樣，動人至極點。

兩人公然調情，兼之男俊女俏，看得四周的人眼也傻了，大嘆世風日下，人心不古。風行烈還不覺得怎樣，谷倩蓮終是黃花少女，又怕風行烈有更越軌的狂行，低聲懇求道：「行烈！和倩蓮走吧！」

風行烈像一點也不知道成了別人眼光焦點，悠然道：「你若不告訴風某要到哪裏去，我是不會像傻子般任你帶著遊花園般東逛西走。」在與谷倩蓮充滿男歡女愛的「對仗」裏，他從未佔過上風，故分外珍惜。

谷倩蓮驚魂甫定，道：「怕了你！昨夜倩蓮淋了雨，有少許不舒服，想到藥鋪抓一劑風寒茶，喂！你究竟陪不陪我去？」

風行烈搖頭苦笑，知道自己雖偶有小勝，終不是小精靈的對手，攤手道：「小生怎敢說個『不』字，若耽誤了谷小姐病情，誰擔當得起？」

門開，韓家二小姐慧芷一身湖水綠絲錦衫裙，肩上披著素黃肩繡，若有所思地走了進來，對坐在繡帳低垂床上目瞪口呆的戚長征視若無睹，移步到古琴前，伸指輕按琴弦，「叮」一聲彈響了一個清脆若深山禪院敲鐘的泛音，移到窗前，往外望去，幽幽嘆了一口氣。戚長征頭皮發麻，縱使面對千軍萬馬，也比面對現在這尷尬場面容易應付。正想偷偷下床，開門離去。韓慧芷轉過身來，在窗旁的椅子坐了下來，茫然望著牆上的一幅字畫。戚長征動也不敢動，狼狽已極，心中祈禱著對方看不見自己。

韓慧芷低吟道：「風住塵香花已盡，日晚倦梳頭。物是人非事事休，欲語淚先流。聞說雙溪春尚好，也擬泛輕舟。只恐雙溪舴艋舟，載不動許多愁。」

戚長征看過剛才翻開的詞譜，知道韓慧芷唸的是其中一首詞，他雖然不能完全掌握詞意，也聽出韓慧芷滿懷愁緒，難以排遣，滿是失落傷情的味兒。不知如何地，竟萌生衝動，差些要揭帳而出，好好勸慰這秀外慧中的韓家二小姐一番。韓慧芷盈盈站起，朝戚長征走來。戚長征如受雷擊，全身麻痺，暗叫我的天呀，韓慧芷已有所覺，駭然止步，抬頭望著床上。戚長征暗叫聲完了，只要對方一聲尖叫，所有東躲西藏的努力將付諸東流。韓慧芷俏臉倏轉煞白，張口就要驚呼，忽地及時伸手掩著檀口，只發出「呵」的一聲輕響。

戚長征動也不敢動，怕她誤會，舉手表示全無惡意，道：「我是戚長征！」

韓慧芷驚魂甫定，雙手抱著急速起伏的胸脯，微怒道：「你爲何到了我床上？還不下來？」

戚長征低聲道：「低聲點！韓小姐可否裝作若無其事，移到窗旁，以免找我的凶人看到我躲在這裏。」

韓慧芷猶豫了片晌，想到對方若要害她，剛才實是輕而易舉，點了點頭，移到窗旁。

戚長征舒了一口氣，跳下床來，閃到從窗外望進來目光不及的死角處，低聲道：「多謝小姐，我還怕你駭然大叫，那我就完蛋了。」

韓慧芷道：「我若非認得是你，定會叫出來。」

戚長征奇道：「我們怒蛟幫一向被你們白道中人視作洪水猛獸，為何小姐見是我反而不叫？」

韓慧芷怕給人看到她在和人說話，在窗旁的椅子坐下，看著眼前軒昂的青年男子道：「我現在眞的弄不清楚誰是好人，誰是壞人，只知大多數人都只爲自己的私利打算，唉！」

戚長征知道她因馬峻聲的誤入歧途和八派中人的自私自利生出感觸，不知該怎樣安慰她，站在牆角，默然不語。

韓慧芷道：「我們不如到樓梯轉角處再說，那裏不虞被人看見。」

戚長征驚異地看她一眼，想不到她思慮如此周詳，又一點不怕自己，忙點頭同意。兩人躲在兩層樓間的樓梯處，爲了方便低聲說話，兩人並坐同一梯級。戚長征解釋了自己的情況，當然隱去了水柔晶助他的那一段，因爲這是須高度保密的事，方夜羽若知曉，絕不會放過水柔晶。縱使音量近乎耳語，但他渾厚的聲音在這半密封的空間內，仍有著空谷迴音的效果，似遠若近。戚長征說罷，升起一種奇異的感覺，就像眼前這初相識的溫婉賢淑的美女，就是他多年的玩伴，大家孩子般說著故事和玩兒。韓慧芷挺有興趣地專心聆聽著，沒有半句話打岔，還隨著戚長征的經歷有時驚得吐出小舌，有時作著無聲的微笑，表示讚賞，使得戚長征唯恐說得不夠仔細。

聽罷，韓慧芷抿嘴笑道：「你也算膽大包天了，明知方夜羽不會放過你，還孤身前來武昌；明知我家裏八派的人雲集於此，仍要摸上門來。」她看似在責備戚長征，但眼中卻只有欣賞崇拜之色。

戚長征給這「知己」看得連骨頭也酥起來，記起甚麼似的道：「我記起了，進廳時你站在韓天德前輩身後，目瞪口呆看著我，好像看傻子那樣。」

韓慧芷笑道：「那時我眞以爲你瘋了，想不到你仍留心到我，還以爲你眼中只看到秦小姐！噢！對不起！我不是怪你，秦小姐的確美若天仙。」

戚長征記起自己當眾讚美秦夢瑤，當時只覺理所當然，天公地道，不知爲何現在給韓慧芷提出來，卻大感尷尬，臉上一紅，分辯道：「秦夢瑤有她的美，韓小姐亦有你……你的美，噢！我也不知應怎麼說，你們都是那麼美，但你的美是慢慢來的。」心忙意亂下，他說得一塌糊塗，措辭不當之至，但卻清楚表達了他覺得韓慧芷很美。

韓慧芷粉臉通紅，暗怪這人坦白得可以，說話沒有一點避忌，但另一方面，芳心卻是又甜又喜。在高手如雲的大廳內，戚長征那種「雖千萬人吾往矣」的英雄氣概，在她心中留下了深刻的印象，所以剛才一見是戚長征，立刻戒心盡去，自有其前因後果。

戚長征道：「現在馬峻聲給那禿驢擄了去，你的五妹豈非很傷心嗎？」

韓慧芷道：「這事出奇得緊，自五妹知道小柏千眞萬確沒有死後，態度來了個突變，再不提馬……馬峻聲，反嚷著要去見小柏，眞令人費解。」說到馬峻聲時，她的聲音低了下去，好像怕戚長征發覺到她曾暗戀過馬峻聲的往事。

戚長征渾然不察，一愕道：「甚麼小柏沒有死？」

韓慧芷不厭其詳的解釋一番後，戚長征作出苦思狀道：「這眞是令人難以理解。」

韓慧芷還以爲他會對韓寧芷的轉變給出合理的解釋，一聽卻是如此，有點失望地道：「原來你也不明白！」

戚長征只覺和她說上三天三夜仍不會有半絲悶意，聞言立刻絞盡腦汁，沉吟道：「會不會你五妹眞正愛的人是韓柏才對。」

韓慧芷皺眉道：「怎麼會？當時小柏只是個下人吧！」

戚長征不悅道：「人哪有上下之分？」

韓慧芷垂下了頭道：「戚兄教訓得好，人是不應有上下之分、貴賤之別，慧芷以後再不會有這個想法。」

對韓慧芷的柔順溫婉，勇於認錯，戚長征大感不好意思，囁嚅道：「我這人就是直腸直口，韓小姐莫要怪我。」

韓慧芷出神地瞧著他，輕輕道：「我一直希望有個像戚兄這樣的朋友，可教曉我很多不知道的道理哩。」說完想起其中語病，羞得垂下頭去。

戚長征似飄然雲端，他在怒蛟幫內終日和上官鷹翟雨時等廝混，互逞唇槍舌劍有之，何來這等溫馨軟語，怎不另有一番滋味在心頭。一時間兩人各有所思，沉默起來，間中眼神接觸，兩人都嚇得望向別處。

戚長征驀地想起不知不覺間在這樓梯已待了很長的時間，但又有點不願離去，想了想，問道：「現在馬峻聲的事已告一段落，你們……」

韓慧芷道：「現在我們唯一的願望，就是大伯能無恙歸來，不捨大師答應了不惜動用一切力量，務要找到他，現在好多了，起碼比以前茫無頭緒有些著落。」頓了頓又道：「阿爹會帶我們到別處住上一段日子，其實主要還是爲了五妹，希望她離開這裏後，會忘記曾發生過的傷心事。」

戚長征一呆道：「你們要到哪裏去？」

韓慧芷垂頭輕輕道：「你會來找我嗎？」

枴未至，勁氣籠罩著方圓丈許的空間。易燕媚心中叫道：「死了最好！甚麼都不知道了。」索性閉上眼睛。勁氣忽歛。易燕媚大感奇怪，睜開眼來。只見「赤腳仙」楊奉一對赤腳一前一後，像生了根動也不動，手中鐵枴遙指著自己，一對燈籠般的大眼凶光閃閃，似在看著自己，又像視而不見。

易燕媚大惑不解時，楊奉沉聲道：「誰？」

乾羅平靜的聲音在楊奉身後某處響起道：「楊兄爲何不繼續動手殺人？」

楊奉悶哼道：「你若不想她死，先給我退後十步才說。」

乾羅負著雙手，在楊奉背後出現。易燕媚失聲悲叫道：「城主！」

楊奉一呆道：「城主？來者是否『毒手』乾羅？」

乾羅淡然道：「正是乾某，楊兄認不出我的聲音嗎？你的武功雖大有進步，但記性卻差了很多。」

楊奉大喝道：「你再不滾開！楊某立即殺了她！」

乾羅長笑道：「你的記性眞不行，我乾羅何等樣人，豈會受你威脅，看矛！」

楊奉大吃一驚，他雖有把握殺死易燕媚，但卻知道絕逃不過乾羅趁勢而來的猛擊，大駭下轉身迎戰。豈知乾羅依然負手卓立，名震天下的矛仍在背上。這一下反變成楊奉腹背受敵，禁不住一陣心寒。

乾羅失笑道：「早說過你的記性不行，誰聽過乾某會在別人背後出手的？」

楊奉強壓下因乾羅冷嘲熱諷而來的狂怒，面對這位列黑榜、天下有數的高手，縱使以他的自負亦不敢不全神貫注，加倍小心。

易燕媚乘機叫道：「城主，傳鷹的厚背刀在他背上。」

楊奉恨得咬牙切齒，怒道：「早知一枴先殺了你這賤人。」

乾羅愕了一愕，道：「既是如此！楊兄請罷！」

這次輪到楊奉一呆道：「甚麼？」

乾羅冷冷道：「懷璧其罪，只是這把刀已夠楊兄受了，我本打算留下楊兄，將你萬般折磨，以洩我乾某女人之恨，現在已無此必要，滾！」

易燕媚聽到乾羅說自己是他的女人，渾身一顫，不能置信地悲叫道：「城主！燕媚……」

楊奉雙目凶光大盛，瞪著乾羅眨也不眨，忽地身子往前一俯，似要衝前出手，倏又改變方向，往橫移去，沒入林內，消失不見。易燕媚跳了起來，不顧一切往乾羅奔過去。乾羅微微一笑，張開手來，將她摟入懷內。

易燕媚悲喜交集，眼淚不住滾滾流下，滴在乾羅胸前的衣衫上，顫聲道：「城主！你終於來了，你不怕燕媚再騙你嗎？」

乾羅道：「我乾羅只會給人騙一次，自信再沒有第二次的了。」

易燕媚喜極泣道：「城主！城主！」卻再說不出其他話來。

乾羅淡淡道：「剛才眞是險得很，想不到楊奉的武功竟進步到如此地步。」

易燕媚一呆道：「城主！你……」

乾羅點頭道：「不錯！我內傷仍未痊癒，和他動手，未必能穩勝他。」

易燕媚駭然道：「楊奉眞的那麼厲害？」

乾羅笑道：「任他如何厲害，也鬥不過整個江湖，我會將鷹刀落在他手裏的事，傳遍江湖，那時天地雖大，將沒有半尺他容身之地，待我養好傷勢，再見他之日，將是他血濺五步之時，哼！」

韓柏盤膝靜坐床上，神態莊嚴，有若老僧入定。柔柔坐在床旁的椅上，看著這對自己有救命之恩，又使自己傾心的俊偉男子，心中充滿著幸福的感覺和憧憬。開始時，她很擔心會連累了他。沒有人比她更明白心胸狹窄的莫意閒睚眦必報的性格，但現在有了范良極在，她再沒有那麼擔心了。跟了莫意閒後，她本以爲一生就這樣完了，委屈自己去服侍一個自己完全不喜歡的男人，在世間還有比這更痛苦的事嗎？她曾多次想到一死了之，可是她還年輕，她不甘心。如今在她灰黑的天地裏忽然闖進了這使她一見鍾情的男子，他又是那樣有趣和善良，使她分外珍惜這天賜的緣分。和韓柏范良極兩人一起時，無論在多麼艱辛的環境裏，總是充滿了希望和歡樂的。這兩人荒誕不經的行徑，令這本是平凡沉悶的世界，變成妙趣橫生的歷奇天地。他們間眞摯的友情，使她感動和溫暖，她完全不能想像，沒有了他們，生命還有甚麼意義。

就在這時，韓柏從自療的靜坐裏醒轉過來。韓柏一睜眼，看到柔柔目不轉睛，深情無限地看著自己，喜道：「天黑了沒有！」說完才知道說了蠢話，看著陽光普照的窗外，失望地道：「唉！何時捱到天黑呢？」

柔柔知他因要留在房中詐病氣悶得要命，柔聲道：「公子！柔柔在這裏陪你呵！」

韓柏彷彿這時才注意到對方，呆呆看了她一會，舐舐嘴唇道：「柔柔！你眞美！」

柔柔喜孜孜地道：「謝謝你！」

韓柏記起柔柔衣服內那副天賜的動人胴體，同時亦想起和花解語行雲佈雨的盡興纏綿，全身的溫度立刻上升，暗忖橫豎眼前尤物乃我韓柏的人，現在又沒有甚麼事可做，還有甚麼比得上男歡女愛更好的事，心中一熱道：「柔柔！你先去把門關上，以免那老猴兒進來撞破我們的好事。」

柔柔猶豫起來。韓柏催促道：「快點！」

柔柔沒法，走去關上了門，站在那裏，卻沒有知情識趣地走回床邊，大異她以往的言聽計從。

韓柏奇道：「喂！過來。」

柔柔垂著頭，坐到床沿。韓柏移前和她並排而坐，伸手摟著她香肩，看著她艷媚誘人的輪廓，嗅著她動人的體香，忽地想起了秦夢瑤，心想若有一天能和秦夢瑤如此消魂，眞是減壽十年也甘願。

柔柔低聲喚道：「公子！」

韓柏聽著她銀鈴般悅耳的聲音，只覺骨頭也酥軟起來，在她嫩滑的臉蛋香了一口，道：「甚麼事？」

柔柔有點惶恐地道：「范大哥曾吩咐過，公子內傷未癒，最好不要有房事，否則……」

韓柏怒道：「又是那死老鬼。」想了想又化怒爲喜道：「我們也不一定要……要幹那個……那個……來！先讓我親個嘴。」

柔柔幽怨地瞅了他一眼，送上香唇，在他嘴上蜻蜓點水般輕輕一吻，柔聲道：「柔柔的身體早屬於公子的了，公子愛怎樣都可以的，可是公子若和柔柔親熱，動了內傷，教我怎樣向范大哥交代？」

韓柏想想也是，壓下慾火，道：「這死老鬼也不無道理，便順著他的意思吧！是了！你和我一起這麼久，我們好像從沒有說過甚麼交心話兒。」

柔柔橫了他一眼，美目送出「你知道就好了」的清楚訊息。

韓柏愕了一愕，讚嘆道：「柔柔你眞有對會說話的眼睛，我看不用和你說甚麼，只讓你看我幾眼便夠了。」

柔柔忍不住笑得花枝亂顫起來，媚態橫生。韓柏剛壓下的慾火又再熊熊上升，自己也嚇了一跳，爲何對色慾竟有這麼強烈的要求。

推門聲響起，當然推不開來。范良極的聲音在外邊響起罵道：「你這小……噢！專使大人安好，不知下屬可否進來稟告。」

韓柏按著肚皮苦忍著笑，揮手示意柔柔去開門。柔柔打開了門，范良極走了進來，一對靈活的賊眼在兩人身上打量著。柔柔俏臉升起兩朵紅雲，微微搖頭，表示甚麼也沒有做過。范良極面容稍霽，悶哼一聲，瞪了韓柏一眼。

韓柏回他一眼，懶洋洋伸了個腰，打了個呵欠，道：「侍衛長你有事快快稟上，不要阻著你的頂上司我休息。」

范良極嘻嘻一笑，找了張椅子坐下來，道：「當然當然！若你是眞的休息，而不是那種『休息』的話。」

「篤！篤！篤！」敲門聲響起。范良極嚇得跳了起來，他當然聽到腳步聲，只是想不到是來找他們的。

柔柔把門拉開。一個俏丫嬛在門外恭敬地道：「夫人有請朴夫人一敘。」柔柔爲難地轉過頭來向兩人請示。范良極揮手示意她放心前去。柔柔點點頭，隨那丫嬛去了。

門關上後，范良極低聲道：「原來底艙關起了幾個人，馬雄告訴我昨晚有人想刺殺陳令方。」

韓柏嚇了一跳，道：「甚麼？」

范良極怒道：「甚麼甚麼的！我說得不夠清楚嗎？是不是要重複一次？」

韓柏知道自己受色心所誘，理屈在先，忍氣吞聲道：「爲何有人想要陳令方的命？」

范良極道：「馬雄語焉不詳，其中當別有蹊蹺。蘇杭八鬼在江湖上總算有點名堂，不是一般武師侍衛應付得了，何人可把他們一網打盡，還全體生擒，又不解送地方官府，這算哪門子道理？」

正苦惱間，見到韓柏東張西望，一副閒著無事的樣子，無名火起喝道：「你在做甚麼？還不幫我一塊兒想想？」

韓柏嚇了一跳，知他餘怒未消，陪笑道：「有你的金腦袋在運動著，哪有晚輩插上一腳的餘地，侍衛長請息對本專使的怒。」

范良極還想繃緊著臉嚇嚇他，終究忍不住笑了出來，口中喃喃道：「眞拿你這小子沒法！」

腳步聲傳來，敲門聲再次響起。范良極向韓柏使個眼色，韓柏會意，站了起來，到窗旁的椅子坐下，擺出專使的身分，范良極才道：「請進！」

一個家丁打扮的人進來道：「老爺預備了茶點，在樓下正廳恭候專使大人和侍衛長大人，假若……」

韓柏悶得發慌，想到醜媳婦終須見公婆，若被揭破身分，就一走了之，范良極也怪他不得，長身而起道：「好極了！本專使也想和陳公聊聊。」

「安和堂」從街外看去，並不覺得是間大藥材行，但當風行烈隨著谷倩蓮進入鋪內，才發覺藥鋪又深又長，裏面還別有洞天，不但有藥倉、曬山草藥的大天井，還有煉藥的工場。谷倩蓮長驅直入，經過天井，推門進入一個幽靜的偏廳裏，但奇怪的是藥鋪那麼多夥計和工人，卻沒有一個人出來招呼或攔阻她。

谷倩蓮擺出主人家的身分，招呼風行烈坐下後，抿嘴一笑道：「要不要我把門關上，好讓風公子親近親近倩蓮，只要不是太久，沒有人會來騷擾我們的。」

風行烈爲之氣結，雖然谷倩蓮巧笑倩兮的樣兒非常誘人，但此刻哪敢接受挑戰，改變話題道：「原來這處是你們雙修府的一個秘椿。」同時想到雙修府既有暗中復國的圖謀，其實力必遠超江湖人眼中的雙修府，這樣的秘椿也不知有多少，方夜羽也可能低估了他們。

谷倩蓮卻不肯放過他，嬌笑道：「風公子不要再顧左右而言他了，剛才的膽子哪裏去了？」

風行烈知她仍氣憤剛才被他弄得狼狽萬分的事，心中暗笑，站了起來，先到門旁往外望去，點頭道：「果然沒有人！我們應該有時間可以好好親熱一番，沒有床也不打緊。」

轉過身來，只見谷倩蓮軟癱在椅內，瞪大眼睛看著他，一副不知如何應付「劫難」的樣子。風行烈笑吟吟往她走過去。

谷倩蓮呻吟道：「很快有人來的了。」

風行烈奇道：「你不是說暫時沒有人來嗎？」

谷倩蓮低聲下氣道：「倩蓮是騙你的！」

話猶未已，腳步聲由遠而近，一個五十上下，生著副老實生意人樣貌，中等身材的瘦削男子步入偏廳裏，向谷倩蓮道：「小蓮你回來了，小姐不知多麼擔心。」

谷倩蓮道：「莫伯來見過風行烈公子。」

莫伯神情一動道：「原來是厲大爺的愛徒，難怪如此一表非凡。」接著喟然一嘆道：「可惜……可惜厲大爺……」

谷倩蓮不想他勾起風行烈的傷心事，請兩人到廳心的大檯坐下，向莫伯問道：「方夜羽方面有甚麼動靜？」

莫伯神色凝重起來，道：「眞是說出來也沒有人相信，除了黃河幫的船隊在五天前進入鄱陽湖給人看見過後，便再沒有人見過黃河幫的蹤影，現在鄱陽湖一片寧靜，小蓮你若要和風公子返回雙修府，我看一點問題也沒有。」又道：「我們看到小蓮你留下的記號，曾派出大量人手偵察有沒有人暗中跟著你們，亦沒有發現。」

風行烈這才明白谷倩蓮留下暗記的用意，皺眉道：「卜敵方面又有甚麼動靜？」

莫伯道：「卜敵被公子燒了個灰頭土臉，在九江府修好破船，和刁家的人駛進鄱陽湖後，也失去了蹤影，教人眞不明白他們如何能辦到，除非在鄱陽湖有人爲他們安排和掩護，但我卻想不出誰有這種條件和實力？」

風行烈和谷倩蓮皺眉苦思，不但想不透其中的玄虛，也想不通方夜羽採取的是甚麼戰略，但總之對雙修府來說不會是好事。

谷倩蓮道：「小姐有甚麼打算？」

莫伯道：「自黃河幫進入鄱陽湖後，我們進入了全面備戰的狀態，不過……不過我們這些在府外的人，都希望不要和敵人硬拚，好能保存實力……」看了風行烈一眼後，沒有繼續說下去，只道：「小蓮回府後，勸勸小姐吧！」

風行烈當然猜到莫伯想說的是「保存實力，以用在將來復國之上，」心中嘆了一口氣，這次無論是勝是敗，必會影響雙修府復國之事。這是誰也改變不了的，除非雙修府立刻解散，化整爲零，到別處避禍，但以方夜羽的厲害，恐怕要辦到這點亦極爲困難。隱隱中，他感到方夜羽正一手策劃著一個大陰謀，而這陰謀將可摧毀怒蛟幫，至於雙修府，只是方夜羽次要的目標吧。

谷倩蓮站起身來道：「我的心忽然像火燒般的焦急，想立即回府去。」

風行烈和她對望一眼，心中都升起莫名的焦憂。

戚長征聽到韓慧芷如此多情露骨的一句話，心中雖充滿了遐思，但想起自己乃黑道中人，一向和白道勢不兩立，在擁護朱元璋的八派中人眼中，更是萬惡不赦的叛徒，若要和韓慧芷相戀，必會遇到重重阻力，自己還不怎麼樣，韓慧芷如何受得起指責和壓力？想斷然說「不」，又不忍說出口來，一時間愕然以對。韓慧芷垂下頭去，好一會也沒有作聲。戚長征一陣衝動，差點便要伸手將她摟進懷內，來個海誓山盟。

韓慧芷抬起頭來，俏臉強裝出冷漠的神色，淡淡道：「慧芷蒲柳之姿，公子怎看得上眼，慧芷太奢求了。」

戚長征乃天生一往無前的無畏者，只覺這輩子裏，從未如此進退維谷，如此痛苦難受，連感覺也麻木起來。

韓慧芷站起身來，平靜地道：「戚兄有沒有甚麼用得著慧芷的地方？」

戚長征一咬牙，站了起來，道：「小姐的恩德，戚長征永誌不忘。」抱拳施禮，不敢再看對方的眼睛，下樓去了。

韓慧芷襝衽還禮道：「你這樣走出去，很容易給撞上的。」

戚長征臉上一片茫然，毫無主見般呆了一呆，勉力振起精神，道：「小姐關心了，我自有辦法。」將耳朵貼在往外的門上，忽地拉開門，閃了出去，又輕輕掩上了門。韓慧芷一陣軟弱，挨在牆上，一顆淚珠終由眼角瀉下來。

韓柏范良極兩人，在那家丁的帶路下，進入正廳。兩人一瞧下，都大感錯愕。家丁沒有進來，順手掩上廳門。令他們吃驚的不是陳令方，而是陪著陳令方坐在一旁等待他們的高大男子。此人的打扮怪異無倫，戴上了絕不適合在這種場合的竹笠，還垂下了厚布，遮掩了容貌，但自有一股悠然沉穩的逼人氣勢。韓范兩人面面相覷，大感不安。

陳令方起身相迎，笑道：「專使大人和侍衛長請入座，讓老夫給你們引見一位朋友。」

那人仍肅坐椅內，並沒有隨陳令方站起來迎客。兩人交換了一個眼色後，抱著既來之則安之的心態，到旁坐下。目光都不由集中到那怪人身上。

陳令方從容道：「專使大人和侍衛長都必然奇怪老夫為何要特別為兩位引見這位朋友。」

范良極嘿嘿笑道：「引見朋友平常得很，本侍衛長只是奇怪這裏既沒有烈陽高照，又不是在沙漠裏，沒有沙子的反光，這位……嘿！這位朋友為何還要戴著這頂帽子，是否有甚麼見不得人的苦處。」他的話沒有半分客氣，顯是準備隨時翻臉動手。說完後，從懷裏掏出旱煙桿，放入煙草，卻沒有點燃。

韓柏見到范良極取出獨門兵器，心中駭然，知道老鬼看出那神秘男子絕不好惹。

陳令方若無其事，道：「兩位有所不知，若非這位大俠，老夫恐怕不能坐在此處和兩位說話。」

聽到「大俠」兩字，范良極兜了韓柏一眼，好像說所謂大俠真是廉宜得緊，這裏也有位大俠。韓柏見那「大俠」一聲不響，一動不動，的確莫測高深，又不知是否陳令方看穿了他們，故大耍手段，不禁為被陳夫人「請去了」的柔柔擔心起來，若動起手來，她和灰兒怎麼辦？

陳令方壓低聲音道：「侍衛長剛才已知道昨夜發生在船上的事，現在那些刺客都給關在艙底囚室內，由於事關重大，主謀者必會千方百計，派人來救這八個囚犯，為了使敵人摸不清楚我們的虛實，所以大俠故意將面貌隱藏起來，還望專使大人和侍衛長見諒。」

范良極半點不領情，冷哼道：「既是如此，這位大俠仁兄理應躲起來甚麼人也不見，為何又要讓我們看看他的外殼？」他的話刻薄到了極點。

陳令方不以為忤，不厭其詳解釋道：「因為兩位身分尊貴，所以老夫不能不讓兩位知道有這一號人物的存在，以免發生事故時，引起誤會，自家人打起自家人來，那就白便宜賊子們。」

范良極瞪著陳令方眼也不眨一下，嘿然道：「陳老不愧是當官的人，說起話來何止是兩個口。」

陳令方大笑道：「侍衛長眞會說笑，大家都是吃官飯的人，彼此彼此！」

范良極終於記起自己也是當官的，剛才連自己也罵了進去，乾笑兩聲，乘機點燃煙草，以掩飾自己的尷尬。兩人唇槍舌劍時，韓柏目不轉睛看著那不言不語，像個石頭人的大俠，心中升起一種奇怪的感覺。他也知道對方正在觀察他，雖然見不到對方的眼睛，但他感到有種赤裸裸，甚麼也掩藏不了的感覺，除了當日被龐斑望著時有這種感覺外，他從未有過類似的經驗。這人究竟是誰？

陳令方望著他道：「專使大人似乎對老夫這大俠朋友非常好奇，是嗎？」

韓柏嘻嘻一笑道：「陳公這位朋友的聲音必然非常有名，一說話別人便會認出他是誰，否則為何連說話也如此吝嗇？」

這對活寶貝一唱一和，步步進逼，半點不肯放過陳令方和浪翻雲兩人。

陳令方微笑道：「專使大人見諒，這位朋友今天拜見兩位，就是要和兩位坦誠談談。」跟著俯身過來，在韓柏耳旁低聲道：「專使大人明白呢，這些世外高人都是脾氣古怪，這次肯助老夫已是天大面子，至於他何時開金口，並不是老夫能控制的。」

韓柏和范良極對望一眼，只覺整件事荒唐透頂。

韓柏拍拍肚子，故作驚奇道：「陳公又說有茶點招待我們，爲何檯上連只空杯也沒有？」

陳令方不慌不忙道：「老夫有位小妾，最拿手烹茶煮酒做點心，現在也該準備好了。」

范良極向韓柏恭敬道：「專使大人，聽說柔柔夫人最愛吃點心……」

韓柏會意，拍檯大笑道：「是的是的！本專使差點忘了，陳老！可否派人立即請敝夫人到來，莫要錯過貴如夫人巧製的美食。」

范韓兩人打的都是同一主意，知道遇上了陳令方，他們這高句麗兩人使節團勢難再撐下去，眼前又出現了這樣以范韓兩人眼力也看不透的大俠，最上上之策，也是唯一之策，就是看看怎樣上岸逃之夭夭，所以找柔柔回來乃當前急務。

陳令方微笑道：「這個當然，不過讓我們先說上幾句話，才請柔柔夫人來也不遲。」

范韓兩人忍不住臉色微變，陳令方這樣說不是擺明要留柔柔作人質嗎？

范良極向韓柏使個眼色。韓柏和他拍檔多時，怎會不明白，「呀！」一聲站起來道：「本專使差點忘記了我的救命馬兒，待我去看牠兩眼，再回來吃茶點。」他實在想不出離去的好藉口，索性胡謅一番，看看陳令方這大俠朋友有何方法將他留在此處。

「咿呀！」廳門大開，朝霞提著一瓶泉水，牽著兩個捧著火爐、茶具、錫罐和一盤美點的婢女姍姍而來，向各人斂衽施禮。范韓兩人心想：「怎會這麼巧？」

朝霞指示婢女為四人擺好杯筷，放下美點，又搬來一張紫檀木長几，在上面放置火爐茶具等物，這才發覺韓柏站在位子上，呆瞪著自己，不禁心中不悅，暗忖為何這專使如此無禮。向他望去，只見對方氣度清奇，眼神清澈，一點沒有色迷迷的樣子，反有種熱烈坦誠的味道，教人不願怪責他，不忍往壞的一面去猜想他的意圖。范良極也忍不住偷偷看她，眼中射出憐愛的神色。

陳令方大方道：「老夫這小妾叫朝霞……」

朝霞施禮後，垂下了頭，不敢和韓柏對望，自進陳府後，她從未和年輕男子如此目光相觸，一顆芳心不由忐忑跳動起來。兩名婢女於此時告退，留下朝霞在桌旁站著。

陳令方續道：「專使大人和侍衛長是否曾見過朝霞？」

韓柏大感尷尬，囁嚅以對間，范良極吸了一口煙後，乾咳兩聲道：「朝霞夫人像敝國一位以歌技著稱全國的才女，所以我們兩人才看得傻了眼。」

陳令方心中狐疑，不過並不揭破，向站在那裏不知如何是好的韓柏道：「茶點已至，大人也不須急在一時，先用茶點，才去看馬兒吧！」

一直沒有作聲的浪翻雲蓄意壓低聲音，沉聲道：「那是有高昌血統的良駒，確是好馬！」

韓柏心中升起一種難以形容的怪異感覺，雖認不出是浪翻雲的聲音，正呆呆看著對方時，范良極已在扯他衫角，示意他坐下，韓柏往他望去時，他在檯下作了個往朝霞抓去的手勢，以示必要時可將朝霞抓起來作交換柔柔的人質。

韓柏坐了下來，呆看著浪翻雲，道：「大俠果是識馬之人。」

陳令方向朝霞頷首，朝霞開始燃起炭爐，準備生火煮水，手勢純熟，教人一看便知是茶道的高手。

朝霞見眾人眼光都集中在她身上，尤其是那專使和侍衛長的灼灼目光，更使她有點不安，俏臉微紅，將水注進鐺內烹煮。

韓柏別的不懂，但自小生在大戶人家，受過茶道的訓練，雖不算出色，卻頗為在行，出言讚道：「只看陳如夫人擺這火爐和茶壺間的距離，已知夫人是茶道高手，因為過近的話，水便太熱，過遠的話，滾水沖進壺內時熱度會稍差，茶色香味都會有別，現在的距離正是恰到好處。」

范良極驚異地看了韓柏一眼，暗忖這小子像是頗為內行，不過心中卻不信開水熱度那分毫的差異，會造成差別。朝霞向韓柏感激地一笑，大眼眨動著，想說話，但卻沒有說出來。她出身京師的青樓，曾受明師指點，但為陳令方烹了無數次茶，還是第一次有人指出火爐和茶壺距離的微妙處，禁不住泛起知心的感覺，感到和這專使大人的距離縮近了。

陳令方驚異地道：「我差點忘了高句麗亦流行茶道，朝霞！讓大人看看我珍藏了十多年的茶葉。」

朝霞拿起放在一旁的精美錫罐，遞了過來，范良極搶著接過，旋開蓋子，拔起錫塞，一股茶香沖鼻而來，讚道：「好茶！」遞過去給韓柏，同時向陳令方道：「貴國以產茶名揚天下，能入得陳公之口的茶，必是名品。」

陳令方心中暗笑，這茶葉名「白芽茶」，專揀尚帶著白色的葉芽曬製而成，原產地正是高句麗，在當地雖非普通之物，但富貴人家不會未曾用過，他特意以此試探兩人，范良極立刻原形畢露。

韓柏見陳令方笑容有點古怪，暗叫不妥，錫罐內的茶葉，形狀古怪，氣味陌生，想起對方說過珍藏了十多年之語，心中一動道：「想不到陳公還留有我們的茶葉。」

陳令方愕了一愕，暗忖難道他並非假冒的，哈哈笑道：「果然瞞不過專使。」

范良極暗叫好險，卻不明白韓柏爲何能識穿陳令方的陰謀。

浪翻雲說了一句話後，沉默下去，只靜靜看著朝霞在一旁忙碌著。這時鐺口冒出白色水氣，朝霞輕呼道：「水沸了！」神態天眞可愛。對著這些泡茶的工具，就像小孩子對著心愛的玩具，只有在這裏才可以尋回眞正的自己。浪翻雲心中感嘆不已，陳令方的迷信使他把官場厄運和朝霞連在一起，對她實在非常不公平。朝霞提起水鐺，將滾水注進放了茶葉的壺內，稍後傾出，又再注入，放回蓋子後，又從蓋頂淋下熱開水，這才把水鐺放回爐上，然後斟出佳茗，剛好是四小杯。

陳令方招呼各人道：「請用茶！」伸手先取起一杯，也不怕燙手，送到口中，將那滾熱無比的茶一口啜乾，見眾人仍動也不動，奇道：「各位不要客氣，茶暖了嚐不到眞味。」

韓柏笑道：「陳公說得是！」伸手便欲取起其中一杯，竟拿之不動，原來浪翻雲同時伸手，用兩指遙捏杯子空處，難怪拿不起來。心中一懍，暗忖這怪人大俠手腳之快，實在前所未見，暗中運勁一拔，杯子竟若生了根般動也不動。正要出言，浪翻雲哈哈一笑，若無其事縮手拿起另一杯，一把倒進口內，嘆道：「茶是好茶，不過若非有陳如夫人這樣出色的茶道高手，也烹不出如此色香味俱全的極品。」朝霞得浪翻雲稱讚，歡喜地道謝。

范良極見韓柏吃了虧，既驚異這神秘大俠功力高深莫測，心中也大不是滋味，緩緩拿起剩下的一杯茶，慢慢小口小口的去品嚐，一邊哂道：「好茶必須慢慢品嚐，才能知道其中滋味！」這話不但針對浪翻雲，連陳令方也罵了進去。這次連韓柏也皺起眉頭來，暗罵范良極出了醜也不知道，原來凡是擅長茶道之士，必是將茶一口喝乾，不怕滾燙。范良極這麼說，累得韓柏也不知應用甚麼方式來喝手上這杯茶。

范良極放下茶杯，拿起煙管深吸一口後，向浪翻雲道：「大俠果是大俠，只不知是否肯再露上一手，讓我們見識見識。」口一張，一道煙箭刺往對方竹笠，若讓他射中，保證竹笠會給撞得飛起，掉到十多步外的後牆去。

韓柏知他憋了一肚子悶氣，終於忍不住出手試探，自己也確想看看對方如何應付，乘機一口喝掉手中之茶。陳令方悠悠坐著，像個漠不相關的旁觀者，反是朝霞瞪大美目，想看浪翻雲怎樣應付。浪翻雲甚麼反應也沒有。煙箭射在竹笠的尖頂處，分作兩股，河水分流般繞過笠頂，再合成一股，直射往後方的牆去，半縷煙也沒有散亂，非常好看，又怪異無倫。陳令方和朝霞體察不到其中的微妙處，只是奇怪范良極這道煙箭雖是怪一點，但對浪翻雲卻一點威脅也沒有。范良極和韓柏兩人一齊色變。要知這股煙箭結合了范良極數十年的精純眞氣，可以洞穿木板皮革，對方竟動也不動，借物傳力，以卸勁化解，怎不使兩人駭然。

范良極一不做二不休，喝道：「好！」一桿往浪翻雲的竹笠下沿處挑上去。

第四章

攜手合作

第四章 攜手合作

怒蛟幫的旗艦怒蛟號滑過洞庭湖內攔江島西面浩瀚的水域，破浪往與洞庭湖和長江交接的武昌水道前進。怒蛟號船身特高，船頭嵌上鐵甲尖錐，普通船艦若給它迎頭撞上，保證要被弄個大洞出來。這時船上五支巨桅上的風帆都張了開來，鼓得脹滿，巨艦箭般在水面滑行，一點不費力的樣子。甲板最上第三層的看台上，怒蛟幫最主要的三個人物，上官鷹、翟雨時和凌戰天，正憑欄遠眺著像浮在沸騰白浪上的無人孤島攔江。三人都同時想到，明年月圓之時，這孤島將成爲天下所有人矚目之地。那裏將發生自百年前傳鷹與蒙赤行血戰長街以來，最驚天動地的一場決戰。誰勝？誰負？

攔江島逐漸縮小，最後變成一個大黑點。凌戰天大喝道：「大哥！我賭你贏！」上官鷹和翟雨時默然不語

凌戰天看了兩人一眼，臉色陰沉下來，好一會才道：「雨時！自今午開始，你似乎有點心事。」

翟雨時點頭道：「是的！因爲那幾個最新的消息，使我感到形勢有點不妙。」

上官鷹道：「方夜羽也眞有點手段，竟能教黃河幫十多艘戰艦，卜敵的大軍，山城叛將毛白意的人馬，在進入鄱陽地域後立即潛隱不見，不過無論他們躲得如何隱密，遲早會給我們的人找出來，稍後必會有好消息。」

凌戰天看著逐漸退往水平線後的攔江孤島，搖頭道：「小鷹！我知你是想安慰雨時，但安慰是於事

無補的，兩軍對壘，最重要是料敵機先，要將這麼龐大的船隊和人馬隱藏起來，哪怕只是一個時辰，也不易辦到，可是黃河幫已失去蹤影數天，現在輪到的是卜敵和毛白意的人，至於方夜羽，我們則半點也不知他手上還有甚麼實力，這場仗如何能打？」

他不稱上官鷹幫主而喚他的乳名，是含有以尊長教訓下輩的味道，上官鷹卻聽得心悅誠服，因爲明白到凌戰天想他成爲大器的苦心，點頭道：「二叔說得是！」

翟雨時苦思道：「方夜羽若要做到像現在這成功達到的隱形戰術，必須有一個在鄱陽湖生了根，對當地環境和人事熟悉無比的龐大勢力協助他，才可以辦到，但我實在想不到誰有能力如此助他？」

一時間三人沉默起來。一陣長風吹來，怒蛟號大小風帆獵獵作響，加速前進。湖風吹得三人衣衫「霍霍」拂動。

凌戰天仰首望天道：「若猜不破這點，我們現在等於一齊去送死。方夜羽有能力隱形起來，我們卻自問進入鄱陽後無法辦到，敵暗我明，這場仗怎麼打？」頓了頓，長長呼出一口氣道：「在鄱陽誰有這樣的實力？」

上官鷹苦笑道：「是的！除了官府外，誰還有這樣的實力？」

這話出口，凌戰天和翟雨時齊齊一震，朝他望來。上官鷹一呆道：「甚麼？是官府？這不太可能吧！黃河幫紅巾盜全是朝廷眼中的亂臣逆賊……」

凌戰天沉聲道：「幫主你無意中一句話，救了整個怒蛟幫，就是因爲沒有可能，我和雨時才想不到。」

翟雨時神色凝重道：「這證明我先前的猜想沒有錯，楞嚴確是方夜羽的師兄，由他引走大叔開始，他和方夜羽便配合無間，逐步推我們進入他們精心佈下的陷阱裏去。」

凌戰天道：「鄱陽湖駐著朝廷的『神武水師』，領軍的大將『水鬼』胡節是奸相胡惟庸的堂弟，也可算是楞嚴的人，這樣看來，胡惟庸可能也在發著皇帝夢。」

翟雨時道：「若說背後沒有朱元璋在撐腰，誰也不會相信，假若事實確是如此，這場仗我們將有敗無勝，連怒蛟島也可能要賠出去。」

上官鷹色變道：「我們是否應回守怒蛟島？」

凌戰天嘆了一口氣道：「這事現在已成騎虎之勢，再沒有回頭路。我們的『好朋友』『水鬼』胡節以往三攻怒蛟島，都無功而還，連兒子也給我們宰了，關鍵處正在於他們缺乏眞正的一流高手，現在方夜羽恰好補了他們的缺點，而我們的浪翻雲卻不在島上，我消彼長之下，若想死守怒蛟島，最後只會是全軍覆沒的結局。」

翟雨時嘆了一口氣道：「這是場強弱懸殊的戰爭，假若我們依目前的路線，進入長江，定逃不過方夜羽和胡節聯手的攔截，恐怕未進鄱陽，便魂斷大江……唉！」

凌戰天也嘆道：「難就難在方夜羽目標明顯，全心要佔領怒蛟島，攻陷雙修府，我們即使安全無恙，但卻變成了遊魂野鬼，只能在敵人龐大的偵察網和勢力範圍內苟且活命，遲早會給敵人殲滅。」

翟雨時皺眉道：「唯一解決的方法，就是扳倒楞嚴和胡惟庸，我們才有取勝之望，否則不但我們遭殃，朱元璋的江山恐也難保，但這事怎能辦到？時間亦是個很大的問題。」

凌戰天道：「現在死中求存之道，就是立即通知所有戰船和兄弟，暫緩進入鄱陽，改爲隱於洞庭，這畢竟是我們熟悉的地方，各島和沿岸的漁民大多是我們的人，不像鄱陽般人地生疏。」

上官鷹道：「難道對雙修府袖手不理嗎？」

翟雨時道：「立即聯絡長征，要他獨自潛入鄱陽，到雙修府去痛陳利害，著他們立即遷地避難。」

凌戰天道：「這是沒有辦法中的辦法，方夜羽的主要目標始終是我們而不是雙修府，他會耐心等候一段時間，肯定我們不是經由其他河道進入鄱陽湖，才會採取行動，所以雙修府反而暫時不會有危險。」

翟雨時道：「現在浪大叔和范豹等正由長江順流往京師去，我們將這惡劣形勢通知他，憑他的絕世智慧，必能定出妙策，若有他在，里赤媚等便不足爲懼，我們未必定會輸的。」

上官鷹道：「只好如此，我們既知道方夜羽有官府包庇，查起來也有頭緒多了。」扭頭往駕駛艙內的幫徒大喝道：「立即回航！」

在陳令方和朝霞來說，范良極挑往浪翻雲竹笠這一桿，平平無奇，只是速度很快而已，但落在浪翻雲和韓柏的眼中，在檯面上這只有六尺許的短距離內，范良極這一桿變化萬千，擊出的角度不停改變，勁氣斂而不散，一股股的眞氣交互撞擊，封死了浪翻雲往左右兩旁閃開的可能，唯一的退路一是縮進底下去，又或往後翻退，由此亦可見范良極這一擊只是要對方出個大醜，所以留下了餘地。浪翻雲一聲不發，纖長修美的手由下彈出，擺在他胸前檯上的其中一枝筷箸不知如何已落到他手裏，先在胸前畫了個小圈，再點往范良極顫震無定的桿頭去。看到浪翻雲美手獨一無二的動作，韓柏「呵！」一聲叫了起來，隱隱捕捉到一點深藏腦海內的記憶，但仍未能具體記起這是何人的手。

范良極感到對方那以筷箸畫出的一圈，不但有種輕描淡寫的閒適味道，而且使自己精心設計的氣網如石投海，影蹤全無，悶哼一聲，盜命桿再生變化。眼看浪翻雲的筷箸要點在桿頭處，煙桿一顫，化出數十道桿影，塡滿了檯上三尺方圓的空間內，勁氣嗤嗤，卻沒有絲毫外逸，影響到檯旁一坐一站的陳令方和朝霞。浪翻雲見到范良極竟能在筷桿相隔寸許的刹那變招，心中暗讚，筷箸往自身縮回半尺，再雨點般爆開，十多道箸影疾閃而去，迎向對方桿影。范良極表現出第一流高手的沉穩冷靜，沒有半分驚惶，冷笑一聲，十多道桿影匯成一道，貼向檯面，由下激射而上，取的仍是浪翻雲竹笠的外沿處。眨眼間盜命桿破入浪翻雲的箸影裏，煙桿又再起變化，敲往浪翻雲持箸的手腕處，變化之妙，令人防不勝防，眞教人嘆爲觀止。浪翻雲對范良極精妙絕倫的戰術和手法也心中佩服，沉喝一聲「好」，手腕一轉一沉，滿檯箸影斂去，變回一枝雪白的筷箸，不徐不疾，似慢又似快的，依然點向對方的桿頭。范良極哈哈一笑道：「來得好！」盜命桿速度驟增，箭般迎著對方筷箸射去，欺對方筷箸脆弱，及不上盜命桿的堅硬。

兩人這幾下檯面上的交鋒，疾若電光石火，刹那間已過了數招，韓柏也看得眼花撩亂，可知兩人招式交換之迅快精微。就在筷箸桿頭撞上的刹那，「啪」的一聲，筷箸斷開了一小截，彈在桿頭處。范良極持桿的手輕輕一顫，彈出的箸尖爆成碎粉。

浪翻雲喝聲：「看招！」沒有了尖端的筷箸倏地加速，點中桿頭。范良極心中駭然，對方以巧勁震斷筷箸彈出的一截，剛巧化了自己第一重也是最剛猛的陽勁，這刻再點來的一箸對著的卻是自己第二重的陰勁。以他的詭變萬端，也來不及再變招，何況對方這一招，隱然有種妙若天成的自然而然，使人生出無從躲避的感覺，低哼一聲，勁道化陰爲陽，全力推去，但已及不上起始時的剛勁無匹了。箸桿擊實，竟發出一連串「啪啪」的響聲，教人無法明白一擊之下，爲何會生出這麼多聲音來。兩人同時一震。范良極收起長桿，送到嘴處，深深一吸，桿頭載著的煙絲生出紅光。范良極一邊吞雲吐霧，眼中精光閃閃，一瞬不瞬瞪著浪翻雲。

浪翻雲若無其事將筷箸放回檯上，笑道：「范兄盜命桿果是名不虛傳。」

這次他並沒有掩飾聲音，韓柏登時認了他出來，狂喜下站起身來，顫聲道：「浪大俠！是你浪大俠！還記得我嗎？那晚我們和廣渡大師一齊喝酒吃肉。」浪翻雲哈哈一笑，除下竹笠，露出廬山眞面目。

范良極精光閃閃的雙眼直瞪著他，冷冷道：「我早該知道是你，天下間何來哪麼多大俠？」

朝霞聽他說得有趣，「嗤」一聲笑了出來，又怕陳令方怪責，慌忙掩嘴。果然陳令方怪責地往她望去。

范良極故意冷哼道：「陳如夫人笑得好，我最喜歡眞情眞性的人。」他指桑罵槐，實在是怪陳令方弄了個浪翻雲出來耍弄他，卻沒有怪自己也在弄虛作假。

韓柏知道他以獨門兵器，對上浪翻雲隨手取起的筷箸，也只是落得平分秋色之局，心中的窩囊感，自然使他滿腹怨氣。

浪翻雲向范良極微笑道：「讓浪某先敬范兄一杯香茶，請范兄恕過浪某有眼不識泰山之罪。」又向韓柏道：「韓小弟請坐下。」語氣親切熱誠，就像那天在野廟煮酒吃肉時的神情態度。

韓柏受寵若驚，乖乖坐下，心中叫道：「浪翻雲竟認得我，還叫我韓小弟。」

陳令方放下了緊張憂慮，雖仍不明白三人的關係，尤其是浪翻雲與韓柏似相識非相識的關係，但總是是友非敵，輕鬆起來笑道：「原來都是自家人，那就好說話了。」

范良極瞅他一眼，心想誰和你是自家人，不過浪翻雲給足他面子，確令他大生好感。

朝霞重複剛才泡茶的步驟，轉眼又斟出四杯香噴噴的白芽茶。

浪翻雲拿起其中一杯，遞給范良極道：「范兄請用茶。」自己再順手取起一杯。

范良極繃緊的老臉終綻出笑意，接過杯子，連聲道：「浪兄客氣了，我范良極愧不敢當。」

陳令方愕然，這才知道這糟老頭侍衛長竟是名震天下的黑榜高手「獨行盜」范良極。

朝霞將茶送到韓柏面前道：「專使請用茶！」叫慣專使，一時間她改不過口來。

韓柏手忙腳亂接過茶，道：「我是韓柏，不是專使，假的！」

朝霞見到他不扮專使，立刻表現出傻裏傻氣的眞面目，不由低頭淺笑，又將茶遞給陳令方，後者若有所思地望著她，嚇得她忙收起笑容，退到一旁。

范良極向她慈愛地一笑道：「朝霞！噢！請恕老夫倚老賣老，你忘記了自己那杯茶了。」邊說著邊提起腳，重重在檯底下踢了韓柏一記。韓柏放下茶杯跳了起來，不用扮那鬼專使，一身輕鬆，從靠牆的椅子裏揀了一張拿過來，讓朝霞坐下。

浪翻雲微笑看著范韓兩人和朝霞，見各人坐好，舉杯道：「浪某以茶代酒，敬各位一杯，但願高句麗使節團，能爲兩國邦交展開新的一頁。」

韓柏嚇了一跳，愕然道：「怎麼還要扮下去？」

范良極又在檯底踢了他一腳，舉杯道：「乾杯！」四人仰首一乾而盡，事情發展至此，眾人都覺得人生有如一場荒謬的遊戲。

有朝霞和浪翻雲在，范良極興致高昂至極，將韓柏的奇遇和盤托出，解釋了爲何要扮成來自高句麗的使節，當然隱起與朝霞有關的一切。這時柔柔被請了來，當她知道這樣意想不到的變化時，更是大喜過望。范良極細說從頭，朝霞自是聽得目瞪口呆，陳令方拍案叫絕，連浪翻雲也爲其中曲折處懍然色動。其中大部分的經過柔柔還是第一次聽到，既是發生在自己傾心的男子身上，更是聽得津津有味。當范良極說到韓柏在武庫中與里赤媚大戰時，更是眉飛色舞，添油加醋，好像兩人血戰時，他是在旁目睹整個過程那樣。

當他說韓柏反腳撐在里赤媚的小腹處時，浪翻雲神色一動，問韓柏道：「韓小弟撐中里赤媚時，那感覺是硬還是軟？」

韓柏想了想道：「那種感覺很奇怪，不是硬，也不是軟，很難形容出來。」

浪翻雲呼出一口氣道：「他的『天魅凝陰』終於練成，若不能將他除去，中原將重遭當年被龐斑蹂躪的慘禍。」

眾人一齊色變，浪翻雲說出這樣的話來，看來里赤媚比預估的更爲厲害。范良極頓感意興索然，匆匆交代了其後的發展，道：「我們這個使節團可要解散了，只要朝廷再有半個像陳公這樣對高句麗有所認識的人，我們便要背起包袱走人。」

浪翻雲笑道：「范兄錯了，今日之前，范兄和韓小弟是失於沒有專人指點，但現在既有陳兄在，他怎肯讓你們在朱元璋前出醜。」

陳令方愕然道：「但時間上……」

浪翻雲笑道：「范兄和韓小弟都是非常人，只要到京後找藉口拖上十多天才見朱元璋，學幾句高句麗口音來應付場面，應沒有大問題。」

韓柏搔頭道：「我們這麼辛苦扮神裝鬼，有甚麼作用？」朝霞和柔柔看到他的傻樣，都忍不住暗裏偷笑。

浪翻雲正容道：「我這次上京，其中最主要的目的，是要對付楞嚴，此人勢高權重，又與胡惟庸結成一黨，把持朝政，蒙蔽朱元璋，實中原武林心腹之患。我本來還擔心一人之力有限，不能照顧各方面的事，現在有了范兄和韓小弟，實力倍增，很多先前沒有把握的事，現在都變得有成功的可能，范兄和韓小弟意下如何？」

范良極吸了一口煙，徐徐吐出道：「浪兄這個提議有著不可抗拒的誘惑力，試問有甚麼比這更有趣的？」

韓柏斷然道：「只要是浪大俠說的，韓柏赴湯蹈火，在所不辭。」

范良極向柔柔道：「認清楚了，這個才是眞正的大俠，你那大俠就像他的專使身分，都是用來騙人的。」柔柔笑著低下頭，又偷偷用眼去看韓柏。韓柏尷尬得滿臉通紅，看到朝霞也在看自己，更不知應躲到哪裏去。浪翻雲啞然失笑，看著這對活寶貝，心中升起一股暖意和豪情。自愛妻死後，除了龐斑的決戰使他感到心動，其他的事物都像過眼雲煙。但和這兩人攜手大鬧京師，卻使他感到挺有意思的。

陳令方知道浪翻雲有這兩大高手相助，如虎添翼，大減先前的惶惑，心情更佳，大笑道：「范兄韓兄，讓我們先上第一課。」一副好爲人師的興奮模樣。

范韓兩人面面相覷，他日若弄走了朝霞，豈非等於偷了「師娘」？

戚長征離開韓府時，提起十二分精神，怕方夜羽的人仍留守府外，不敢經由府前或府後離去，因爲韓府給夾在兩條大街之間，這等午前時分，街上人頭洶湧，敵人若要混跡其中，監視韓府的動靜，自己極難發現對方，所以採由府側踰牆離去，四顧無人後，先躍進隔了一條小巷的另一座府第裏，如此除非對方有人在高處監視，否則絕無發現他蹤跡的可能。當他跨越高牆時，忽地泛起不安的感覺，忙駭然四望，卻發現不到敵人的蹤影，匆匆一瞥間，只見韓府正門對面一座特別高聳的樓房，其尖頂恰好可俯瞰韓府這邊的形勢，戚長征大爲放心，除非有人能藏身那尖頂處，從隱蔽的小窗往外窺伺，否則無人可以監視他而不被發覺，且要方夜羽的人在此樓建築時設計了這樣一個哨站，這可能性當然微乎其微。戚長征當然不知道那是韓柏和花解雨發生雲雨之情的高樓，暗笑自己疑神疑鬼，由隔鄰府第另一方的側牆落到小巷，奔往後街。他不敢託大，混入街上的行人叢中，暗裏展開身法，在大街小巷左穿右插，有時甚至穿過別人的店鋪，前門進後門出，漠然不理店中人的指責和喝罵，如此走了半個時辰，肯定即使有人跟蹤他也追不上時，已到了城東較爲僻靜的住宅區處。

一群小孩在空地上玩耍，興高采烈。戚長征記起了那天在九江府，乾羅聽到孩童玩耍發出的歡叫聲而生出的感觸，心中苦笑。無論兒童或成人，都是在玩鬥智鬥力的遊戲，看看誰勝誰負，只不過成人的遊戲危險非常，一個不好，隨時會把命也賠進去。他索性展開身法，也不理別人驚異的眼光，全速往東奔去，不一會離開了武昌城，在城東外的郊野全速飛馳。在一望無際的水田裏，小溪小河交互纏繞，垂楊處處，景色寧逸清幽，戚長征暗嘆若非心急趕路，能在田間小徑漫步，當是最爲寫意的事。若有像韓二小姐慧芷這樣溫婉嫺雅、善解人意的美女同遊，眞是甚麼江湖霸業、名利富貴也可拋到一旁。想到這裏吃了一驚，自己曾立志要以刀道大宗師傅鷹爲奮鬥目標，爲何現在卻有這種想法，難道愛情才是人生最重要的東西嗎？不由暗自警惕。想起了韓慧芷，心頭湧起陣陣痛楚，差點想掉頭回去找她。

失魂落魄間，蹄聲在後方響起。戚長征心中一懍，扭頭望去，只見塵土飛揚裏，三騎沿著水田間的泥路，斜斜往他追過來。他悶哼一聲，索性停在水田邊的泥阜上，雙手環抱胸前，看看這三人是否衝著他而來。戚長征並非不想逃走，而是在一望無際的水田區，要以雙腳來和快馬競賽，最終也要因氣力不濟被追上，那時身疲力累，連拚命的本錢也沒有了。三騎迅速逼近，到了離他三十丈許處時，三騎散開，品字形迎了上來。那三匹馬神駿至極，踏進水田後，踢得田內初長的稻穗連著泥水往四外激濺，但腳步仍是穩定有力。戚長征冷冷看著那三名騎士，年紀都在三十以下，體形剽悍，左手盾右手矛，顯是擅長硬仗的勇士。最前端的騎士猛喝一聲，勒馬停定，另兩騎士由左右兩翼包抄上來，超越了本在最前的騎士，隱隱形成包圍的局勢。若戚長征掉頭奔逃，給他們以快馬追來，那戚長征便連氣勢也輸給了他們。

橫豎逃不了，戚長征反平靜下來，豪氣湧起，大笑道：「這樣也可以追上戚某，果然有點門道，報上名來，看看是方夜羽的甚麼蝦兵蟹將？」

中間的騎士冷冷道：「死到臨頭也不知，我三人就是小魔師座下十大煞神中的日月星三煞，你到地府後切莫忘了我們。」

戚長征早看到在他們白色勁服的襟頭處分別繡上黃色日月星的標誌，中間那人是日煞，左月右星，非常好認，哈哈一笑道：「要取我的命嗎？那就要看看你們有沒有本事了。」說罷倏地橫移往右。

右面的星煞一聲斷喝，策馬前馳，一矛往戚長征挑去，又快又勁。戚長征一看對方來勢，心中懍然，想不到方夜羽一個沒甚名頭的手下，也如此厲害，拔出背上長刀，隨念而發，橫刀擋格。「鏘！」

重矛應刀蕩開，星煞衝勢不停，剎那間到了戚長征右側處，封著他橫移脫出包圍的去路。戚長征哈哈一笑，長刀在空中轉了個圈，蓄滿勁力，才全力往星煞劈去。「噹！」星煞眉頭也不皺地運盾硬擋了戚長征一刀，來到戚長征右後側，長矛回手挑來。這時日煞月煞同時攻至，兩支重矛分由左前和左後攻來，凌厲至極。

戚長征絲毫不懼，扭身躍起，避過日月兩煞的重矛，再往星煞撲去，剛才劈在星煞盾牌上的那一刀，乃全身功力所聚，估量對方表面看來雖若無其事，其實應是氣血翻騰，所以不惜輕身涉險，渾然不理對方回馬夾擊，硬撲上去，希望破入矛勢裏，來個近身搏殺，若能去其一人，使他們發揮不出合圍的戰術，逃生的可能就大大增加。說時遲、那時快，戚長征身在半空，來到對方頭頂上，閃電般橫劈下去，正中矛頭。星煞慘哼一聲，全身劇震，重矛蕩往一側，中門大開。戚長征知道自己估計無誤，對方的功力果遜自己一籌，此時仍未從剛才的一招硬碰回氣過來，故勁道大不如前，否則若讓對方將自己由空中逼回地上，在日月兩煞已形成的合擊之勢下，自己定是有死無生。戚長征以性命搏來這樣的機會，哪敢遲疑，凌空一個倒翻，來到星煞上空，一腳往他後腦踢去。星煞臨危不亂，伏身馬背上，盾牌護在頭身之上。戚長征暗讚對方反應迅速，一聲長笑，腳尖點在揚起的馬尾上，就借那點上揚的力道，彈起了尺許，腰一扭，借腰勁之力凝聚十多年的精修，一刀劈在對方盾牌的邊緣處。「噹！」再一聲激響。

星煞盾牌被戚長征那凶猛無倫的一刀，劈得脫手橫飛，他本來亦非那麼不濟事，只因危急間運盾擋著背後，看不見戚長征長刀的來勢，兼且欺戚長征身在半空，一腳不中，便須落回地面，幾個因素加起來，即使他和戚長征功力相差不遠，也落得要盾牌離手。星煞失去了護盾，長矛又不及回守，大驚失色下，滑落馬背，硬是掉進水田裏，拚著會弄得一身泥污，總勝過小命不保。戰馬正在前衝之勢，剎那間搶前逾丈，戚長征再翻了個觔斗，四平八穩落到馬背上。日月兩煞見星煞吃了大虧，大怒拍馬追來。戚長征一夾馬腹，策馬待要衝前，豈知此馬靈通之極，竟知背上坐的不是主人，跳起前蹄，想將戚長征翻下馬來。戚長征喝道：「好畜牲！」反手兩刀擋開日月兩煞攻來的長矛，在對方再組攻勢前，一刀刺在馬股上。戰馬受痛一聲慘嘶，放開四蹄，往前狂奔衝去。戚長征盡展渾身解數，騎著陷於瘋狂狀態的馬兒，轉瞬間似勁箭般衝前十多丈，把日月兩煞遠遠拋在後方，只可憐也不知踏壞了田主人多少辛苦苦種出來的稻苗。只一盞熱茶的工夫，越過無數塊水田，發了狂的馬兒背著戚長征衝入一片疏林裏，速度不減，穿林而過。「砰！」後方上空爆起一朵煙花，施放者不用說自是那日月星三大煞神，用來通知前面的同黨，好及時將他攔截。

穿過樹林後，馬兒吐著白沫，往一座小丘奔上去。戚長征見馬兒倒斃在即，心中不忍，叫道：「好！放過你吧！」躍離馬背，落到地上。戰馬通靈至極，再奔上七八丈後，緩緩停下，不住噴著白氣。戚長征心中暗讚好馬，自忖日月星三煞若是跟他單打獨鬥，沒有人會是他對手，但若任何兩個對付他，已有勝他的機會，若是三人聯手，他更是必敗無疑，由此可見方夜羽的實力是如何強大。好漢不吃眼前虧，戚長征落荒逃去，專揀馬兒難行的山野逃走，免得被三煞憑馬力追上來。

兩個時辰後，縱使以戚長征的扎實底子，也感到吃不消，勉力再奔出十餘里，經過了兩處寧靜的村子後，一道大河擋在面前，可能在大雨之後，河水特別湍急。戚長征大喜過望，一路逃來時，他有兩層憂慮，第一個憂慮當然是騎著快馬的日月星三煞，這些人之前可以追上他，必有一套追蹤的方法，因此現在也可以追上來。其次就是水柔晶那頭嗅覺特靈的小怪貍，誰能擔保對方只得一頭，又或在這種形勢下，水柔晶縱想護他也辦不到。現在有了這條河，既可把他迅速帶走，不懼對方快馬，又可避過那怪貍的鼻子，還有甚麼比這更理想。他振起餘力，找了株浮力特佳的樟樹，斬下一截粗幹，拋進水裏，一聲長嘯，落到幹上，巧妙地平衡著身體，逐浪而去。這妙技乃他幼時由浪翻雲所教，在年輕一輩裏以他技術最好，想不到現在竟可作救命之用。轉眼間他消失在河道彎角處。

方夜羽見過秦夢瑤後，坐在後花園那涼亭裏，思潮起伏，一直不能平靜下來。在過去二十多年裏，沒有一天他不是咬緊牙根，接受龐斑最嚴格的訓練，而他亦不負龐斑所望，做到龐斑每一個對他的要求。這段艱辛的歲月，使他由一個平凡的人，變成第一流的武林高手，若非十八歲後他分了神籌劃傾覆朱元璋的計劃，他的武功將可更上層樓，就像年少時的龐斑，專心一志向武道的極峰進發。但背上的包袱，使他不得不暫時放下了武事，這是他心中的第一個遺憾。

第二個遺憾發生在剛才。一直以來他都對自己有著無比的自信，認爲自己不會受感情支配了理性，但今早當他拒絕秦夢瑤的提議時，他首次嚐到肝腸欲斷的酸楚。只因他知道在這一生裏，與唯一能令他傾心苦戀的美女情緣已絕。以後他只能收起情懷，讓這事若春夢秋雲，鳥飛魚躍，不留半點痕跡。命運安排了他只能在霸業和愛情裏揀選其一。在以後的日子裏，天下間美女或可任他予取予求，但他已知道沒有人能代替秦夢瑤。縱令得成霸業，天下盡是他囊中之物，但這兩個遺憾卻是永遠無法彌補的。目前他唯一可以做的事，就是將那淡雅如仙，風華絕俗的倩影深藏起來，到了將來的某一日，拿出來好好思念和回味。

里赤媚的聲音在他背後響起道：「見完秦夢瑤回來後，有點心事吧！」

方夜羽嘆了一口氣，毫不掩藏地道：「到了這刻，夜羽才眞的體會到師尊內心的痛苦。」

里赤媚朗聲詠道：「念腰間箭，匣中劍，空埃蠹，竟何成！時易失，心徒壯，歲將零。」

方夜羽呆了一呆，他博通中蒙兩地詩歌文化，知道里赤媚唸的是南宋詞人張孝祥的六州歌頭，詞中悲憤南宋偷安江左，空有利器，但只是用來積上塵埃，生了蛀蟲，轉眼時機逝去，只留下無限欷歔。

里赤媚長嘆一聲，又吟道：「追想當年事，殆天數，非人力……唉！有淚如傾。」

方夜羽一掌拍在石桌上，道：「里老師教訓得是，爲了我大蒙千千萬萬同胞，我方夜羽個人的兒女私情，得得失失，又算甚麼？」

里赤媚微笑道：「這才是男子漢大丈夫。人壽不過百年之事，彈指即過，若不能朝自己定下的目標放手而爲，有何痛快可言？想里某若要找個世外桃源之地，盡餘生之歡，乃唾手可得之事，爲何還要不辭勞苦，潛回中原這當年魂斷心傷的舊地，爲的就是要活得更有意義，更有味道。」

方夜羽哈哈一笑，轉變話題道：「里老師剛才往外走了一趟，可有韓柏和范良極這兩人的消息？」說到韓柏時，他語氣隱隱帶著一種冷酷的意味。

里赤媚嘿然道：「說來眞教人難以相信，他們兩人就像忽然間消失了，沒有半點痕跡留下來。」

方夜羽沉吟片晌，點頭道：「若里老師也如此說，這兩人當已逃離武昌，不過他們兩個都是不甘寂寞的人，而且……而且……」

方夜羽從沒有這樣欲言又止的情形，里赤媚用心一想，已知其故道：「而且韓柏最愛纏著秦夢瑤，只要知道秦夢瑤有危險，會不顧一切來援救，若我們能好好利用他這弱點，他能飛到哪裏去呢？」

方夜羽嘴角露出一絲笑意，想了想再道：「戚長征這小子也算神通廣大，竟能在我們佈下的天羅地網裏，苟延殘喘到這一刻，現在連我也有點擔心他能安然逃去。」

里赤媚道：「少主放心，整條長江現在均在我們勢力的掌握範圍內，任他脅生雙翼，也逃不出我們的掌心之外，由蚩敵和蒙大蒙二幾人已趕去加入圍搜，當他現出蹤影的時候，就是他畢命之刻，即使大羅金仙，也難以將他援救。」

方夜羽重重呼出一口氣道：「朱元璋自投身郭子興後，運勢如日中天，走足三十年大運，到了今天，他的運氣還未盡矣？」

里赤媚聽到朱元璋的名字，眼中閃過強烈的仇恨，冷然道：「創業容易，守成困難；建設困難，破壞容易，這四句話有顚撲不破的眞理，到了此時此刻，我才看到我大蒙地平上現出了第一道曙光，若我們能把握機會，在中原再分一杯羹，也非絕不可能的事。」

方夜羽道：「關鍵處在於怒蛟幫，現在他們棄島而去，雖是高明，但卻想不到我們另有霹靂手段，必教他們飲恨洞庭。」

里赤媚仰天長笑，悠悠道：「里某已很久未遇眞正高手，希望不捨不要令我失望。」頓了頓又道：「假設再遇上秦夢瑤，少主認爲里某應如何處理？」

方夜羽沉聲道：「我曾以同一問題請示師尊，你可知他怎樣答我？」

里赤媚苦笑道：「若我是龐老，也答不了你的問題。」

方夜羽漠然一笑道：「這也是我的答案，里老師看著辦好了。」

里赤媚會意地點頭，暗忖無毒不丈夫，爲成大業，第一個要除去的人，不是不捨，不是韓柏，也不是風行烈，而是身兼慈航靜齋和淨念禪宗兩大聖地之長的秦夢瑤。毀掉了她，就像摧毀了中原白道的靈魂，八派將不攻自潰，其中微妙處，植基於一種精神和心理上情結。也使方夜羽再無牽掛。里赤媚施禮告退。剩下方夜羽一人靜坐亭內，融入夕照的餘暉裏。

戚長征踏著樹幹，在河上順流滑行，一瀉千里，只一個多時辰，到了下游六十里外的遠處，估量已過了黃州府，心中大定，又看到河道逐漸收窄，河道的大小亂石愈來愈多，無奈下，躍回岸上。看著粗幹隨水遠去，竟有依依之情。剛才順水而來，看似輕輕鬆鬆，其實卻是非常耗力，這時放鬆下來，頓感疲累非常。環目四顧，左方是連綿起伏，蔥綠秀麗的丘陵，山腳處有座小村莊，隱隱傳來牛羊的叫聲。右方則是望之無盡的疏林野樹，草叢間可見羊腸小徑，只不知通往哪裏去。若往前沿河繼續走，兩天內或可抵達九江府，但九江乃長江旁重鎮，方夜羽必有重兵駐在那裏，到那裏去不會比留在武昌好得了多少。往右去則是到長江的方向，只要找到怒蛟幫的暗舵，便可以得知怒蛟幫最新的形勢，使自己能盡早歸隊出力。打定主意，踏上右方的小徑，往長江的方向邁進。

走了一個多時辰後，戚長征終於受不了身疲力累的煎熬，見到一邊草坡上有數株大樹，濃蔭覆地，看來非常陰涼，足可抗禦西下前的烈陽，心中一喜，先往前全力奔出了里許遠，才折返原處，躍上路旁一棵大樹之頂，凌空飛渡，落在斜坡之上，這樣儘管對方有那頭熟悉他氣味的畜牲，也會受惑追過了頭，給他一晌喘息機會。流目打量一會後，戚長征選了樹蔭下最濃密的一處樹叢，鑽了進去，趺坐休息。坐了下來，才知道這一番亡命奔逃，消耗了他多麼大的體力，渾身骨頭像快要散開似的，那雙平時矯健有力的長腿，像再也不屬於他的樣子，換了普通人，怕不立即昏睡過去才怪，但他們這類練氣修武之士，卻最忌發生這類情形，因爲若如此，對功力和意志都會大有損害。當日韓柏服下范良極偷來的復禪膏，不知輕重想找個地方倒頭睡上一大覺，爲范良極喝止，就是基於同一的道理。戚長征咬緊牙關，以堅定的意志硬逼自己忘卻疲勞，專心調神養氣，磐石般動也不動，不一會進入了物我兩忘的境界。

不知過了多久，忽然驚醒過來，細心一聽，遠方隱有狗吠之聲傳來。戚長征嚇了一跳，暗忖敵人爲何來得如此之快，一看天色，原來太陽剛下了山，天色逐漸轉暗，自己坐了最少兩個時辰。這時吠聲愈來愈響亮了，還有人的呼喊聲，向著自己的方向走來。戚長征默察自己的體能狀況，估計回復了平日的七至八成，若能再調息半個時辰，或可完全恢復過來，那時天色全黑，逃生的機會更大。把心一橫，繼續調神養氣。不一會斜坡下面路上人狗聲起，浩浩蕩蕩沿路追著去了。戚長征知道不到半炷香時間，敵人將回頭搜來，不過那時自己早逃之夭夭了。正得意間，路上蹄聲響起，戚長征無奈下睜開一對虎目，透過草叢，往斜坡下的小路望去。小路上出現了十多騎，帶頭的赫然是曾和自己交手的禿鷹由蚩敵，日月星三煞和那金木水火土五將，水柔晶抱著那隻小靈貍，策馬走在由蚩敵馬後。這裏離那小靈貍最少有二十多丈，兼且自己處身高處，氣味容易發散，不虞被牠的鼻子嗅到自己，正祈禱這批人快快沿路追去，敵騎竟停了下來。

由蚩敵的聲音響起道：「水將！小靈貍是否有點不妥？」

水柔晶答道：「不知是何緣故，到了此處，小靈貍的鼻子動得很厲害。」

坡上的戚長征暗呼畜牲厲害，連自己在這條路上來回走過兩次，氣味加強也嗅得出來，眞恨不得衝出去一刀解決了牠，才再逃走。

由蚩敵道：「你何不將小靈貍放下，看牠有甚麼反應。」

水柔晶低聲應是，將小靈貍拋往地上。小靈貍輕盈撲往路面，往前奔出，不一會又跑了回來，發出奇怪的叫聲。

由蚩敵向水柔晶道：「只有你明白牠的意思，告訴我牠發現了甚麼？」

水柔晶沉吟一會後道：「敵人可能在這裏逗留了一會，所以氣味特強。」

由蚩敵點頭道：「看來就是這樣！」

日煞接口道：「這小子急急如喪家之犬，尤其這裏離他由河中上岸處並不太遠，更沒有停留的可能，所以其中定有點問題。」

由蚩敵道：「不過獵犬都追到前面去了，但你既有這想法，也不妨派人在這附近偵察一會，再追上來。」

水柔晶道：「這事便交給我，有小靈貍在，包那小子無所遁形。」

由蚩敵道：「只你一人不是他的敵手，我們已給這小子逃掉兩次，這次不容有失，金火木土你們四人就留在這裏協助水將，我和日月星三人沿路追去，遇上甚麼事時便以煙花炮聯絡。」一夾馬腹，往前走去。日月星三煞一聲呼嘯，追了上去，剩下金木水火土五人。坡上的戚長征暗暗叫苦，若知如此，剛才早點溜掉便不致身陷這種險境。

五將跳下馬來，將馬繫好。金將道：「說到追蹤之術，我們四人誰也及不上三妹，便由三妹來指揮。」

水柔晶道：「不若我們分散搜索，但以方圓兩里為限，若無發現，回到這裏集合。」四人都表示同意。

不一會四人依水柔晶的指示，向著不同方向搜了去，只剩下水柔晶一人留在路上，低著頭也不知在想著甚麼？戚長征知道水柔晶已發現了他，現在正天人交戰，想著如何處置自己。一會後水柔晶幽幽一嘆，抱著小靈貍走了上來，來到樹叢旁，俯低身子，把頭伸了進來，剛好和戚長征虎虎生威的眼神短兵交接。

戚長征無奈一笑道：「戚長征無能，終逃不出去，辜負了小姐美意。」

水柔晶默默看著他，眼神不住變化，一時柔情萬縷，一時冷漠凌厲，教人一點揣摩不透她的心意。

第五章 愛情魔力

第五章　愛情魔力

戚長征神態鎭靜，微微一笑，露出兩排雪白整齊的牙齒，對比起他被太陽曬成古銅色的皮膚，就像陰天裏陽光破雲而出的模樣，自有一種豪雄灑逸，風度不凡的神采。水柔晶看得呆了一呆，暗忖其實這粗豪青年笑起來時，實比很多所謂美男子更具懾人魅力，同時覺得自己好像到了此刻才眞正清清楚楚有這種感覺，以前都是模模糊糊的。戚長征見她沉吟不語，以爲她內心仍在交戰，不能決定怎樣處置他，哪知水柔晶想到的竟是他好看與否的問題。

他索性向水柔晶爬了過來，到了臉孔離水柔晶的俏臉只有半尺許的短距離時，訝然道：「姑娘還不讓開，我要鑽出來了。」

水柔晶面容回復平常的清冷孤傲，瞅他一眼道：「鑽出來幹嘛？趕著爬去送死嗎？」說到「爬」字時，嘴角溢出一絲罕有的笑意，分外動人。

戚長征看得呆了呆，苦笑道：「若我還不走，待會你的上司和同袍回轉頭來時，我老戚就不是送死而是等死了。」

水柔晶蹙起秀眉，道：「脫下你的衣服給我，我或有助你老戚逃生保命之法。」說到「老戚」時，忍不住又綻出一絲笑意。

水柔晶放下了小靈狸，撮唇向牠發出一連串像音樂般動聽的指令，小靈狸聚精會神豎直耳朵聆聽著，待指令結束，「颼」一聲竄進叢林裏。

戚長征愕然道：「你命這頭小畜牲去辦甚麼事？」

水柔晶責怪地道：「你還不脫下衣服？」

戚長征苦笑道：「我既不慣被女人看著脫衣服，更不慣光著屁股走路。」

水柔晶氣得杏目一瞪，心想在這種生死存亡的時刻，這人還有心情說笑，腦子也不知是甚麼做的，一手抓著他的衣襟，用力撕了一幅下來，道：「這也夠了！」接著水柔晶從懷裏掏出一個小瓶，將內裏一些白粉狀的東西，唯恐不夠地遍灑在戚長征的身上。

水柔晶又急又快地道：「你留在這裏，小靈貍會給我擒來一頭白兔之類的小動物，我會將你的破衣布綁在牠身上，然後施手法使牠狂奔遠遁，帶著你的氣味逃去，而你身上的隱味粉，可使獵犬以爲你是一棵樹或石頭，嗅不到你的所在。好自爲之了！這是我幫你的最後一個忙，以後只有你欠我的。」

水柔晶見他還呆看著自己，嗔道：「還不躲回你的狗洞裏去。」言罷退往樹叢外，回頭冷冷道：「不要以爲我愛上了你，我只是救人救到底罷了！」接著隱沒在小靈貍剛才消失的密林裏。

戚長征搖頭苦笑，自言自語道：「你若不是愛上了我，老戚願以項上人頭來和你做賭注。」

左詩坐在窗前，秀目好奇地看著河岸上不住變化的動人山野景色，美景層出不窮，教她心曠神怡，心想他日若有可能的話，定要帶雯雯來看看，唉！雯雯不知有沒有哭？晚上睡得好不好呢？

浪翻雲的大掌貼著她的後背，輸入的熱氣忽地中斷，輕責道：「詩兒！不要老往不開心的事情鑽。」

左詩嚇了一跳道：「爲何大哥會知道詩兒心裏想著的事？」

浪翻雲微笑道：「我感到你經脈內氣有鬱結之勢，所以知道你正想起不開心的事情。」

左詩嘆了一口氣道：「沒有雯雯在我身旁，我就像是一無所有，離洞庭愈遠，愈是記掛著她，她年紀太小了，又被我寵慣了她。」

浪翻雲的手掌離開了她的粉背，左詩感到一陣空虛，那種感覺幾乎比思念小雯雯更令她難受，就像此刻才眞是一無所有。左詩剛想回過頭來，背心處一痛，原來是浪翻雲的手指戳在那裏，接著整個背部有十幾處穴位蟻咬般刺痛，都是浪翻雲手指點處引起的感覺。她泛起手舞足蹈的衝動，想站起來，浪翻雲一對大手按著她兩肩，另兩股眞氣由肩井穴湧進體內，融融渾渾，說不出的寫意舒暢。

浪翻雲湊到她耳側道：「詩兒！你懂得洞庭漁民慣唱的搖船歌嗎？」

左詩怡然道：「當然懂得，連小雯雯也會唱，唱得不知有多好哩！」

浪翻雲道：「那便哼出來給你大哥聽聽。」

左詩心甘情願，毫不忸怩，以她性感動人的鼻音輕輕哼著，到了歌詞精采處，還輕柔地唱上兩句，眼中神色愈轉柔和。河風迎面吹來，吹起她絲絲秀髮，拂在浪翻雲按在她香肩的大手上。浪翻雲心內一片溫馨，自惜惜死後，他從未和女性有如此親近的感覺，即使當日抱著赤裸的乾虹青血戰乾羅時，也沒有這種醉人的感受。左詩唱著哼著，俏臉愈來愈熱，身子愈來愈軟，若非靠浪翻雲的手支撐著她的嬌軀，早仰身倒進浪翻雲懷裏。就在此時，兩股比之前強烈百倍的熱氣由浪翻雲掌心直透肩井穴而入，左詩全身劇震，眼前一黑後，又回復清明，全身說不出的舒服自在，像身體忽然失了所有重量。

浪翻雲哈哈一笑道：「鬼王丹也不外如是，終於給我壓下毒性，最多十天，我可將它完全化去。」

左詩不知如何，感到一陣失落，好像沒有了鬼王丹，也失去了和浪翻雲間某種微妙的維繫。左詩心情矛盾至極，幽幽道：「那是不是不用上京了？」

浪翻雲對她的心情洞察無遺，微笑道：「怎麼不用上京，你還要帶我去參觀你左家老巷的酒具，說不定由我打本錢給你開家小酒鋪，賣你的清溪流泉，讓京師的人嚐嚐甚麼才是天下第一好酒呢。」

左詩既歡喜、又不安，道：「但小雯雯……」

浪翻雲道：「不用擔心小雯，我得到傳報，有令兒作伴，她不知玩得多麼高興，還著你不用擔心她哩。等你在京城的鋪子開張時，我保證她還可以前來幫忙。我看她挺本事的！」

左詩神往地道：「小雯雯只懂搗蛋，能幫得了我甚麼？」

浪翻雲笑道：「的確是個令人疼愛的小傢伙，告訴我，弄一間這樣的小酒鋪，要添置多少器具。」

左詩俏臉略往後仰，秀長的頸項貼著浪翻雲仍按在她肩上的大手，興奮地道：「讓詩兒想想。」

「咯咯咯！」敲門聲起。浪翻雲淡淡道：「范豹！進來吧！」

左詩的心「卜卜」跳了起來，有人來了，爲何浪翻雲仍不拿回他的大手，給人看到自己和他這般親熱，實在羞人，何況范豹還是她過世丈夫生前的好友。

范豹推門而進，看到兩人親熱的情形，眼中掠過欣慰之色，施禮道：「接到幫主的千里靈傳書，請浪首座親閱。」

浪翻雲這才若無其事地鬆開大手，接信拆開細看，劍眉輕蹙道：「方夜羽確有一手，有如玩弄魔術。」接著向范豹問道：「陳公和范良極等是否仍在大廳裏？」

范豹點頭道：「陳老好像剛教完范爺和韓爺兩人認書識字，回房去了！」

浪翻雲毫不避忌拍拍左詩肩頭，道：「詩兒！讓我介紹幾位好朋友給你認識。」

左詩見浪翻雲對自己如此不拘俗禮，芳心泛滿驕傲和欣喜，不迭點著頭。一向都像陰霾密佈的內心天地，剎那間被注進了無限的生機。她卻不知因積鬱而封閉了的十八道經脈，竟給浪翻雲以無上智慧和玄功，打通了八道之多。

小風帆劃破鄱陽湖平滑如鏡的湖面，往東而去。谷倩蓮慵倦地半臥半坐挨在船尾，一對靈巧的烏黑眸子兜著風行烈，後者則負起操舟之責。風行烈不知在想甚麼，望著前方水平盡處一群小島嶼，沉默著。左方遠處一隊漁舟緩緩駛過，使人感到鄱陽湖閒適寧靜的安逸氣氛。鼓滿了的風帆「拂拂」響著，顯示風向有了輕微的改變，風行烈慌忙調整船帆的角度。

谷倩蓮讚道：「行烈！你對操舟相當在行啊！」

風行烈回過頭來，看到夕陽裏的谷倩蓮，俏臉閃著亮光，秀麗不可方物，心中暗呼道：「原來她這麼美，爲何我以前竟像看不到似的？」一時間忘了回答，眼光沒法移回原處。

谷倩蓮輕輕摑了自己的嫩滑臉蛋一記，自責道：「你看我多麼糊塗，你們的邪異門以水寨浮塢名震黑道，自是操舟策船的大行家，噢！你瞪著我幹嘛？還嫌在南昌時欺負得我不夠嗎？現在也想繼續欺負我嗎？」她說來巧笑倩兮，神態動人至極，使人感到其實她很想被「欺負」。

風行烈心神全被她的嬌憨吸引過去，微笑道：「爲何不進篷艙內休息一會，不怕曬得你白嫩的嬌膚變粗變黑嗎？」

谷倩蓮羞人答答地道：「你也擔心我嗎？進了艙就不能像現在般好好看著你。」

最難消受美人恩，谷倩蓮對他用情如此之深，風行烈哪能不受感動，點頭道：「也好，讓我也可以好好看著你。」

谷倩蓮臉上掠過意外之喜，瞅了他一眼道：「風公子有心情聽我們雙修府的故事了嗎？」

風行烈面容一寒道：「若不說出你對付我的陰謀來，其他不說也罷。」

谷倩蓮甜絲絲地柔聲道：「無論怎樣，你該信我不會害你的。」

風行烈聲音轉冷道：「倩蓮你休要在我和雙修公主間打甚麼主意，否則我絕不會饒你。」他並非愚魯之輩，集合所有跡象，怎會猜不到幾成，故先出言向谷倩蓮作出嚴厲警告。說實在的，靳冰雲的離去確使他對愛情感到厭倦，所以在最初時，即使對著谷倩蓮這麼明媚可愛的美少女，他也真的有些微討厭。若谷倩蓮要他去做雙修大法的候選者，他會非常反感。這不是可以隨便相就的事。

谷倩蓮吐出小香舌，扮出害怕的樣子，縮作一團可憐兮兮地道：「由始至終，我也只是要求你去見她一面罷了！其他的都由你自己作主，這也不成嗎？」說罷泫然欲涕。

即使明知她弄虛作假，風行烈還是敗下陣來，始終得不到谷倩蓮這小靈精的保證，苦笑搖頭，放棄對谷倩蓮的進逼。

谷倩蓮盈盈站起，來到風行烈身旁，小心翼翼地試探道：「行烈！現在你有心情聽故事了吧？」

風行烈道：「你的聲音有若出谷的小黃鶯，想不聽也大概忍不住吧！」

谷倩蓮橫了他一眼，像在說你這人恁地小氣，還鼓著香腮沒有作聲。風行烈知道她惱的其實是自己「絕不會饒你」這句語氣重了點的話，微笑道：「倩蓮！不知你是否也有我相同的感受，就是每逢你要告訴我那雙修府的所謂大秘密時，總會有事發生的。」

谷倩蓮一震道：「現在有甚麼事？」

風行烈淡淡道：「後面有六艘插著官旗的快艇，正追著我們來。」

兩人對望一眼，都看到了對方心中的懼意。任他們千算萬算，卻從沒想到官府會在這事上插上一腳，若官府和方夜羽的勢力結合起來對付雙修府，他們就算加上怒蛟幫也只是白賠進去。

大檯上所有來自高句麗的文牒圖卷均攤了開來，韓柏苦著臉硬在記認剛才陳令方教他的東西，見到范良極蹺起二郎腿，提著他的盜命桿，悠然自若地吞雲吐霧，氣得咬牙切齒道：「你想袖手旁觀嗎？別作你的春秋大夢了，快來一齊參詳，除非你自認老了，記憶力衰退，那我或可看在你一大把年紀分上，放過了你這死老鬼。」

范良極「啐啐」連聲，向坐在韓柏旁的柔柔道：「柔柔看看你這窩囊大俠，自己不行，卻要拉別人下水，我老？哼！你連個『老』字怎麼寫都不知道哩。」

韓柏兩眼一亮，道：「你敢說我不懂『老』字怎麼寫？」

范良極不慌不忙道：「你懂得寫嗎？用高句麗文寫個『老』字給我看看。」

韓柏大怒道：「你又懂得寫嗎？」

范良極哂道：「我又不老，當然不懂怎麼寫，但我卻剛學會了怎樣寫『年輕』兩個字，要不要我將陳老鬼剛才教我的絕活默寫出來，以展示我比你年輕優勝的記憶。」

韓柏記起這死老鬼剛才確曾問過陳令方這兩個字，爲之語塞。

柔柔纖手搭在韓柏肩上，柔聲道：「公子！讓柔柔幫你溫習陳公教下的功課好嗎？」

韓柏餘氣未消，點頭道：「柔柔！你比你那不負責任、沒有人性的爺爺義兄好多了。」

范良極氣得雙目一瞪，伸出盜命桿，在韓柏頭上敲了兩下，冷笑道：「人性？人性的其中一項就是遵諾守信，無論事情怎樣發展，你也要將朝霞弄到手中，知道嗎？」

韓柏色變道：「若我去勾人的小老婆，浪大俠會怎樣看我？何況現在陳令方好歹也是與我們合作共事的人。」

范良極道：「別忘了陳令方橫豎也要將朝霞送人，現在不過由你接收吧！有甚麼大不了。只要你覺得自己做得對，浪翻雲愛怎麼想，便由得他吧！」

韓柏皺眉道：「陳令方和楞嚴的關係現在惡化到這地步，怎還會爲他送出朝霞，何況朝霞是他家人妻妾裏唯一知道整件事的人，更證明了陳令方絕不會將她拿去送人，難道想她洩出秘密嗎？」

范良極臉色一寒，道：「你想違背諾言？」

韓柏軟化下來，聳肩攤手嘆道：「但你也要朝霞心甘情願才行呀。」

范良極繃緊的皺紋老臉鬆開了點，望向柔柔奇道：「你不開心嗎？爲何垂著頭一聲不響？」

柔柔低聲道：「公子和大哥商量大事，哪有我插嘴的餘地。」

韓柏這才省覺柔柔因不知前因後果，聽得自己兩人公然談論要去勾引別人的妾侍，心中難受，一時不知如何解釋，檯下又中了范良極一腳，忙強露笑容，伸手摟著柔柔香肩，把事情詳述一番。柔柔聽得瞠目結舌，只覺自己這公子和大哥奇人奇行層出不窮，也不知好氣還是好笑。

范良極神情一動道：「有人來了！」

夕陽沉沒。戚長征聽著水柔晶往東北掠去的聲音逐漸消失，閃出叢林之外，往來路狂奔而去，到了河旁沿岸處，再疾走十多里後，才緩下腳步，一邊打量著四周的形勢。到了此刻，他已感到迷失了路，再不知自己身在何處，在敵我的追逐裏，這是江湖上的大忌。現在唯一之法，就是不理天已入黑，就近找戶人家，查問此處的位置，離九江還有多遠？再走了幾里路，豈知行經之處，愈來愈荒僻，幸好月色清亮，可辨遠近之物。越過了一個山坡後，前方出現了座小小的村落。戚長征暗忖爲何連半盞燈火都看不到，也不聞犬吠，難道這是被人荒棄了的野村？路上雜草滋蔓，戚長征走得更是小心，腳尖只點在突出來的石頭上，以免留下痕跡。當他進入村落後，更無疑問，三十多間剝落殘破的小屋，一點生氣也沒有。所有房舍均門扉緊閉，戚長征想道：假設我有法子不經門窗進入屋內，即使敵人再追來，也不會費神逐屋搜查。想到這裏，忽然興起，認眞地去想這個問題。事實上他也需要好好休息一番，否則碰上敵人，也沒有力量去應付。好一會後搖頭嘆氣道：「有雨時那小子在就好了，說到動腦筋，我老戚確及不上他。呀！」戚長征腦中靈光一閃，自己一直想著如何躲進屋內去，爲何不想想躲在屋外。人同此心，假設敵人追來，很自然只會想到他躲在屋內，當見到門窗均未被人動過，自應不再耽擱便離開。他環目四顧，這村落除了一條大路和兩旁的房舍，屋後雜生的亂草和附壁而長的蔓藤外，就只有鋪滿了塵土生了蘚苔的破籬笆和枯樹枝，散佈屋旁或路上，哪有藏身之所。自己雖身帶水柔晶的隱味粉，可躲過獵犬靈敏的鼻子，但卻未必避得過牠們靈銳的感覺和夜眼，若要躲在村內，還不如隨便找個山林野地，倒頭睡上一覺划算。河水的流動聲音由荒村右方的斜坡外傳來，使人分外有種寧洽的感覺。

戚長征正要離開，又停下腳步，想到虛則實之的道理，正因這不是好的藏身之地，所以若眞有方法隱身在此，必會教敵人料想不到，疏忽過去，正可藉此休息一番，爭取到尙未復原的體力和眞氣。想著想著，腦中靈光忽現，拍了一下額頭，怪自己腦筋不夠靈光，這才小心翼翼依前之法，只以足尖點在路上的石塊，來到路心一堆枯樹枝破籬笆堆積之處，小心移開雜物，脫下被水柔晶撕掉了一幅的上衣，鋪在地上，勁運十指，一把一把將泥土抓起，放在衣上，再包起運往屋後倒掉，如此不到片刻，路心已給他掘了個可勉強容身的地穴出來。他沒有忘記衣上沾了隱味粉，揮掉泥屑，皺著眉頭將上衣穿回身上，那種骯髒感覺，使他差點要再脫下來，又或只披在身上了事，不過想起可能因此鬧出岔子，唯有將這些念頭放棄。他躍入穴內，小心將破籬笆等物蓋在穴口，然後盤膝坐下。剛要凝神聚氣，腦內雜念叢生，一忽兒想起了韓家二小姐慧芷，一忽兒又想起對他情深恩重的水柔晶，始終無法靜得下來。蹄聲忽響，夾雜犬吠之聲逐漸接近。心中一懍，整個精神凝聚起來，再不用費半點心力。半晌後路面上全是蹄聲和犬吠聲，也不知來了多少人，幾乎是停也沒停便過去了。戚長征吁出一口氣，暗忖自己這方法果然高明，不過若沒有水柔晶的寶貝隱味粉，便一點也行不通，想到這裏，對水柔晶的感激又加深一層。這次他再凝志煉神，幾乎立即進入了虛靜篤志的精神狀態，達到前所未有的禪境。蹄聲、犬吠來了又去，也不知過了多少批敵人，他都置若罔聞。兩個時辰後，他功行圓滿，悠然回醒過來。他感到體能功力，均臻達一個全新的境界，不禁大奇，若往日像剛才般損耗了那麼多體力和眞氣，無論怎樣打坐休息，至少也要幾天方可逐漸復原，爲何現在只坐上這一兩個時辰，即像個沒事人似的，還更勝從前，眞是奇哉怪也，幸好這只會是好事而絕非壞事。這時他反有點不願離開這雖氣悶了點，但卻非常安全寧靜的小天地，索性閉目沉思，將這十多天來和強敵連番交手的經驗，在腦海中重現一遍，作出檢討，想到興奮時，眞想跳出穴外，找上最近的敵人，殺個痛快。連他自己也不知道，藏身地穴內的兩個時辰，實乃他在刀道的修練過程中最關鍵的一個轉捩點，使他能進窺最上乘的境界。

步聲響起。戚長征透過雜物間隙，運足眼力，一看下叫了聲糟糕，原來帶頭的竟是由蚩敵，他兩旁一看便知是蒙氏雙魔的孿生老叟；後面跟著是日、月、星三煞，金木水火土五將和一群三十來個勁裝大漢。他只感頭皮發麻，就像在一個不能醒來的噩夢裏。怎會這麼巧？他最怕的人全來了！眾凶轉眼來到戚長征藏身地穴的兩旁，停身立定，最貼近的恰好是右方的水柔晶。

日煞問道：「由老！要不要孩兒們逐屋去搜。」

蒙大冷冷道：「我看不用了，門窗的塵痕沒有一點剝落的跡象，小蟲也飛不進去。」

蒙二接口道：「要藏身也不會蠢得躲到這死村之內，附近這麼多荒山野嶺，安全得多了。」

戚長征暗笑道，你眞是說得很有道理。

由蚩敵冷冷道：「老四老五你們有沒有感到奇怪，以我們的人手物力、追蹤之術，爲何過了百里，仍拿這小子不著？」

戚長征心中一懍，望往水柔晶，不禁擔心起來。

蒙大道：「老由說得好，可知定是我們某個環節出了問題。」

由蚩敵轉過身來，凌厲的眼光落在水柔晶臉上，獰笑道：「柔晶！你還有甚麼話說？」

戚長征的手握上刀柄，明知是送死，水柔晶有難，他怎可袖手旁觀。

水柔晶嬌軀劇震，冷冷答道：「柔晶不明白由老在說甚麼？」

由蚩敵仰天一陣長笑道：「其實之前搜查韓府找不到人，而事後證明了那小子當時確在韓府之內，我便應懷疑你了。若非是你，小靈貍怎會嗅不出他來，現在我們也不會給他逃脫。」

水柔晶素知由蚩敵手段的凶殘，若落到他手上，實是生不如死，想到這裏，肌肉一縮一彈，裝在小臂的袖珍匕首滑到反轉了的手心內，斜指著小腹下，才答道：「柔晶仍不明白由老說的話。」

她的動作，戚長征看得一清二楚，見她想以死保自己不受辱於人，心下敬佩，已知今日一戰難以避免，忙收攝心神，竟意外地進入了往日浪翻雲指點他武功時所說的「日照晴空」的境界，無一物不清晰，無一物能在日照下遁形掩跡。也算戚長征一場造化，老天將他擺了在這麼必死的絕境，反而刺激他的「刀心」又進入更深一重境界。

水柔晶身後七、八尺許處站的是火將，其他人都遠在十步開外，這時火將在水柔晶後打了個手勢，顯是通知由蚩敵水柔晶想自殺，因爲他是全場裏唯一可看到水柔晶手心暗藏匕首的人。在她左方的人，給她身體擋著視線，另一邊則是戚長征的雜物堆。

由蚩敵眼中神光一閃，語氣轉爲溫和，道：「看柔晶你的神態確不像曾作出助敵的行爲，難道是別處出了漏洞？」

水柔晶見他語氣轉得如此之快，愕了一愕。身後的火將乘機邁步欺上，一指點在水柔晶的腰眼穴，他這一指含著陽震之勁，即使水柔晶刀鋒入腹，也會給他震得退出來。水柔晶驚覺時，已來不及自殺，唯一之法是往前掠去，但同一時間，日、月、星三煞三支長矛一齊出手，封死了她的進路。水柔晶露出驚駭欲絕的神色，知道現在連自殺也辦不到，不禁暗恨不早此下手。匕首揮往身後，希望能逼開火將，爭取一刻緩衝的時間，以了結此生。

「呸！」一聲驚天動地的暴喝，起自水柔晶旁的雜物堆內，接著刀光一閃，火將右手齊腕給斬了下來，刀芒再起，日月星三煞同時濺血跌退，雖是輕傷，但氣勢被奪，倉皇間來不及作出迅速反擊。

戚長征現身水柔晶之旁，仰天大笑道：「痛快痛快！由禿子你敢不敢和我單打獨鬥，我保證分出勝負才走，但這期間你不得命人對付水柔晶。」

眾凶團團將兩人圍住，只待由蚩敵一聲令下。由蚩敵望著飛到腳下的一片碎瓦，動容道：「你不但膽子大了，武功也突然間進步了許多，可知龐老對你的評價一點也錯不了，但若說這回你仍能逃出去，恐怕連你自己也不相信吧。」

水柔晶在戚長征背後輕輕道：「你走吧！我掩護你。」

戚長征心頭一陣激動，左手向後反抓著水柔晶的手，全不理會敵人的灼灼目光。水柔晶自知兩人必死，豁了出去，任由這男子抓著自己柔若無骨的手。

蒙大向由蚩敵冷哼道：「女大不中留，就是如此！」接著低聲道：「一下手不要留情，此子能藏在近處而不被我們所覺，已可躋入黑榜的級數。」

蒙二迅速低語道：「這小子比我想像中還高明，只從他的刀法可看出浪翻雲的可怕。」

斷了手腕，兩眼睜如噴火的火將這時退到後方，由手下為他包紮敷藥，再無動手的能力。後方是金、木、土三將，前方是日月星三煞，再外圍是由蚩敵居中，蒙大蒙二兩人傍在左右，最外檔處則是那些勁裝大漢，若戚長征要闖出重圍，勢須憑手上快刀的本領，沒有任何取巧餘地。只恨在由蚩敵和蒙氏雙魔這三個凶人的圍堵下，實在連逃也逃不了。

戚長征冷喝道：「老由你怕了嗎？」

由蚩敵仰天一陣狂笑，道：「閉嘴！網中之魚，有何資格提出要求，動手！」

金木土三將倏地往後散開，日月星三煞三支長矛有若三道電光，向戚長征射來。戚長征左手仍牽著水柔晶的玉手，手上刀光潮湧，護在身前，刀法精微玄奧，有若偶拾而成的佳句。由蒙等三人眼力最高明，一齊色變，尤其由蚩敵幾天前才和他交過手，豈知士別三日，竟要刮目相看，更增他除去戚長征之心。

日月星三煞當然不是弱者，矛光擴散，籠罩的範圍也擴大了。豈知戚長征就在利矛貫體前，刀光暴漲，接上三矛。「叮叮叮！」戚長征連退三步，化去狂勁。日月星三煞齊被硬生生逼退，三人早被他氣勢所懾，竟使不出平常的七成功夫。蒙大蒙二齊聲冷哼，像演習了千百次般由日月星三煞間穿入，兩手相握，接著急旋起來，龍捲風般往戚長征急轉過去。勁氣漫天，發出嗤嗤尖嘯。戚長征和水柔晶髮衣飄拂。水柔晶尖叫道：「是他們的『旋風殺』，快退！」拉著戚長征往後飛退。戚長征拿著她的手藉勢一送，水柔晶整個飄往遠方。這時蒙氏雙魔轉得快至已沒有人可分辨出誰是老大、誰是老二，一股強大的旋勁撲至，使戚長征也有隨之旋起的傾向。在這生死立決的關頭，戚長征忽地靜了下來。那是一種無法形容的感覺。整個天地像完全沒有了聲音，體內充盈著無比的信心和勇氣，沒有半絲的紊亂。他一分不差地知道當蒙氏雙魔每轉一圈，都藉拉著的手生出正反力道，使他們愈旋愈快。那力道剛生的剎那，就是舊力消失的當兒。那也是兩人唯一的空隙。

進來的是浪翻雲、左詩和陳令方。陳令方有點疲倦，顯是剛才教這兩個不肖學生時費了很大的心力。范良極和韓柏看到左詩，眼睛同時亮起來，秀美無倫的左詩自有一種非常動人的獨特氣質，雖未如秦夢瑤的不食人間煙火，但自有其秀麗清逸之處。范良極較快回復過來，見到韓柏這好色之徒仍不眨眼地瞪著人家，暗罵這小子見不得美女，踢了他一腳。

浪翻雲看得微微一笑道：「這是酒神左伯顏之女左詩姑娘。」

左詩被韓柏看得芳心忐忑跳動，暗怪這人為何如此無禮，但既是浪翻雲朋友，唯有斂衽施禮。

陳令方道：「來！我們坐下再說。」眾人圍桌坐下。

客氣幾句後，浪翻雲正容道：「我剛接到敝幫千里靈傳書，得到一個很壞的消息。」

韓柏訝道：「浪大俠身在船上，為何竟仍可與貴幫互通訊息？」

左詩不敢看他，卻在想這年輕男子的好奇心眞大，放著壞消息不問，卻去管這些枝節的問題。

范良極冷諷道：「你這人眞是無知，千里靈均曾受特別訓練，能辨認船上特別的標誌，好了！你的廢話說完了沒有。」

韓柏尷尬地道：「我沒有你那麼老，哪來這麼多經驗和老知識。」

范良極氣得兩眼一翻，待要反唇相稽，剛好朝霞捧著一壺香茗，進來侍客，這才止息干戈。這時浪翻雲也感到有點異常，為何好像陳令方蓄意地製造朝霞和他們接觸的機會？左詩和柔柔站了起來，幫著朝霞伺候四個男人。韓柏暗忖，假若秦夢瑤和靳冰雲兩人肯這樣服侍他，就算減壽二十年也心甘情願。

范良極向浪翻雲道：「若有消息能令浪兄感到震動，必是非常駭人聽聞的事。」

浪翻雲微笑道：「方夜羽已和朱元璋攜手合作，對付黑道，你說這是否驚人之至？」范良極登時呆了起來。「噹！」陳令方聽得連茶杯也拿不穩，掉在檯上，茶水濺流，朝霞慌忙為他抹拭。

心有旁騖的韓柏目光卻落在朝霞那雙使人想拿在手心裏好好憐惜的纖手上，想著范良極這個介紹倒也挺不錯的。朝霞見他盯著自己的手，暗怪這人實在太率性而行，毫無避忌，可是芳心卻又沒有絲毫怒意，反有少許背叛了陳令方的快感，感受到陳令方不能給她的刺激。

韓柏的神態哪能瞞過浪翻雲，其實他早看到范韓兩人對朝霞神態特殊，遂向韓柏微微一笑道：「看著韓兄，便像看著十多年前的自己，那時我和凌戰天兩人四處浪蕩，惹草拈花，愛盡天下美女。」聽到浪翻雲說自己年輕時拈花惹草，左詩的芳心不由忐忑跳躍著。韓柏一震醒來，以他那麼不怕羞的厚臉皮亦赤紅起來，笨拙拙地不知應如何反應。

陳令方哈哈一笑道：「浪兄說中了我的心事，陳某自號惜花，正是此意。」接著向韓柏神秘一笑道：「到了京師後，讓我這識途老馬帶專使遊遍那裏的著名青樓妓寨，保證專使永遠都不會再想離開這回事。」

朝霞幽怨地瞅了陳令方一眼，好像在怪陳令方「惜花」之號，名不副實，看得連浪翻雲也有所感。一直暗暗留意朝霞的范良極則是心中一酸，更增他「營救」朝霞的決心。左詩卻給弄得糊塗起來，搞不清這幾人錯綜複雜的關係。

浪翻雲轉回正題，解釋了當前形勢。眾人都沉默下來，一時間想不到如何應付眼前這一面倒的形勢。

范良極取出盜命桿，吞雲吐霧一番後，忽地乾笑起來道：「朱元璋這小子真不知天高地厚，竟敢公然來惹你浪翻雲，包他吃不完兜著走。」

韓柏聽得皮生疙瘩，心想你老范拍馬屁也不須如此過火，朱元璋乃當今皇帝，大內高手如雲，且掌兵千萬，怎會如此好對付？

浪翻雲從容一笑，轉向陳令方道：「這六部之職，可否請陳老說說成立的背後原因。」

陳令方露出佩服的神色，道：「浪兄雖不是朝廷中人，也猜到這六部事關重大，實涉及大明未來的興衰。」

范韓兩人一齊動容，韓柏也給引起了強烈的好奇心，專心聆聽。

陳令方嘆了一口氣道：「皇上得天下後，最關心的事就是如何保有天下，要做到這點，他最顧忌的就是隨他打天下的功臣和仍殘留在民間各股當年抗蒙的勢力，浪兄的怒蛟幫、乾羅的山城、赤尊信的紅巾盜就是他最害怕的三條眼中刺。」

范良極罵道：「這忘恩負義的小子，出身幫會，又掉過頭來對付幫會。」

陳令方道：「立國之時，他礙於形勢，不得不起用功臣李善長和徐達兩人為丞相，兩人為他定法制，除污吏，使人民休養生息，豈知根基穩定後，竟以胡惟庸代李徐兩公，大權獨攬，又另設檢校和錦衣衛，由楞嚴統領，專門對付曾為他打天下的功臣。」

范良極不理有三女在，一口氣罵了一連串粗話，怒道：「胡惟庸是甚麼東西？當日朱小子取和州他來歸順時不過芝麻綠豆的一個小官兒，有甚麼資格坐這一人之下、萬人之上的位置。唉！不過朱元璋都可以當皇帝，怕誰也可以當丞相了。」

韓柏見他口沒遮攔，聽得眉頭大皺，反而陳令方讚賞道：「范兄快人快語，陳某最愛結交就是你這種坦然無忌的好漢子，對於朝內爾虞我詐的勾心鬥角，陳某實深感厭倦。」

豈知范良極毫不領情，兩眼一瞪道：「既是如此，陳公你為何不留在家中享清福？一聽到有官當，立刻翹起屁股出著煙，趕著上京叩頭去。」

他一時興發，愈說愈是粗鄙不文，聽得三女垂下頭去，不敢看他。只有韓柏知道他因目睹往日朝霞受到不公平的對待，故對陳令方全無好感，忍不住藉機發作。浪翻雲由一開始便感到范良極對陳令方的敵意，故意不作聲，看看陳令方這隻曾在官場打滾的老狐狸如何應付。

陳令方絲毫不以爲忤，嘆道：「對於當官，陳某確仍存有妄念，但更重要的是想不當官也不行，皇上曾定下『士大夫不爲君用，罪至抄笞』的律例，他若選了你，想不當官也不行。」

范良極爲之語塞，蘇州名仕姚潤、王漠兩人被徵不至，不但被殺，家當也被充公沒收，此事天下皆知，所以陳令方所說的，確非虛言。

浪翻雲冷哼道：「當初朱元璋起用胡惟庸，貪的是他人微言輕，在舊臣裏缺乏根基勢力，哪知這小子結黨營私，勢力迅速膨脹，使奔競之徒，趨其門下，此豈是朱元璋當初所能預料的？」

陳令方道：「但皇上也達到了他部分目的，徐達公和劉基公因得罪了胡惟庸，先後被其害死，除了『鬼王』虛若無外，現在誰敢不看他的臉色行事？」

韓柏心中一動，問道：「這次朱元璋設六部新職，是否有壓制胡惟庸之意，那豈非削自己的權力？」

朝霞和左詩頓時對這看著女人眼也不眨一下的青年刮目相看，想不到他正經起來時思慮如此細密。

陳令方眼中掠過讚賞的光芒，點頭道：「這正是全件事的關鍵所在，也是皇上的一個大矛盾。」

浪翻雲淡淡道：「吏、戶、禮、兵、刑、工六部，不是一直隸屬中書省丞相嗎？怎會忽然又成了新職？」

陳令方眼中閃過驚異的神色，想不到這多年不問世事的天下第一劍手，竟然也對朝中之事如此熟悉，道：「問題正出在這裏，以往是由皇帝管中書省，再由中書省管六部，但這次的改革裏，六部的地位將會大幅提高，變成直接向皇上負責，你說這變化是否驚人，如此一來，中書省將大權旁落，實質的丞相會由一人變成七人，所以朝中各派都對這六部要職眼紅得要命。」

范良極冷冷道：「如此眞要恭賀陳公了。」

這次連陳令方也聽出對方嘲弄之意，他也是城府極深的人，苦笑道：「范兄不要笑我，現在看來，這事乃禍而非福。」

浪翻雲皺眉道：「朱元璋爲何要這麼做，豈非坐看各派瓜分他以往集中在一名手下身上的權力？」

韓柏道：「我看這是朱元璋的一著陽謀，否則不會有刺殺陳公這事。」

范良極一震道：「你這小子有時也會動動腦筋，想點新鮮的玩意兒出來。」

浪翻雲像早就想到這點，哈哈一笑道：「好一個朱元璋，我便讓你弄假成眞，作繭自縛。」

眾人齊感愕然，望向從容自若的浪翻雲。浪翻雲道：「我們上京後，不惜任何手段，也要扳倒楞嚴和胡惟庸，中書省一去，六部便成治理全國的眞正權力中心，那時連朱元璋也難以通過胡惟庸胡作妄爲，像眼前與方夜羽聯手的事，絕不會出現。」頓了頓再道：「好了！時間無多，這裏交由范兄和韓小弟處理，若我估計不錯，楞嚴將會通過官府的力量，明著來要人，各位看看怎樣應付吧！」

左詩愕然道：「浪大哥要到哪裏去？」

浪翻雲微笑道：「到了鄱陽，我會到雙修府打個轉，事後立即回來陪詩兒你喝酒！」

谷倩蓮回頭瞧了幾眼，駭然道：「這些所謂官艇，除了旗幟，上面一個穿官服的人也沒有，這算怎麼一回事。噢！還不駛快點？」

風行烈從容自若道：「你沒有看到敵艇上除了扯滿風帆，船尾各有四名大漢揮槳催舟，若非你的小艇特別輕快，早給他們追上，但想將他們甩掉，卻是沒有可能。」

谷倩蓮呼出一口涼氣道：「現在怎麼辦？」

風行烈回頭細看逐漸追上來的六艘官艇，每艘艇上都站了幾個人，這時天色漸暗，距離又遠，認不出是否有熟人在內，向谷倩蓮微微一笑道：「這六艘快艇顯是在我們離岸時便分散遠遠跟著，到現在才插上官旗，聚集後加快追來，假設我猜得不錯，等著我們的好戲應在前頭，你看！」指著前方的小島群，道：「他們就是要逼我們穿過那些小島。」

谷倩蓮嗔怪地道：「你還笑，人家的膽都給嚇破了，我們也恁地大意，明知白髮鬼誇下海口我們到不了雙修府，還一點不經意。」

風行烈嘆道：「若他們有官府作後盾，無論我們如何小心，最後的結果不會和現在有何不同。」說到這裏，將風帆降下少許，減慢船速。

谷倩蓮色變道：「你不知人家正趕鴨子般追著來嗎？」

風行烈道：「趁前後兩方的敵人尚未會合，我們怎可不乘機撈點油水？來！你負責操舟。」

谷倩蓮接過船舵，乘機在風行烈臉上吻了一口，甜笑道：「和你在一起，我甚麼也不怕。」

風行烈想不到她有這樣大膽的突擊行動，呆了一呆，取出丈二紅槍，接上後傲立船尾。這一著果大出敵艇意料之外，也放緩船速，似扇形般由後方包圍上來。其中一艇排眾而出，直逼而來，到了和他們的快艇相距丈許，減慢速度，保持距離。站在船頭的是一老兩少三人，面目陌生，是初次遇上。風行烈毫不奇怪，以柳搖枝刁項等人的身分，總不能終日混在岸旁的漁舟裏，等待他們出現，所以這些人只是次一級的貨色，不過柳搖枝卜敵等現亦應已接到通知，正在兼程趕來，說不定就在那兩里外的小島群後等待他們自投羅網。

那老者大喝道：「停船！我乃大明駐鄱陽神武水師統領胡節駕前右先鋒謝一峰，專責偵察，現在懷疑你們船上藏了私貨，立即拋下武器，停船受檢，否則必殺無赦！」

風行烈回頭向谷倩蓮低聲道：「當我躍上敵船動手時，你立即掉轉船頭回航來接我。」

那老者大喝傳來道：「還不棄槍投降！」

風行烈一陣長笑，幻出漫天槍影，一閃間已平掠往對方船頭。謝一峰和兩名大漢嚇了一跳，一齊掣出長刀，往風行烈劈去，尤其謝一峰一刀，迅快如電，功力深厚，連風行烈也感意外。谷倩蓮再起風帆，往前衝出，敵艇連忙合攏著追過來。「噹！」丈二紅槍先挑上謝一峰的長刀，將對方逼退三步，接著槍尾反挑，正中另外兩把大刀，那兩人的大刀竟被挑得脫手飛向湖內。這兩人武功雖遠遜於謝一峰，但還不致如此差勁，只因爲他們不知道這乃燎原槍法裏的「借勁反」。當紅槍挑上謝一峰的長刀時，竟可借著巧妙的吸勁，將謝一峰的刀勁完全吸納，讓勁道沿槍而上，當勁力由槍尾逸出前，已給風行烈掉轉了紅槍，加上自己的勁道，由槍尾送出，所以兩人大刀給槍尾差不多在同一時間挑中時，等於同時承受了謝一峰和風行烈兩人的眞勁，試問他們如何抵受得了？當日厲若海就是以此招殺得惡婆子和惡和尚兩人人仰馬翻。兩名大漢虎口鮮血狂流，踉蹌跌退。風行烈早卓立船頭。

這時谷倩蓮的風帆轉了一個急彎，朝他們駛回去，引得其他快艇紛紛包圍過來。風行烈一聲長笑，燎原槍法展至極盡，刹那間槍影滾滾，船篷船桅化作片片碎屑，船上倉皇應戰的大漢們沒有人可擋過一個照面，紛紛被挑下水裏。那謝一峰左支右絀，運刀支撐，可是風行烈每前進一步，他便不得不往後退一步，當他退到船尾時，整艘長艇光禿禿地，不但船艙船舵全部被毀，風帆也連著折斷的船桅，掉進湖裏去，情景怪異至極。謝一峰暗嘆一聲，知道自己和對方的武功實有一段無可相比的距離，正要見機收手，反身躍水逃生，眼前槍影擴散，形成一個大渦旋，朝自己罩來。渦旋的中心有種奇異的吸力，使自己連逃走都辦不到，駭然下拚死一刀全力劈去。「噹！」謝一峰手中長刀終於脫手，一時間四周全是槍影，遍體生寒，他剛叫了一聲我命休矣，槍影散去，風行烈持槍傲立，冷冷看著他。謝一峰知道此刻逃也逃不了，他並非第一天出來闖蕩江湖，立即知趣地命手下快艇駛離開去。風行烈武技的強橫，確是大出他意料之外。

谷倩蓮的風帆來至艇旁，緩緩停下，急叫道：「小島那邊正有艘大船以全速駛來！」

風行烈像一點也聽不見，虎目精光閃爍，向謝一峰道：「胡節為何和方夜羽聯成一氣，難道不知他是蒙人的餘孽嗎？」

謝一峰頹然道：「小的不清楚，但知這是朝廷的旨意，其他的我便不知了。」

風行烈槍收背後，躍到谷倩蓮的艇上，冷冷道：「謝兄最好不要追來，否則我會對你非常失望。」快艇遠去。謝一峰雙腿一軟，差點跪了下來，揮手阻止手下追趕，照江湖規矩，對方放過自己，當然不能厚顏追去，現在風行烈已現身，自有柳搖枝等人去追捕他。

奔雷掣電，戚長征神情肅穆，一刀劈出。蒙大蒙二兩人駭然一驚，想不到這年輕高手竟能覷準他們新舊力交替的當兒出刀，這剛是兩人新力尚未銜接的剎那，無從發揮聯手的威力，同聲悶哼，分了開來。蒙大的玄鐵尺來到手中，橫擋敵刀；蒙二的五尺短矛由腰際衝出，飆射戚長征的左腰眼。兩人一出手，雖未能再復聯起內勁，使威力倍增，但已可使任何人吃不消。蒙氏雙魔有個慣例，就是不理對方有多少人，定是聯手出擊。戚長征一聲長笑，刀泛光花。「噹！噹！」兩聲激響，震懾全場。蒙氏雙魔像長河般的攻勢忽被切斷，接著長刀劃出重重刀影，在兩人身前爆開，剎那間將兩人捲入其中。

眾凶包括由蚩敵都看得目瞪口呆，連站在戚長征身後的水柔晶他也無暇理會，只注視著場中惡鬥的三人。誰想得到戚長征和蒙氏雙魔對上，竟能奇蹟地搶得了先手和主動。戚長征自然而然流露出一種豪勇的氣概雄風，使人感到即使戰死，這人絕不會皺一皺眉頭。任蒙氏雙魔暴跳如雷，一時間也唯有各自爲戰，希望捱過對方有若長江奔流的氣勢。戚長征最高明處，就是破了兩人最厲害的「橋接聯勁魔功」，令兩人使不出平時功力的五成，否則現在他或已躺在地上。

由蚩敵心中焦躁，頗想派人圍攻，又或攻擊水柔晶令戚長征分心，但想起若傳出了江湖，在場的這群人再也不用抬起頭來做人，故想先看看形勢的發展，必要時，他會親自出手。打定主意後，他緩緩往戰圈移過去。水柔晶渾然忘了自己也在重圍之內，難以置信地看著戚長征將一把長刀使得有若天馬行空、走留無跡，每一出刀，或破或劈、或挑或削，均是敵人必救的要害，而且速度之快，有如閃電，縱以蒙大蒙二驚人的武功和豐富的經驗，也給殺得落在守勢，沒法子逸出刀勢籠罩的範圍。就在這時，她看到由蚩敵緩步逼至三人劇戰之處，四周各人亦開始圍攏上來。一時殺氣騰騰。

戚長征的心境仍是澄明如鏡，日照晴空。自三年前敗於赤尊信三招之內後，戚長征已不是昔日的戚長征了。尤其得到天下頭號劍術大宗師浪翻雲親自指點，此後戰孤竹，與上官鷹翟雨時以三人悟出來的陣法，聯戰談應手和後至的莫意閒，稍後與由蚩敵戰個平分秋色，又和紅日法王對了一招而不落下風，每一個經驗，都把這天才卓越，有志成爲第二個傳鷹的年輕高手，在武道的長階推上了一級。在這淡月灑照的荒村裏，大敵當前下，戚長征下了決心，有意背水一戰，心中無牽無掛、萬里晴空，竟倏地更上層樓，達到黑榜級高手的境界。即使當年挑戰浪翻雲的「左手刀」封寒，也不過如是。戚長征只覺思慮愈來愈清明，手上的刀使起來像不需用半點力度那樣，體內眞氣源源不盡，大喝一聲，長刀閃電般望蒙大射去，同時一腳側踢，剛好踢中蒙二的矛尖。蒙大橫尺胸前，只見對方長刀在劈來那快若迅電的刹那間，不住翻滾變化著，竟不知對方要攻何處，也不知應如何去擋，駭然急退。蒙二全身一震，短矛盪開。由蚩敵見情勢危急，再顧不得身分，往腰間一抹，連環扣索劈臉往戚長征點去。日月星三煞亦從他身後撲上，三支長矛往戚長征激射。金、木、土三將則由後掩上，往水柔晶攻去，以分戚長征之神。混戰終於爆發。

一望無際的鄱陽湖上，一大一小兩隻船正追逐著。風行烈蹺起二郎腿，坐在船尾，好整以暇地看著谷倩蓮把著船舵，操控風帆，拚命逃生。船上燈火通明，照得方圓十多丈的湖面亮如白晝。

谷倩蓮嗔怪地看他一眼道：「你這人還一副吊兒郎當的樣子，壞人快追上來了，你有把握一個人打贏柳搖枝卜敵刁項刁夫人，還有那刁小賊和甚麼劍魔的弟子嗎？」

風行烈微笑道：「你知我師父收我爲徒後，第一句說的是甚麼？就是『不要害怕』，這也是我……」

苦笑道：「現在唯一可以鼓勵自己的話。唉！老范和小韓在就好了，那將會把最痛苦的事變成歡樂。」

谷倩蓮「噗哧」一笑，幽幽地看了他一眼，垂頭低聲道：「你喜歡倩蓮嗎？」

風行烈聽得一呆，道：「這怕不是適合分心去談情說愛的時刻吧！」

谷倩蓮固執地道：「不！若你不說出來，我怕再沒有機會聽到這我最想聽的話。因爲我死也不肯再活生生落到柳淫蟲的手裏。」

風行烈眼中射出萬縷柔情，伸手搭在谷倩蓮香肩上，點頭道：「是的！我喜歡你。」

巨船又追近了半里許，把他們罩入桅燈的光暈裏，已隱約可看到船頭上站滿了人，其中柳搖枝的白髮最是好認，在月照下閃閃生光。

谷倩蓮仰起俏臉，無限欣悅地道：「行烈！我要你吻我。」

風行烈剛想奉旨行事，眼尾忽有所覺，只見前方暗黑的海面上，有一點燈火，不住擴大，顯是有另一艘漁舟正往他們正面駛過來。

谷倩蓮也感到不妥，望向船頭的那一方，一看下驚喜高叫道：「震北先生！是小蓮啊！震北先生！」

淡淡的月色下，一艘小艇出現前方。黑榜高手「毒醫」烈震北，高瘦筆挺，傲然立在艇尾處，自有一股書香世家的氣質。蒼白的臉帶著濃烈的書卷味，看上去很年輕，但兩鬢偏已斑白，正運槳如飛，往他們划來。他的儒服兩袖高高捋起，露出雪白的手臂，握槳柄的手十指尖長纖美，尤勝女孩兒家的手。尤使人注目處，是他耳朵上夾著一根銀光閃閃長若五寸的針，當然是他名震天下的「華佗針」。

在兩艇最少還有十丈的距離時，烈震北一聲長笑道：「小蓮你帶來的朋友定是厲若海的徒兒，否則縱使拿著丈二紅槍，也不會如現在般那麼像是厲若海。」

風行烈心神震盪，只是對方這份眼力，便足列身黑榜之上，抱拳道：「厲若海不肖徒拜見震北先生。」

谷倩蓮愁容盡去，撒嬌道：「震北先生，你看不到背後有船追我嗎？」

這時烈震北的小艇剛和兩人的風帆擦身而過，烈震北忽地用力一彈而起，腳下的小舟被他用腳一撐下，驀地加速，破浪而去，像條飛魚般滑浪往追來巨舟的船頭處撞去，速度之快，對方根本無法可避。

烈震北一彈後凌空橫移，輕描淡寫地落在風谷兩人的風帆上。「轟！」小艇竟撞破船頭，陷進了船身裏。巨舟繼續追來，像一點也不受影響，但誰也知道正在進水的船以如此高速行走，很快便會挺不住。烈震北果不愧名滿天下的黑榜人物，一出手便覷準敵人弱點，克制了敵人的整個氣勢。

谷倩蓮雀躍道：「震北先生怎知我們回來？」

烈震北悠然道：「我們接到莫伯傳回來的消息，知道你們的時間和航線，故出來看看。這條追著來的大船上究竟有甚麼人？只要沒有龐斑在，我們便上船去會會他們，順道替風世姪療傷。」

風行烈愕然道：「你怎知我負了傷？」

烈震北從容一笑道：「你成爲龐斑道心種魔大法爐鼎一事，現在天下皆知，此刻看你的臉色眼神，便知內傷仍在，只不過給令師的絕世神功強行接通了經脈罷了！」

谷倩蓮好奇問道：「爲何不留待回到雙修府醫理，賊船上高手如雲，你反要到那裏給他療傷？難道你可說服柳搖枝讓一間靜室出來給你嗎？」

烈震北啞然失笑道：「我研究道心種魔大法，足有四十多年的歲月，敢說龐斑赤尊信外，沒有人比我更在行，說到鬥嘴嗎？誰也不是你小精靈的對手，但醫人嘛，卻要看在下的手段。」

谷倩蓮道：「看！他們慢下來了！」

追來的巨舟的水線低了最少數尺，還略呈傾側，速度大不如前，距離開始拉遠。

烈震北冷喝道：「回航！」

谷倩蓮不情願地道：「眞要這樣做嗎？」

烈震北仰天長笑道：「自出道以來，烈某從來不知『逃走』兩字怎麼寫，回去！」風帆繞了一個圈，回頭迎上駛來的巨舟。

烈震北道：「小蓮你留在舟中接應我們，風世侄！來！我們上去看看他們有何厲害人物。」風行烈豪情狂湧，一聲長嘯，沖天而起，掠往敵船。烈震北衣袂飄飛，從從容容伴在他身旁，往敵方船頭撲上去。

刀光已至，蒙大在這生死瞬間的剎那，施出壓箱底絕活，玄鐵尺平拙揮出，挑在刀鋒處，全身一顫，往後跌退，他的功力本勝戚長征，但吃虧在到最後關頭才把握到對方刀勢，無法蓄足最強勁道，此消彼長下，立刻吃了大虧，由此可知戚長征刀法已至出神入化的階段，竟能彌補功力的不足。蒙二被他一腳踢中矛尖，本可輕易再組攻勢，可恨戚長征這一腳大有學問，剛好制著了他的矛勢，使他露出一絲空隙破綻，若戚長征趁勢攻來，說不定可以幾招內要他負傷落敗，自然而然急退往後，採取守勢。至此蒙氏雙魔攻勢全被瓦解。戚長征刀光暴漲，迎向日月星三煞的長矛和由蚩敵的黃金連環扣。同一時間身後的水柔晶嬌叱連聲，顯示正力抗金、木、土三將的狂攻。

「叮叮噹噹！」一連串金屬撞擊聲爆竹般響起。戚長征慘哼一聲，迅速後退。他雖擋開了日月星三矛，卻給由蚩敵變化萬千防不勝防的連環扣破入刀勢，點往咽喉，危急下戚長征硬以左肩膊撞開扣尖，給由蚩敵趁勢一拖，肩頭衣服破碎，畫出一道深可見骨的傷口。由蚩敵武功何等高強，如影隨形，貼著後退的戚長征逼去。水柔晶一聲驚呼，被金將金輪刮起的勁氣，掃中右手小臂，軟節棍脫手掉在地上。這時戚長征已至，攔腰將水柔晶摟個正著，竟一齊滾倒地上。金木土三將大喜，金輪木牌鐵塔狂風掃落葉般往兩人砸下去，勁風吹得四周碎屑塵土漫天揚起，餘下的雜物往四外翻滾，像羽毛般一點重量也沒有。追來的由蚩敵反一時插不上手，因爲戚水兩人摟成一團，滾進了三將的中間去。

暴怒如狂的蒙氏雙魔驚魂甫定，後發先至，越過日月星三煞，追了上來。眼看戚水兩人命喪當場，戚長征一聲狂喝，刀光滾滾，接著了三將狂風暴雨的攻勢，同時腳尖撐地，一枝箭般往擋在後方中檔處的金將射去。金將雙手劇震，兩個金輪被敵刀震得差點脫手，在空中一個盤旋，正要回擊而下，寒氣侵腳而來，刀光鋒影，貼著地面向他直捲過來，也不知應如何抵擋，駭然下躍往上空，讓出逃路。木土兩將見戚長征刀勢全集中在金將身上，大喜下將被震開了兵器回轉過來，往兩人脅翼側擊去。危急間戚長征挑開了土將砸向水柔晶左腿的鐵塔，但卻避不開木將拍往自己腰腿處的那黑黝黝的木牌奇門武器。無奈下，戚長征一扭腰，以臀部的厚肉迎上木將拍下來的木板。木板剛拍上他的屁股時，戚長征再扭腰一挺，又藉前衝之勢，化去對方可震裂五臟六腑的眞勁，饒是如此，仍忍不住噴出一口鮮血，但也藉這一拍之力，加速貼地而去的衝勢，逸出三將重圍，來到了最外圍嚴陣以待的勁裝大漢之內。

由蚩敵和蒙大蒙二三人越過三將，狂追而至，這三人殺得性起，激發了塞外民族世代以來與惡劣環境鬥爭培養出來的凶性，忘了自己的身分地位，決意不惜一切殺死這超卓的年輕高手。戚長征強忍左肩的痛楚，強壓下像翻轉了過來的五臟六腑，再噴出一口鮮血，射在最近那名敵人的眼瞼上，刀光再起。水柔晶伸手摟上戚長征的脖子，蠻腰給對方摟個結實，嗅著對方年輕男性獨有健康的氣息，雖在這動輒身亡的險境，仍不自覺陶醉在戚長征懷裏那虛假的安全中，自己雖背叛了師門，但卻覺得無論要付出任何代價，也是值得的。被鮮血蒙了眼目的大漢首當其衝，竟給戚長征一頭撞在胸前，骨折肉裂聲中，整個人向後拋飛，一連撞倒兩個在他身後猝不及防的同夥。另四名分左右撲上來的大漢，剛要動刀，眼前一花，戚長征已彈了起來，跟著那給他撞得離地飛跌的同夥，逸出包圍網之外。由蚩敵和蒙大蒙二三人心中冷笑，即使戚長征是單身一人，受了這樣的傷，也不易逃遠，何況還帶了個也受了傷的水柔晶？忙加速追去。

第六章

毒醫的針

第六章　毒醫的針

當烈震北和風行烈天神般落到船頭處時，柳搖枝刁項等自動退了少許，形成一個圍著兩人的大半圓，一時惡戰似將一觸即發。

柳搖枝神色凝重的瞪著烈震北，沉聲道：「烈震北你不躲在深山窮谷去掘你的山草藥，偏要來蹚這渾水，我要教你身敗名裂而亡。」

烈震北那秀氣卻又蒼白得像害過重病的容顏綻出一絲輕蔑的笑意，若有神若無神的眼上下看了對方一遍，淡然道：「柳兄肝脈受傷，引致眞氣由丹田至下氣海之處運轉不靈，若要強行出手，恐怕功力在三年內難以復原，只不知柳兄是否相信我這醫者所言。」

柳搖枝表面雖若無其事，但內心卻眞的氣虛情怯，烈震北只看了幾眼，對他被風行烈一槍所造成的傷勢，比他自己本人更清楚，他乃有身分聲望的人，給對方說中了，自然不可強辭否認。

站在他身旁的刁項冷哼道：「柳先生放心在旁觀看，他們既敢上來，我們便教他回去不得。」話雖如此，但刁項卻似無出手的意圖，連他派內一眾弟子，包括兒子辟情辟恨，和那劍魔石中天的弟子衛青，也不敢貿然上前搦戰，先不說他們深悉風行烈的厲害，只是烈震北身爲黑榜高手的超然身分，加上他剛才先聲奪人以小艇撞破己船船頭的氣勢，便教他們要強忍憋在心頭的那一口窩囊氣。

一聲長笑來自一名五十來歲，不怒而威，身披華麗黃色蘇繡錦袍的禿頭大漢，他那半敞開的黃袍裏可見滾金邊的黑色勁服，形相衣著均使人印像深刻。他圓瞪的大眼在一對粗眉的襯托下凶光閃閃，望著烈震北冷冷道：「聽說閣下自幼患上絕症，現在從你的臉色，看來仍是惡疾纏身，竟還敢在藍某面前耀武揚威？」

烈震北絲毫不爲對方的話語所動，好整以暇朝他望去，微笑道：「這位定是黃河幫主藍天雲兄，四十年前，藍兄以『長河正氣』威震黑道，照理這種來自玄門正宗的心法，應隨年紀增長功力日深，故在下一直不明白爲何到了今天藍兄仍未能名登黑榜，今晚見到藍兄眼肚浮黑，顴心泛青，始知道藍兄是因酒色過度，不合玄門靜心養性之道，故不能突破體能之限，可惜呀可惜！」

藍天雲左旁是他兒子藍芒和頭號大將「魚刺」沈浪，右邊是他另三名得力手下「浪裏鯊」余島、「風刀」陳鋌和紮了個引人注目高髻，姿色不俗的紅衣少婦「高髮娘」尤春宛，這數人均是橫行黃河水域的黑道強手，聞言大怒，欲趁勢空群湧出，殺對方一個措手不及。反是藍天雲聽得怔了一怔，攔著各人，出奇地沒有發怒道：「四十年來，烈兄還是第一個指出藍某這問題的人，看在這點分上，你滾吧！但那對狗男女必須留下。」

烈震北搖頭失笑地向身側的風行烈低聲道：「十五年前，在下和厲兄曾合力挑了東北劇盜『十三兄弟』的老巢，希望世侄今晚不會令我失望！」

風行烈愕了一愕，暗忖對方爲何明知自己內傷未愈，仍要逼自己上船來動手，但現已成騎虎之勢，仰天一聲笑道：「世侄盡力而爲吧！」手中紅槍，幻出千萬道紅影，朝柳搖枝電刺過去。

由蚩敵蒙大蒙二三人盡展身法，越過最外圍的手下，望抱著水柔晶往村外暗處狂奔的戚長征追去。

全力施爲下，立即看出三人功力高下。由蚩敵轉眼間超前而出，到了戚水二人背後十五步許處，凌空一掌照著戚長征背心劈去。水柔晶由戚長征背後望來，將由蚩敵的動作看得一清二楚，駭然驚叫：「小心！」戚長征頭也不回，深吸一口氣，臉頰掠過鮮艷的赤紅，提氣離地飛掠，速度比先前增加了一倍以上，往橫移去，由蚩敵竟一掌劈空。他因用勁發功，速度略慢，蒙氏雙魔又追了上來。三人均暗嘆這小子在飲鴆止渴。原來這種使速度倍增的功法，全憑一口眞氣，極爲損耗眞元，且眞氣盡時，會有力竭身軟之弊，故除非生死關頭，高手絕不肯幹這種事，現在戚長征以此逃生，正顯示他是強弩之末，再不足爲患。除非是龐斑、浪翻雲那類級數的人物，已晉入先天眞氣的境界，眞元循環往復，取之不竭，方能不受這限制。故此一見戚長征以此法急走，三人立刻輕鬆起來，跟著他追去，只待戚長征一口眞氣用盡時，就是他畢命之時。

戚長征箭般奔上一道草坡，投進暗黑裏，隱沒不見。三人不慌不忙，趕了上去。山坡外是另一個小丘，三人來到坡頂時，戚長征剛抱著水柔晶，奔到了對面小丘之上。三人不由駭然，這小子確是得天獨厚，一口眞氣竟可支持這麼久仍不衰竭。三人心中也感到有點不妥，狂喝一聲，猛提眞勁，加速撲去。戚長征沒在丘頂之下。三人身法何等迅快，倏忽間追至小丘之頂。河水奔騰的聲音在下方響著。三人面面相覷，這才省悟此子不但有勇，而且有謀，故不怕損耗眞元，就是爲了要借水遁去。只這剎那工夫，兩人至少隨水游去了五里之遙。此時其他人先後趕到。由蚩敵眼中閃過狂怒的神色，狠狠道：「他兩人均受了重傷，我倒要看他們能走得多遠，著人帶馬來。」眾人都覺丟臉至極，心中湧起不惜一切，誓要將兩人擒殺的決心。

漫天槍影下，功力稍遜者均紛紛後退，只剩下柳搖枝、刁項、刁夫人、辟情辟恨兩兄弟、石中天的徒弟衛青、刁項的師弟李守、黃河幫主藍天雲和他的五名大將，守在最前線，揮動兵器，在撲面的勁風中，全神防守著飄忽無定丈二紅槍的來勢。這是燎原百擊裏三十擊的起手式「無定擊」，當日厲若海使出此招時，曾使方夜羽卜敵等十多名高手，完全摸不到對方攻擊的目標，又誤以為是攻擊自己，故空有高手如雲，也全無還擊之力，此刻風行烈重施故技，柳搖枝等雖也是高手滿船，卻沒有人敢出手搶攻。這三十擊還有一個特點，就是不出手則已，一出手連環而去，綿綿不絕，最適合以寡敵眾，卻也是最損耗眞元，但在這高手環伺的生死關頭，風行烈想有保留也在所不能。

槍勢一收再放，籠罩的範圍竟擴大了一倍，由起手式「無定擊」轉入第二式「雨暴風狂」，槍影呑吐間，像每一個人都是被攻擊的目標。柳搖枝知道自己再不出手，便會丟盡龐斑和方夜羽的面子，手中長簫閃電點出，正中槍尖，同時叫道：「攻上去！」「叮！」簫矛交擊。藍天雲一聲大喝，亮出成名兵器七節棍，趁風行烈斂槍回收，以化去簫勁時毒蛇般往風行烈下盤纏去，陰險毒辣。刁辟情大傷初癒，又是仇人見面，此時亦一聲不作，閃往風行烈右側，魅影劍比鬼魅還快砍往風行烈右臂，只要風行烈回槍擋棍，左側將空門大露，予己方有可乘之機，用心陰損至極，也不愧是魅影劍派最出類拔萃的新一代高手。

風行烈紅槍下挑，擋了藍天雲一擊，只覺對方七節棍勁力沉雄，棍槍只是一觸，內勁便若長江大河般不絕湧來，確是一派宗主的氣勢，不得已要再退絕不想退的一步，烈震北的手掌已按在他背心上，輸入一股柔和的勁氣，恰好化解了藍天雲的「長河正氣」，同時耳旁響起烈震北斯文平靜的聲音道：「你專注前方，全力施為，兩側和後方包在我身上。」風行烈精神一振，放過刁辟情砍來的一劍不理，三十擊第三式「疊浪千重」緊接而出，厲若海仗之名震天下的丈二紅槍，在他手中湧出重重槍浪，由左至右，挑刺正撲上來的黃河幫及魅影劍派各大高手。

刁辟情眼看砍中風行烈，一件似軟似硬的東西拂在劍側處，心頭如給重鎚擊中，悶哼一聲，跌退開去，一看下，原來是烈震北垂了下來的衣袖。烈震北大笑道：「小朋友你內傷雖剛癒，但中了我『蝕心花』的餘毒卻仍未除，若妄動眞氣，我以項上人頭擔保，十招內包你七孔流血而亡。」刁辟情聽得呆了一呆，退到一旁，竟不敢再衝上來。

暫時退後的還有柳搖枝和藍天雲。柳搖枝全力擋了風行烈一槍，破去對方凌厲攻勢，但自己也不好過，傷口立刻崩裂，不得不急退下來點穴止血，心中的無奈和窩囊感差點讓這橫行無忌的大魔頭躲到暗處大哭一場。藍天雲在七節棍和風行烈紅槍交擊時，較量了內力，退了三步，見對方身子晃也不晃一下，他看不到烈震北在背後暗助的動作，心中駭然，氣勢信心驟減，一時間忘了繼續進擊。

現在撲向風行烈的人，左方是黃河幫五大高手藍芒、沈浪、余島、陳鋌和尤春宛；右方是刁項、刁夫人、刁辟恨、衛青和李守；雖沒有了柳搖枝、藍天雲、刁辟情三人，但這陣仗已可教任何高手皺起眉頭。豈知風行烈夷然不懼，雖給這十名高手撲來的勁氣壓得血脈欲裂，衣袂飄拂，像要被刮到湖中那樣，但當想到厲若海和龐斑決戰時那不可一世的英雄霸氣，心中頓時湧起縱橫廝殺於千軍萬馬中的豪雄氣概，全力橫槍掃敵。還記得當日厲若海傳他這招時，說道：「此招一出，必須做到一往無回，與敵偕亡的氣勢，才能發揮此招的精粹，否則便淪於江湖小輩施的『橫掃千軍』，有何資格成爲我燎原百擊中的一式。」自負上怪傷後，風行烈還是首次一往無回地全力施出這燎原槍法。

首當其衝是左方最外圍的黃河幫高手「高髻娘」尤春宛和「風刀」陳鋌，尤春宛本較陳鋌更接近風行烈，右手一對護腕鉤本已攻出，但一看槍勢，自知擋架不了，兼且她武功走的是飄閃遊鬥的路子，不宜硬碰，立即後退。陳鋌卻沒有她那麼乖巧，自恃膂力過人，橫刀便擋，豈知槍影近身時，才發覺槍影翻滾下，根本無從捉摸，想退後時，右手腕筋竟被槍尖劃斷，一聲慘叫中，被槍勁帶得拋飛開去。其他黃河幫高手余島、沈浪和藍芒，自問功夫高不了陳鋌多少，見狀哪還不駭然閃退。

紅槍的滾浪來至刁項右側處。刁項的身分比之黃河幫的高手自是不同，他乃魅影劍派的大當家，別人可以退，他卻不可以，兩眼精光一閃，窄長鋒利的魅劍已在紅槍尖上連砍七下，眼力的高明，劍法的迅快老辣，均顯出一派宗主的風範。他身旁的刁夫人見丈夫一出手便克制了風行烈這驚天動地的一槍，一聲嬌笑，手中短劍化作一道長虹，射往風行烈右脅下的空門處。這刁夫人萬紅菊武功，傳自乃兄「劍魔」石中天，兩人雖是親兄妹，但因兩人父母在他們年幼時反目分手，所以萬紅菊隨母姓萬，石中天比這妹子年齡大上十五年，但對這親妹卻非常疼愛，也把萬紅菊造就成比刁項更勝半籌的高手。

風行烈見刁項劍法如此精妙，立刻使出燎原槍法「五十勢」中的「斜挑勢」，槍影渙散，似拙實巧地由下上挑，藉紅槍之長，挑向刁項持劍的手腕。刁項本有必殺下著，哪知槍勢由巧化拙，由快變緩，使他空有精妙劍法，竟使不出來，唯有一拖一沉，全力削擋。風行烈正要他這樣，槍劍相觸時，施出燎原心法的「借勁反」，運功一吸，豈知刁項內勁凝而不散，竟「借」不到他半分內勁。刁夫人短刃已至，風行烈大喝一聲，槍尾迴環，剔打在刃鋒處，「叮！」兩人同時一震，刁夫人往外飄飛。風行烈連拚刁家兩大高手，氣血翻騰，全身經脈欲裂，往後要退，烈震北的手又按上他背心，輸入內勁，為他化去當場噴血的厄難。這麼多的動作，都在兔起鶻落的瞬間完成，其中凶險，唯當局者自知。

其他的魅影劍派高手，除刁辟情外，都由右外側蜂擁攻來，刁辟恨、衛青、李守三人中，以衛青的劍來得最狠最快，劍未至，森寒的劍氣早籠罩著風行烈，若風行烈功力較差，恐怕連眼也睜不開來。黃河幫主藍天雲終於看到烈震北在風行烈背後動的手腳，又悲怒手下斷腕之辱，拋開對烈震北的顧忌，由左側搶至，七節棍挺個筆直，像支鐵棍般往烈震北戳過去。刁項見狀，和夫人打個眼色，二人一長一短兩劍，由中門搶入，合攻風行烈。其他黃河幫高手見幫主攻向烈震北，哪會不懂配合，立由左側向風行烈群攻過去。剎那間風行烈起始時的優勢盡失，除了柳搖枝和刁辟情外，全部敵方高手盡投入戰局內。

風行烈只覺烈震北這次輸進體內的眞氣極爲奇怪，開始時只是化去刁夫人萬紅菊能斷人心脈的陰柔氣勁，但接著勁氣一斷一續湧入體內，不但沒有增強他的內氣，反使他感到血脈迂滯，非常難受，可惜這並非出言相詢的好時刻，一聲長嘯，施出「燎原槍法」三十擊中最凌厲的殺著「威凌天下」。一時間身前廣闊空間，槍影翻騰滾動，嗤嗤氣勁交擊奔騰，形成一道氣勁護罩。既是最凌厲，自然也最損耗眞元，那天焚燒卜敵的賊船逃走時，刁夫人追到船上，他便全憑這招硬將對方逼落河中，其後力竭心跳，差點舊傷復發，這次出手，既被烈震北「陰損」般的內勁弄得血脈難受，剛才數招又耗了他大量眞元，這時不得已施出這霸道無比的一招，登時像吸血蛭般把他的內氣完全抽空。槍勢暴漲下，連刁氏夫婦也顧不得面子身分，先避其鋒銳，往後退開，更遑論其他人，無不紛紛後退。

只有初生之犢的衛青，心忿那次被風行烈在眾人面前趕下船去，全力一劍和風行烈的丈二紅槍絞擊在一起。此時藍天雲的七節棍亦刺至烈震北左脅下。烈震北大笑一聲，兩袖飛出，一蓋棍頭、一覆棍身，也不知他如何使力，藍天雲只感一股怪異至極的力道由七節棍傳來，也不知對方要把自已扯前還是送後，大駭下，將「長河正氣」由正變反，由陽變陰，剛硬筆直的七節棍變得軟若柔布，纏往烈震北的衣袖，棍尖點向他右手腕脈處，用招巧妙絕倫。「噹！」風行烈和衛青槍劍絞擊。衛青長劍脫手飛出，噴血退後。風行烈全身劇震，俊臉血色褪盡，收槍回身，搖搖欲跌。烈震北大喝一聲，震懾全場，右手收了回來，避過七節棍尖，五指雨點般落在風行烈背上，每一指落下，風行烈也離地跳了跳，情景怪異至極。同一時間烈震北衣袖一拂，掃在七節棍上，竟發出「叮」一聲金屬清音，藍天雲立覺隨棍傳來一股無可抵禦的尖銳氣勁，若利針般破入他的「長河正氣」裏，直鑽心肺，駭然下強提一口眞氣，往後飛退。

最能把握當前形勢的自是武功眼力最高明的刁氏夫婦，兩劍一齊攻出，眼看風行烈再無還手之力，風行烈忽地整個人往上飛去，丈二紅槍脫手落在艙板上。銀光一閃。烈震北左手的衣袖捋了上去，露出拇食二指輕輕捏著的長銀針。「叮叮！」銀針點在兩人刃鋒上，兩道尖銳氣勁沿劍而上，鑽入手內，隨脈而行，以兩人精純的護體眞氣，一時竟也阻截不住。刁氏夫婦大驚失色，想不到世間竟有如此怪異難防的內家眞氣，哪敢逞強，猛然退後，運氣化解，幸好尖銳氣勁受體內眞氣攔截，由快轉緩，由強轉弱，到心脈附近再不能爲禍，不過已使二人出了一身冷汗，也耗費了大量眞元。

風行烈落回艙板上，腳還未沾地，烈震北左手反後，銀針閃電般刺在風行烈印堂、人中、喉結、檀中、丹田、氣海、膀胱七處關口上。風行烈不住彈跳，竟不倒下。眾人都受烈震北銀針所懾，一時間竟無人敢撲上去動手。柳搖枝本欲喚各人乘機搶攻，但想起自己只能袖手旁觀，到了咽喉的話終不好意思說出來。

烈震北忽地一聲狂喝，大喜道：「我找到了！」後腳一撐，正中風行烈胸口。風行烈嘩一聲噴出一大口瘀血，向著待要再衝上來的刁氏夫婦噴去，整個身子卻凌空飛跌，離開船頭，往湖上等得心焦如焚的谷倩蓮的小艇掉下去。眾人再忍不住，蜂擁撲來。烈震北哈哈大笑，用腳挑起丈二紅槍，兩手握緊，那支驚懾天下的銀針，不知何時又回到耳輪之上。槍影漫天。兵刃交擊的聲音爆竹般響起，「高髻娘」尤春宛兵器脫手，「魚刺」沈浪的魚刺齊中而斷，「浪裏鯊」余島大腿濺血，藍芒給勁氣撞得踉蹌跌退，魅影劍派的李守給槍尾打碎了右臂骨，若非有刁氏夫婦和藍天雲三大高手擋截，恐怕這些次了數級的人保不住小命。槍勢再暴漲，刁藍等三人也給殺得只能勉強守住，氣勢全消。槍影消去。

烈震北持槍傲立，大笑道：「痛快！痛快！竟能擋我全力出手的一百槍，湊夠百擊之數，可惜不是燎原槍法，否則保你們無一活口。若海兄！你若死而有知，當會明白我以你的丈二紅槍克敵制勝時心中存在的敬意。」他仰首望天，淚流滿面。眾人氣虛力怯，以藍天雲刁氏夫婦這麼強悍的一流高手，也色厲內荏，不敢上前挑戰，只有蓄勢待發，以應付這不可一世的黑榜高手那能使人腸碎魂斷的下一輪攻勢。烈震北直至此刻都沒有回頭看給谷倩蓮接回艇上的風行烈半眼，像早知道自己那一腳定能將摯友愛徒送回艇上。船頭處一時靜至極點。

烈震北任由淚水直流，望向眾人，語調轉冷道：「若要在下項上人頭，叫龐斑或里赤媚來取吧！你們都不行。」一聲長嘯，凌空飛退，輕輕鬆鬆落到小艇上。

眾人只感頭皮發麻。在黑榜高手裏，烈震北一向給人與世無爭的感覺，不期然也對他起了輕視之心，想不到竟是如此可怕的一個高手。風帆遠去，消失在光暈外的深黑裏。

黑夜中河水衝奔裏，戚長征和水柔晶死抓著對方，隨水流往下游泅去。這段水道特別傾斜，加上不久前才有場豪雨，山上的溪流都注進河裏，故水流很急，幸好亂石不多，但已夠這對內外俱傷的青年人受了。驚叫聲中，兩人發現自己被水帶往虛空不著力處，原來是道大瀑布。「蓬！」兩人摟作一團，掉進兩丈下的水裏，驚魂甫定，又遇上另一道瀑布，跌得兩人暈頭轉向。前面忽見黑影，戚長征一聲大喝，勉力摟著水柔晶轉了一個身，強提餘勁，弓起背脊。「砰！」背脊強撞上露在水面一塊巉岩大石的稜角處。戚長征張口噴出一口鮮血，差點暈了過去，手足軟垂。

水柔晶知道他要犧牲自己來救她，悲叫道：「怎樣了？你這傻蛋！」叫嚷中，水流又把他們帶下了數里的距離，可見水流的湍急。

戚長征在水柔晶耳邊啞聲道：「不用怕！我背後有個包袱，你沒有，所以我……我不是傻蛋。」話雖如此，若非水柔晶死命托著他身體，這青年高手早就沉進河底裏去。

「蓬！」兩人再隨另一瀑布掉往丈許下的水潭，河面擴闊，水流緩了下來。水柔晶心憂戚長征的傷勢，當飄到河邊時，一手撈著由岸上伸來一棵大樹的橫枝，另一手摟緊戚長征粗壯的脖子，靠往岸旁。千辛萬苦下，水柔晶將戚長征拖上岸旁的草坪上，身子一軟，倒在戚長征之旁，連指頭也動不了。疲累極下，雖說敵人隨時會來，仍熬不住昏睡了過去。

不知過了多久，水柔晶驀地驚醒，幸好四周靜悄悄的，只有蟲鳴和水流的聲音，不聞犬吠人聲，猛地想起一事，摸往懷內的布囊，小靈狸已不知去向，也不知是否在河中淹死了。水柔晶強忍哀痛，爬了起來，見到躺在身旁的戚長征仍有呼吸，稍有點安慰。她將俏臉湊到戚長征臉旁，心中暗嘆，自己也不知怎地幹的傻事，糊裏糊塗背叛了自幼苦心栽培自己的師門，只是爲了眼前這在幾天前仍是不相識的男子。是否前世的宿孽？但她卻沒有絲毫後悔，還有種甜絲絲的充實感。

戚長征呼吸出奇地緩慢細長，一點不像受了重傷的人。水柔晶心中大奇，伸手把上他的腕脈，除了脾脈和心脈稍弱外，其他脈搏均強而有力，顯示眼前的駭人狀況，只是因體力消耗太大和失血過多的後果，禁不住奇怪這人難道是用鐵鑄造出來的不成？看著對方粗豪的面相，想起他陽光般的燦爛笑容，心中湧起萬縷柔情，低呼：「唉！你這害人精！」戚長征似有所覺，呻吟一聲，兩眼顫動，便要睜開來。

水柔晶嚇了一跳，不知對方是否聽到自己這句多情的怨語，芳心忐忑亂跳。戚長征再一聲呻吟，睜開眼來，看到水柔晶，竟笑了起來，不知是否牽動了傷口，笑容忽又變成咧嘴齜牙的痛苦模樣。

水柔晶急道：「你覺得哪裏痛？」

戚長征搖搖頭，表示無礙，有氣無力地道：「我昏了多久？」

水柔晶一呆道：「我也是剛醒來呢。」

戚長征看看她還在淌水的秀髮和緊貼身上的濕衣，道：「絕不會超過兩刻鐘，否則爲何你我還像兩隻水鴨子那樣，幸好不太久，否則你和我都要小命不保。」

水柔晶好像這時才想起正在被人追殺，坐了起來，道：「你還走得動嗎？」

戚長征怔怔地看了她半晌，雖然仍在昏沉的黑夜，水柔晶仍被看得面露羞容，低聲道：「你在看甚麼？」

戚長征道：「你那隻懂聽你說話的小寶貝沒有跟來嗎？」

水柔晶悽然道：「怕掉進水中時淹死了。」

戚長征道：「不！跳進河裏前，我感到牠由你懷中跳了出來，否則我必會救牠的。」

水柔晶想不到他人豪心細，又知小靈狸未死，情緒高漲起來，站起來道：「我們快走吧！」伸手去扶戚長征。

戚長征借點力站了起來，看了看自己，奇道：「你看！我的衣服快乾了，你的還是那麼濕，爲何會這樣？」

水柔晶秀目睜大，道：「我曾聽龐斑說過，氣功進入先天境界的人，都有自動療傷的能力，看你現在的情形，可能已由後天氣進入先天氣了。」

戚長征深吸一口氣，心中湧起意外的狂喜，道：「你的傷怎樣了？」

水柔晶道：「沒甚麼打緊，不過給河水一衝，隱味藥已失效，若還不趕快走，獵犬會把我們找出來。」

戚長征拿起她的玉手，三指搭在她的脈搏上，道：「不要騙我，你的經脈受了震盪，沒有幾天調養，絕好不了，來！快換過乾衣。」

水柔晶見戚長征如此關心自己，欣悅無限，微嗔道：「人家哪有乾衣呢？」

戚長征卸下背後的小包袱，解了開來，微笑道：「幸好這小包裏有防雨的蠟膠布。」

水柔晶看著他取出一件微帶濕氣的男裝勁服，歡天喜地接過，背著他便那樣脫下濕衣。戚長征的雙眼一覽無遺地看到她無限美麗膩滑的裸背，心想這少女比青樓的小姐還大膽，但卻又沒覺有任何不妥。她的腰特別纖長，且出奇地使人感到柔軟好看，一見難忘。

水柔晶穿上他的衣服，摺起長了一掌的衣袖，雖寬鬆了一點，但仍掩不住那清秀嫵媚之姿，轉過身來道：「舒服多了！」

戚長征拉起她的手，道：「來！我帶你到兩位朋友處去，唉！若非你我均內傷未癒，我死也不會這樣去打擾他們，但現在卻再沒有別的選擇。」

載著陳令方韓柏等的官船泊在岸旁一個小鎮的碼頭旁，四艘由九江一直護航來此的長江水師戰船，分泊在官船前後和對岸處，燈火通明，照得江水像千萬條翻騰的金蛇。碼頭方面由附近軍營調來的城衛軍把守，如此陣仗，除非遇上的是一流高手，否則休想闖過這樣的警戒網而不被察覺。正艙內擺出盛宴，除了陳令方、韓柏、范良極外，還有方園和守備馬雄。席間陳令方和韓范三人一唱一和，大談高句麗風月場中之事，聽得方園和馬雄對韓范這兩個冒牌貨僅有的疑心也去掉，怎想得到是串通了陳令方來騙他們的。

宴至中巡，酒酣耳熱之際，馬雄道：「剛才末將接到駐守鄱陽神武水師胡統領的快馬傳訊……」陳令方、韓柏和范良極三人聽得心中一動，三對眼睛全集中在馬雄身上。

馬雄大感不自然，道：「末將的口齒始終不及方參事流利，還是由方參事來說比較適合。」

方園乾咳一聲，推辭道：「這乃軍中之事，下官怎及馬守備在行，還是守備說出來較好。」

三人見這兩人你推我讓，均知道胡節的要求必是不合情理。

陳令方對付這些小官兒自有一套，臉色一寒道：「既是守備先提出此事，便由守備你來說。」

馬雄嘆了一口氣道：「陳公始終是我們自家人，末將不敢隱瞞，胡統領派了副統領端木正大人親來此處，希望能將行刺陳公的八個大膽反賊提走審訊，並望能和擒賊的好漢見上一面，以表達胡統領對他的讚賞。」

陳令方哈哈一笑，道：「原來是這樣！」接著老臉一寒，怒道：「端木正又不是不認識我陳令方，為何不親來和老夫說？」

馬雄結結巴巴道：「末將說出來陳公切勿見怪，端木大人說陳公你還未正式上任，仍是平民身分，這船負責的人應是末將，所以……」他雖沒有說出下半截話來，但各人都知端木正以大壓小，硬逼馬雄交人出來，這一著也不可謂不厲害。

陳令方忽地搖頭失笑道：「要幾個人有甚麼大不了，守備大人隨便拿去吧，至於擒賊的英雄俠士只是平民身分，大家還是不見為妙。」

馬雄喜出望外，口舌立即變回伶俐，站起來打個官揖，道：「陳公如此體諒，真是雲開月明，就麻煩陳公通知守在底艙的貴屬們，以免端木大人來提人時生出誤會。」

陳令方道：「端木正來時，我的人自會撤走，不用擔心。」

馬雄連聲稱謝，和方園歡天喜地離去了。這兩人才走，韓柏和范良極一齊捧腹大笑，陳令方也忍不住莞爾，真心地分享兩人的歡樂。

柔柔款步進入廳內，見三人如此興高采烈，微笑道：「事情才剛開始，大哥和公子便像打了場大勝仗，真教人擔心你們沉不住氣，給人識穿了身分呢。」

陳令方表現出惜花的風度，站起為柔柔拉開椅子入座，笑道：「有專使和侍衛長在這裏，不知如何連老夫這膽小的人也再不害怕，還覺得能大玩一場，實乃平生快事。」

范良極收了笑聲，向柔柔問道：「秘密行動進行得如何？」

柔柔低聲道：「陳夫人小公子等趁馬方兩人在此時，已乘車離去，浪大俠親自隨車掩護，現在還未回來。」

陳令方嘆道：「有浪大俠照應，老夫再無後顧之憂，就拚卻一把老骨頭，和皇……噢！不！和朱元璋那小子周旋到底。」

范良極冷哼一聲道：「陳兄你最好還是稱那小子作皇上，我和專使都有個經驗，就是叫順了口，很難改得過來。是嗎！專使？」

韓柏狂笑道：「當然記得！你是說雲清那婆娘嗎？呀！你為何又踢我？」

范良極繃著臉道：「對不起！我踢你也踢得順了腳，請專使勿要見怪小人。」

陳令方一本正經地向揶揄他的范良極道謝道：「侍衛長句句金石良言，朱元璋這小……噢！不！皇上這……這，不！皇上最恨別人口舌或文字不敬，說錯或寫錯一個字，也會將人殺頭，所以侍衛長的提點非常重要。」

柔柔一呆道：「皇上真是這麼蠻橫嗎？」

陳令方正容道：「倘真的說錯話給他殺了頭也沒得說，但有人寫了『光天之下，天生聖人，為世作則』的賀詞讚他，他卻說『生』者僧也，不是罵我當過和尚嗎？『光』則禿也，說我乃禿子；『則』字音似賊，又是賊字的一半，定是暗諷我作過賊，於是下令把那拍馬屁的人殺了，這才冤枉。」三人聽得全呆了起來，至此方明白伴君如伴虎之語誠然不假。

急劇的腳步聲由遠而近。范良極向陳令方笑道：「你的舊相好端木正來了。」

話猶未已，一名身穿武將軍服，腰配長劍，身材矮肥，面如滿月，細長的眼精光閃閃的軍官氣沖沖衝門而入，後面追著氣急敗壞的馬雄。那方園影蹤不見，看來是蓄意置身事外。

陳令方哈哈一笑，長身而起，道：「端木大人你好！京師一會，至今足有四年，大人風采尤勝當年，可知官運亨通，老夫也代你高興。」

端木正直衝至陳令方面前，凌厲的眼神注在陳令方臉上，怒道：「陳兄你究竟耍甚麼手段，將八名逆賊藏到哪裏去了？」

陳令方臉色一變，大發雷霆道：「甚麼？你們竟將人丟了，這事你如何向皇上交代？」

端木正眼中殺機一閃而過，回頭望向馬雄。

馬雄恭惶地道：「陳公！事情是這樣的，當……」

范良極陰惻惻的聲音響起道：「馬守備！這不知規矩亂闖進來的大官兒究竟是甚麼人？」

馬雄嚇了一跳，支支吾吾，不知怎樣回答才好。

陳令方悠然坐下，特別尊敬地道：「侍衛長大人，這是水師統領胡節大人的副帥端木正大人。」

韓柏鼻孔噴出一聲悶哼，冷然道：「本專使這次前來上國，代表的是敝國正德王，等於我王親臨，豈能受如此侮辱？」

范良極接口道：「如此不懂禮法之人，若非天生狂妄，就是蓄意侮辱我們，而我們乃大明天子親邀來此，送上能延年益壽的萬年人參，這端甚麼木大人如此狂妄行爲，分明也不將他們皇上放在眼裏，讓我們到京後告他一狀。」

韓柏忍著笑寒著臉道：「還到京師去幹甚麼？這人如此帶劍闖來，擺明在恐嚇我們，陳老和馬守備你兩人作個見證，這大膽之徒定是不想貴朝天子能益壽延年，故蓄意要把我們嚇走。」

柔柔苦忍著笑，垂下頭去，心中明白這老少兩人剛知道了朱元璋最恨人對他不敬，故在此點上大作文章，愈說愈嚴重，但句句都說中端木正的要害。端木正雖是怒火中燒，但兩人一唱一和，卻如一盆盆的冰水，澆在他的頭上。他爲官多年，怎不知朱元璋的脾性，若讓兩人在朱元璋前如此搬弄是非，即使胡惟庸也保他不住，而更大可能是胡惟庸會落井下石，以免朱元璋疑心他護下作反。更嚴重的是，若此二人立即折返高句麗，朱元璋吃不到他心愛的延年參，不但自己小命不保，還會株連九族，想到這裏，提不提得到那八個小鬼，已變成微不足道的一回事。自己怎麼如此不小心，犯這彌天大錯。

端木正汗流浹背，威勢全消，一揖到地道：「小人妄撞，請專使大人和侍衛長大人切莫見怪，小人知罪知罪，請兩位大人息怒。」馬雄連忙陪著說盡好話。

韓柏冷冷道：「立即給我滾出去，若再給我見到你的圓臉，本專使立即返國。」

端木正抹了一把冷汗，驚魂未定下糊裏糊塗由馬雄陪著走了出去，這時想的卻是如何向胡節交代。

兩人走後，四人相視大笑。陳令方道：「胡節這人心胸極窄，睚眦必報，我們這樣耍了他一招，定然心中不忿，我看他絕不肯就此罷休。」

范良極嘿然道：「管他明來還是暗來，有我朴侍衛長在，包他們來一個捉一個，來一對捉一雙，陳老你放心。」

范良極還是第一次對陳令方如此客氣尊重，後者受寵若驚，連忙親自爲范良極把盞，晚宴便在如此熱鬧歡笑的氣氛裏進行著。

烈震北躍落艇尾。

谷倩蓮摟著不省人事的風行烈道：「震北先生！」

烈震北打出手勢著她莫要說話，待風帆遠離敵船後，他卻渾身劇震起來，全憑紅槍支撐著身體，才不致跌倒，迅速伸手懷內，掏出一個古瓷瓶，拔開瓶塞，將瓶內的紅丹倒了兩粒進口裏，凝神運氣。風帆在黑夜裏迅速滑行。

湖風吹來，拂起三人的衣服，也吹乾了烈震北的淚痕。烈震北再一陣劇震，長長吁出一口氣。

谷倩蓮像見怪不怪，道：「先生沒事了！」

烈震北道：「好險！這些人眞不好應付。」望向谷倩蓮懷中的風行烈，道：「小蓮你愛上他了嗎？」

谷倩蓮嬌羞地垂下頭去，不依道：「先生取笑小蓮。」

烈震北坐了下來，順手放下丈二紅槍，望往前方，道：「快到蝶柳河了，先放下你的心肝寶貝，把帆卸下來，我負責搖櫓。」

谷倩蓮擔心地道：「他沒事吧！」

烈震北文秀蒼白的臉上，露出深思的表情，好一會才淡淡道：「他睡醒這一覺後，龐斑加於他身上的噩夢將會變成完全過去的陳跡並永遠消失。」

谷倩蓮一聲歡呼，將風行烈搬到船篷下的軟氈上躺好，興高采烈卸下風帆，又搶著搖櫓催舟。烈震北點起風燈，掛在船桅處，移到船頭，負手卓立，也不知在想著甚麼難解的問題。谷倩蓮知道風行烈完全痊癒了，打心底湧出陣陣狂喜，一時間沒有留意到烈震北的情形。

小艇向著岸旁高逾人身一望無際的蘆葦駛進去，在迷茫的月色下，就像進入了另一個世界裏。穿過蘆葦，一條河道現在眼前，前行了十多丈，河道又分叉開來。谷倩蓮把船搖上左邊較窄的河道，兩旁滿佈垂柳，小艇經過時，彎下的柳枝掃在船上，發出「㖮㖮」響聲。愈往內進，河道愈縱橫交錯，若非識路之人，保證會迷失在這支河繁多的蝶柳河區之內。

烈震北輕輕一嘆。谷倩蓮終於發覺烈震北的異樣，訝道：「震北先生連龐斑的魔法也可以解除，理應高興才對，爲何還滿腹心事似的？」

烈震北默然半晌，緩緩道：「我們是合三人之力，才破得龐斑的道心種魔大法，何高興之有哉？」

谷倩蓮愕然道：「三個人？」

烈震北道：「我第一眼看到風行烈時，便看出他體內蘊藏著若海兄的眞氣，在他體內循環不休，強行接通他的奇經八脈，催動他本身的眞元，否則他休想運起半分內力。」

谷倩蓮道：「那另一人又是誰？」

烈震北在船頭處坐了下來，面向著谷倩蓮道：「我並不知那人是誰，只知那人必是佛道中有大德行的高人，將一股有奇異玄妙靈力的『生氣』，注進了風世侄的心脈內，就憑這股靈力，使他躲過了種滅鼎生的奇禍，也使龐斑差了一線，不能得竟全功。」

谷倩蓮道：「種魔大法究竟是怎麼回事？」

烈震北搖頭道：「現在我沒有心情談這問題。」

谷倩蓮沉吟片晌，終忍不住問道：「行烈他眞的全好了嗎？」

烈震北微笑道：「你不是一向都很信任我說的話和能力嗎？可見你眞的非常關心風世侄。」頓了頓傲然道：「我故意逼風世侄和強敵動手，就是要將若海兄輸進他體內的眞氣與他自己的眞氣合而爲一，增強他的功力，然後待種魔大法那邪異的死氣出現時，引發那禪門高人的生氣使兩種氣生死交融，變成另一種東西，由那刻開始，風行烈便因禍得福，變成同時擁有乃師厲若海、魔師龐斑和那不知名高人三種不同的眞氣，這種奇遇蓋世難逢，至於將來他有何成就，便非我所能知了。」

谷倩蓮望著前方，喜叫道：「到水谷了！」

水柔晶一聲驚呼，滾倒地上。

戚長征回轉頭來，扶著她坐起，關切問道：「有沒有跌傷了？」

水柔晶搖頭道：「沒有！但我實在走不動。」

戚長征也是身疲力乏，兼之傷口都爆裂了開來，痛楚不堪，幸好本應最是嚴重的內傷反痊癒了大半，索性坐了下來，伸出大手，拿起水柔晶的長腿，搭在自己腿上，道：「來！讓我以三昧眞火給你揉揉看。」

水柔晶奇道：「甚麼是三昧眞火？」

戚長征在她豐滿圓潤的大腿搓揉著，當然避了她傷口的部分，應道：「我不知道，只知傳說中的仙人，都懂這鬼玩意兒。」

水柔晶給他灼熱的手揉得既舒服又酥軟，忍不住閉上美目呻吟起來。戚長征聽得心旌搖蕩，停下了手。

水柔晶睜開眼睛，嗔道：「不要停下來好嗎！怪舒服的，看來你的手眞能發出點火來。」

戚長征臉也紅了，不過卻並非害羞，嘆道：「我究竟是否好色之徒？怎麼聽到你的呻吟聲，腦中只想著不應該想的髒東西。」

水柔晶歡喜地道：「那只因你喜歡我吧！可惜現在不是適當的時候，否則你可要了我的身體。」

戚長征愕然道：「我忘記了你並非中原女子，我們這裏的女人，明明想把身體交給人，也要裝模作樣一番，即使青樓待價而沽的姑娘也不例外，哪有你這麼直接痛快。」說罷拿起她另一條玉腿，再接再厲搓揉起來。

水柔晶這次沒有閉上眼睛，也沒有呻吟，無限深情地看著他那對使她身軟心動的大手，輕笑道：「你不要以爲我是蒙古人，其實我是女眞族的人，在部落裏，足齡的男女會在節日時圍著火堆跳舞，若喜歡對方，便作出表示，然後攜手到山野歡好，除非是有了孩子，也沒有嫁娶責任的問題，若有機會，我定要帶你去看看。」

戚長征心中奇怪，爲何蒙古人的復國行動裏，會有女眞族的人在內，極可能是蒙古人自中原敗走後，元氣大傷，不得不往外族求取人才，所以方夜羽這次若敗了，蒙古人將永無重振雄風的機會。

水柔晶伸手按著他寬厚的肩頭，湊過香唇，在他唇上輕輕一吻道：「你有多少個女人？」

戚長征一呆道：「甚麼？」

水柔晶解釋道：「在我們那裏，每個人的財富都以女人和牛羊馬匹的數目來計算，一個年輕健康的女人，可以換很多匹馬，你人這麼好，對女人溫柔細心，武功高強，又不怕死，定有很多女人自願成爲你的私產。」

戚長征聽得自己有這麼多優點，禁不住飄飄然起來，心中閃過韓慧芷的倩影，卻是一陣默然，搖頭道：「我還未有女人！」

水柔晶不能置信地瞪大美目，道：「這怎麼可能，你……你碰過女人的身體沒有？」

戚長征想起十五歲時便和梁秋末兩人扮作成年人闖進青樓，被人攔阻時惱羞成怒，打得守門的幾名大漢東倒西跌的情景，事後還要勞動怒蛟幫的人出來擺平這事，微笑道：「不要這麼小看我，少時我就愛偎紅倚翠，青樓的姑娘都不知多麼歡迎我，在江湖上混時，逢場作戲亦多不勝數，只不過這兩三年來才收心養性罷了。」

水柔晶柔聲道：「你現在既沒有女人，便要了我吧！」

戚長征心中升起一股火熱，正要答應，遠方隨風送來微弱的犬吠之聲，忙拉著水柔晶站起來道：「快走！」兩人又再匆忙逃命。

戚長征心中暗嘆：「假設不是兩人均受了傷，要甩掉這些獵犬眞是輕而易舉，只要不時躍上樹頂，由一棵樹躍往另一棵樹，保證那些討厭的惡犬無法找到他們。」

兩人手牽著手，在黑暗的林野互相扶持，往戚長征心中的目的地進發。他的記憶力非常好，走過一次的路都記在腦中，到了這裏，他已認得左方遠處是十多天前，他因大雨誤闖封寒和乾虹青避世小山谷前曾停留了兩天的小村落。犬吠聲大了點，還隱有馬嘶的聲音，敵人非常老練，藉馬匹減省體力的消耗，而他們卻要和畜牲比拚耐力，故被敵方追上時，他們兩人可能連站直身體都有困難，更遑論動手拚命。當日他由村落到達封乾兩人的小谷，那時他是處於最佳的體能狀態下，也要用上兩三個時辰，現在人傷力疲，可能天亮了也到不了那裏，而敵人追上來當不出半個時辰的事，心中不由一陣氣餒絕望。自己死了沒甚麼大不了，但他怎可讓水柔晶落到他們手裏。想到這裏，在一座密林前停了下來。水柔晶正全力飛奔，收勢不住，往他撞去。他轉身將水柔晶擁個正著。

水柔晶被他貼體一抱，全身發軟，暗嗔這人在逃命當兒，竟還有興趣來這一套，戚長征已湊在她耳邊道：「你的隱味粉還有沒有？」

水柔晶搖頭道：「全灑到你身上了！」

戚長征道：「你既是追蹤的專家，自然知道方法如何避過獵犬的鼻子，快想想辦法。」

水柔晶自被由蚩敵發現暗中幫助戚長征後，一直心緒淩亂，思考能力及不上平時的五成，這時給戚長征摟在懷裏，忽地平靜下來，腦筋回復平時的靈活，想了一陣道：「我們現在往前走出數十步，到了密林內，再倒退著沿腳印走回來，到時我自有辦法。」

戚長征見她說得那麼有信心，忙拉著她往前走去，到了密林內，依言倒退著輕輕走回來，比走去時多花了三倍的時間。這時連人聲和蹄聲也隱可聽到，敵人又接近了很多。而且聲音來自後方不同的角度，顯示敵人掌握了他們的蹤跡，正集中所有人手追來。

回到原處後，水柔晶指著右方遠處一堆亂石和在石隙間長出來茂密的雜樹叢道：「我們要腳不沾地躍到那堆石叢去。」

戚長征看了看環境，道：「這個容易，來！」拉著她先躍上身旁一棵樹的橫枝上。

水柔晶妄用勁力，被震傷了的內臟一陣劇痛，若非戚長征拉了她一把，定會掉回地上去。戚長征皺起眉頭，只要他們再躍到位於石叢和這裏間的另一棵樹上，將可輕易落在石叢處，但他或可勉強辦到，水柔晶則絕無可能，這平時輕易也可以跳過的距離，現在卻變成了不可逾越的鴻溝。

水柔晶柔聲道：「戚長征！」

戚長征望向水柔晶，只見她眼中閃過難以形容的哀痛，正沉思其故時，水柔晶道：「可以吻我嗎？」

戚長征心中奇怪，爲何在這個時刻她竟要求一吻，驀有所覺，一手抓著她的右手，裏面藏著的正是那把小匕首，怒道：「你想幹甚麼？」

水柔晶悽然道：「沒有了我負累你，你定可逃到你的朋友處。」

戚長征取過她手裏危險的匕首，忽地心中一動，割下了一條纏在樹身的長藤，然後向水柔晶嚴肅地道：「不准你再有任何輕生之念，假設你死了，我立即回頭找上敵人，直至戰死才肯罷休，你明白了嗎？」水柔晶柔順點頭。

戚長征將長藤縛在水柔晶修長的蠻腰處，試了試長藤的韌力，滿意地道：「我將你凌空往那棵樹拋過去，你甚麼也不要做便成了。」

這時追兵又近了許多。戚長征不敢遲疑，深吸了幾口氣，積聚殘餘的功力，抱起水柔晶，用力擲出。水柔晶輕軟的身體呼一聲往三丈外那棵大樹飛去，到了一半時，藤索力道已盡，戚長征卻藉著那股力道，後發先至，橫掠過去。當水柔晶要掉到地上時，戚長征已越過了她，一收老藤，扯得水柔晶再騰空而起，先後有驚無險地落在那樹上。

戚長征一陣暈眩，知道是眞元損耗過度的現象。水柔晶驚呼道：「他們來了。」戚長征強提精神，和水柔晶躍落石叢處。

水柔晶拉著他躲進其中一團茂密的樹叢內，折斷了一些樹枝，又把十多塊葉片揉碎，然後道：「我剛才嗅到這裏長的是香汁樹，這些枝葉內藏著豐富的汁液，會發出淡淡的香氣，但狗兒都很怕這種味道，一嗅到便會避開去的。」

戚長征早嗅到斷枝碎葉發出的氣味，高興得在她臉蛋香了一口，道：「你眞不愧逃走的專家。」

水柔晶得他讚賞，不勝欣喜地蜷入了他懷裏，兩手摟緊他的腰道：「我累死了！」

戚長征道：「睡吧！睡醒時一切都會不同了。」

火把的光影在遠方出現，追兵迅速接近。戚長征心中冷笑，當敵人追到密林時，定因沒了腳印和氣味，以爲他們爬上了樹去，甚至由樹頂上逃逸，到發現有問題時，他們起碼已回復了大半功力，逃起來也容易點了。想到這裏，拋開一切心事，調神養息，進入物我兩忘的境界。

第七章 奉旨行事

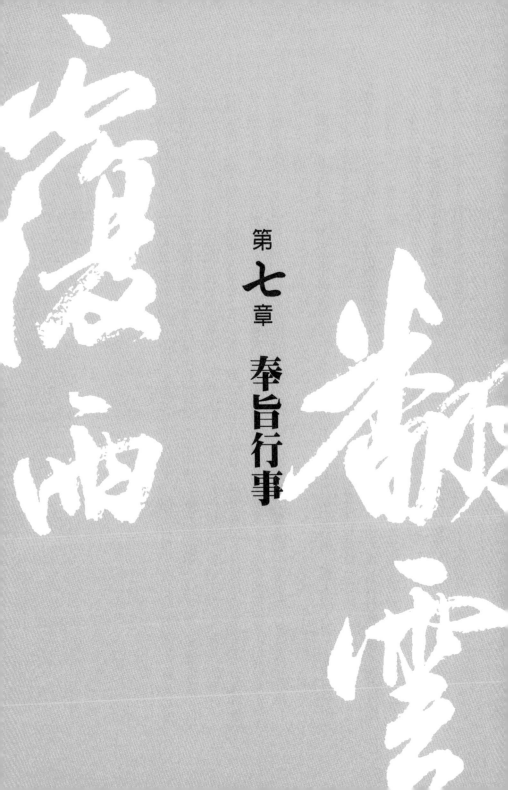

第七章　奉旨行事

淡淡的月色下，秦夢瑤來到戚長征和由蚩敵動過手的那荒棄了的小村中。看到路心可容人藏身新掘出來的地洞，地上高手運勁移動時留下的足印和擦痕，心中叫糟，戚長征分明在這裏被人包圍群攻，何能倖免？這年輕爽朗，又聰明俊穎的好男兒，在她芳心留下了很好的印象，對她來說，這世界或有好人和壞人的分別，卻沒有門派或幫會之分。她平靜的心忽有所覺，追著足印，往村後的山坡走上去，再走過一個小山丘，滾滾長河，在丘下轟隆響著，不由暗讚戚長征智勇雙全，在這樣的情況下仍能借河水遁走。她細察足印，心中訝異，為何戚長征的印痕如此之深，即使受了重傷也不應如此，定是負著重物。

難道不是一個人？

離開了方夜羽後，她知道援救戚長征乃刻不容緩的事，可是方夜羽發動了龐大的人力，監視著她的動靜，為了撇下跟蹤她的人，使她費了一些時間，方能脫身，到現在才根據蛛絲馬跡，追到這裏來。若她估計不錯，那晚四密尊者欲攔她而不果，對她的敵意將會加深。自己和方夜羽談判破裂後，四密再沒有任何顧忌，定會不惜一切毀去她這代表了中土武林兩大聖地的傳人，甚至紅日法王也會隨時來向她挑戰。而戚長征在這樣的形勢下，將會變成雙方征逐的目標。她要救戚長征。而敵人卻要殺死他。要對付她的人，將會以戚長征作誘餌，引她上鈎。秦夢瑤心中暗嘆，展開絕世身法，沿河急飛，但無論她如何匆忙，仍是顯出那恬靜無爭的神氣。

半個時辰後，她來到層層而下，一個接著一個瀑布的河段處。她停了下來。微弱的月色下，草叢裏有對亮晶晶的大眼瞪著她。她功聚雙目，立刻看到草叢內有頭鼻子特大，似貓又似松鼠的可愛動物。秦夢瑤長年潛修，極愛看書，且看得既雜且博，立刻記起曾在一篇行腳僧的遊記裏，看過這種珍稀動物的畫像，記起這是產於青海的一種嗅覺特別敏銳的靈敏小狸，且如有人性，當地的獵人若得到一頭，必會珍如珠寶，加以豢養，打起獵來比任何聰明的獵犬更優勝，不禁奇怪爲何會有一頭來到這千里外的中原裏。

秦夢瑤跪了下來，柔聲道：「小狸兒！爲何你會在這裏呢？你有主人嗎？」

小靈狸倏地竄出，到了她身前五步許處，又回頭往河那邊奔過去，到了河旁停了下來，向著對岸嗚嗚叫，令聞者心酸。秦夢瑤掠了過去，一手將小狸抄進懷裏，另一手溫柔地撫上牠的背脊，兩腳用力，凌空而起，衣袂飄飛如仙人下凡，輕輕落在對岸的草坡上。小靈狸一聲響叫，竄到地上，鼻子湊在地上，四腳迅速爬行，直走出了十多丈外，又回過頭來看她。秦夢瑤平靜的道心生出一種奇怪的感覺，像是這小狸和戚長征有著微妙的關聯，心中一動，追著小靈狸去了。

艙廳內又是另一番情景。陳令方忽地棋興大發，湊巧范良極也好此道，又存心在棋盤上折辱這心中的壞人，當仁不讓，豈知對弈起來竟棋逢敵手，殺得難解難分，過了午夜，一盤棋仍未下完。柔柔和韓柏陪在一旁。柔柔看得聚精會神，韓柏已熬不下去，找個藉口走了出來，走向上艙，一時興起，順步往最高一層的平台走上去，那是唯一沒有守衛的地方，經過上艙時，心想不知朝霞睡了沒有？浪翻雲也去了幾個時辰了。想著想著，來到上艙頂駕駛艙外的望台處。一個優美如仙的背影映入眼簾。韓柏叫聲我的媽呀，差點便想掉頭而走，原來竟是朝霞獨自一人，憑欄遠眺，不知在想著甚麼心事。朝霞聽到腳步聲，回過頭來，見是韓柏，嚇了一跳，忙斂衽施禮，俏臉泛起紅霞。韓柏不好意思逃走，事實上他一直在逃避著對范良極那荒謬的承諾，豈知鬼使神差地，眼前竟有這麼千載難逢「勾引」這美女的機會。

朝霞低著頭，要走回船艙去。韓柏早見到她俏臉上隱有淚痕，知道她剛剛哭過，想起陳令方眞曾想過把她當禮物般送給人，心中一熱，攔著她道：「如夫人到哪裏去？」

朝霞雖被他無禮地伸手攔著去路，但心中的怒，最多只佔了三分，其他則是五分心亂、兩分怨懟。怨他爲何明知自己是人家小妾，還要不讓她走呢？韓柏見她垂頭不答，羞得耳根也紅了，那種動人的少婦神態，眞的使他眼前一亮，有種想擁她入懷的衝動。若柔柔的誘人是主動的，朝霞的誘人則是被動的，需要他人的憐和愛。自范良極擒著他去偷窺朝霞開始，直到此刻他才是第一次起了想擁有這可憐美女的念頭。善良的他實不想朝霞再受到陳令方的傷害。因爲陳令方根本對朝霞只有慾，而無愛，否則朝霞爲何會哭。

韓柏低嘆道：「如夫人你哭了！不過！我也哭過，也被關到監獄裏遭奸人毒打過，你說我怎能不哭？」

朝霞像聽不到他的話，以蚊蚋般的輕喻聲道：「請讓我回去吧，以免騷擾了專使你的清靜。」

韓柏抬起攔路的手，搔頭道：「哈！差點忘了我專使的身分，還以爲你在和別人說話。」

朝霞見他抬起了手，本應乘機逃下木梯去，但偏偏一對腿兒卻硬是邁不開那第一步。她嗔怪道：「專使！」

韓柏微微一笑道：「爲何如夫人這麼喜歡喚我作專使，是不是我眞的扮得很像，所以像專使多過像韓柏？」

朝霞臉更紅了，此時細碎的足音在階梯下響起。韓柏愕然，這麼晚，誰還會到這裏來？朝霞臉色一變，不理韓柏攔著半個入口，急步往下跑去。韓柏在朝霞香肩要撞上他胸膛時，讓開了路。

左詩的聲音由下面傳上來道：「霞夫人！」朝霞沒有應她，似逃出生天地匆匆下去了。

韓柏心叫糟糕，朝霞如此不懂造作，兼又霞燒雙頰，明眼人一看便會知她曾被自己「調戲」。好半晌，腳步聲再次響起，不一會左詩走上望台，冷冷看了韓柏一眼，寒著臉，逕自到了圍欄處，望著岸旁那一方。碼頭上燈火通明，守衛森嚴。

韓柏硬著頭皮，來到左詩身旁，道：「左姑娘睡不著嗎？」

左詩由下艙搬到上艙的貴賓房後，睡了一會，醒來後記掛著浪翻雲，到他房中一看，見仍未回來，一時心焦氣悶，便上望台透透氣，順便等浪翻雲，豈知遇上這一場好戲。她對陳令方這「酒友」頗有好感，很自然站在他那一方，不滿韓柏「不道德」的行爲。可是另一方面又感到韓柏那令人難以拒絕的眞誠，女性敏銳的直覺告訴她，眼前此人容或戀花愛色，但絕非姦淫無恥之徒，這想法使她的心有點亂。

韓柏見她不瞅不睬，十分沒趣，兼之心中有鬼，順口將朝霞剛才對他說的話搬出來應付道：「如此韓某不敢打擾左姑娘的清靜了。」

左詩冷然道：「不要走！」

韓柏嚇了一跳，難道自己一時錯手，連浪翻雲的女人也勾了來？此事萬萬不成，因爲浪翻雲是他最敬愛的大英雄和大俠士。

左詩嘆了一口氣道：「這樣做，韓兄怎對得住陳老。」

韓柏天不怕地不怕，但經過牢獄之災後，最怕被人冤枉，尤其像左詩這等美女，差點衝口而出，把整件事交代出來，但想起左詩若知道自己和范良極深夜去偷窺朝霞，可能更鄙視自己，所以雖話到舌尖，也硬是吐不出來，憋得臉也紅了。

左詩看了他一眼，又別過頭去，淡淡道：「你是不是想說陳老對朝霞夫人不好，所以你這樣做不算不對？唉！你們男人做壞事時，誰不懂找漂亮的藉口，你已有了美若天仙的柔柔姑娘，仍不心滿意足嗎？」

韓柏愕然道：「你怎知道陳令方對她不好？」

左詩心中嘆了一口氣，暗忖我怎會不知道，朝霞在陳令方面前戰戰兢兢，唯恐行差踏錯的可憐模樣，怎瞞得過旁人雪亮的眼睛。何況她也是受害者，直至遇上浪翻雲，她才省悟自己對過世了的丈夫，實是有情無愛。

她緩緩轉身，瞪著韓柏道：「你認識陳老在先，終是朋友，你聽過朋友妻不可窺嗎？」

韓柏急道：「不是這樣的，是……」

左詩心想這人做了壞事，為何還像滿肚冤屈的樣子，更感氣憤，怒道：「為何吞吞吐吐？」

韓柏靈機一觸，道：「左姑娘！你肯不肯聽我說一個故事？」

左詩其實對這總帶著三分天眞，三分憨氣的青年頗有好感，否則早拂袖而去，不會說這麼多話，聞言心中一軟道：「你說吧！」

韓柏搔了一會頭後，細說從頭，卻隱去了姓名，只以小子稱自己，老鬼送給范良極，夫人則指朝霞，說出了整件事。當她聽到那「老爺」要把自己的「夫人」禮物般送給別人時，不由「呵」一聲叫了出來，對這「老爺」的良好印象大打折扣。說完後，韓柏像待判的囚犯般站在左詩面前，等候判決。左詩聽得目瞪口呆，事情雖荒誕離奇，但若發生在連高句麗使節團也敢假扮的韓范兩人身上，卻又見怪不怪。

左詩橫了他一眼，幽幽一嘆道：「你把這麼秘密的事告訴我，是不是要我幫你？」

韓柏點頭道：「是的！」

左詩大怒道：「無論你們背後的理由如何充分，但誘人之妻始終是不道德的事，怎能厚顏要我參與你們荒謬的勾當，你們的事，最多我不管而已！」

韓柏搖手急道：「左姑娘誤會了，我不是想你助我去勾……嘿……嘿嘿……」

左詩餘怒未消，跺足便走。韓柏伸手攔著她道：「左姑娘！」

左詩色變道：「你這算甚麼意思？」

韓柏嚇得連忙縮手，搔頭抓耳道：「我只是想請左姑娘將這件事向浪大俠說出來，看他怎樣說，若浪大俠說應該，我便放膽去做；若他說不應該，那我拚著給老鬼殺了，也……也……」

左詩面容稍霽，瞪著他道：「告訴我，你是眞的喜歡霞夫人，還是只因對范老的承諾，才要把人家弄到手裏？」

韓柏嘆了一口氣道：「我弄不清楚，或者每樣都有一點。」

他這樣說，反爭取到左詩的好感，因爲只有這樣才合情理，搖頭道：「這是你自己的事，怎可由別人來決定，對你對霞夫人都不公平，好了！我要回房去，不管你的事了。」

她雖說不管，其實卻含有不再怪他的意思，尤其是「對霞夫人也不公平」那一句，甚至帶了鼓勵的成分。韓柏一時聽得呆了，自答應范良極的要求後，他的內心一直鬥爭著，一方是禮教道德的壓力，另一方面則是他想「拯救」朝霞的善心，現在更加上對這美女眞的動了心。此刻得到了左詩的局外人似無實有的支持，就若在乾旱的沙漠乾渴了長時間後，有人遞給了他一壺冰涼的清水。

左詩到了入口前，回頭微微一笑道：「霞夫人是喜歡你的，飯桌上我早看到了。」接著盈盈下梯去了。

韓柏喃喃道：「我沒有錯，我眞的沒有錯！」忽地給人在肩頭拍了一下。韓柏全身冒汗，自身體注入魔種後，還是第一次有人來到身後都不知道，雖說分了神，仍不應該。猛地轉身，背後站著的是面帶微笑的浪翻雲。

韓柏鬆了一口氣道：「大俠回來了，我差點給你嚇死。」浪翻雲笑而不語。

韓柏偷看了他一眼，像犯了錯事的孩子般惶恐問道：「大俠來了多久？」

浪翻雲道：「你說呢？」只這一句，韓柏便知浪翻雲將他和左詩的話聽了去，一時不知怎麼辦才好。

浪翻雲來到他身旁，和他一齊憑欄遠眺，啞然失笑道：「小弟你比我年輕時對女人有辦法得多，詩兒這麼強直的人也給你說服。」

韓柏的呼吸急促起來，帶著哀求的語氣道：「大俠！你教小弟怎麼做吧！只要你說出來的，我一定遵從。」

浪翻雲想起陳令方篤信命運裏所謂的男女相剋，暗想若你把朝霞勾了去，陳令方或許非常感激也說不定，聳肩道：「詩兒說得對，這是你自家的事，須由自己決定，自己去負責後果。」

韓柏有這個首席顧問在旁，哪肯罷休，纏著他道：「大俠啊！求求你發發好心吧！我感到很爲難呢！范老頭逼得我很慘。」

浪翻雲想起范良極不住在檯底踢他，知他所言非虛，微笑道：「所謂一般的道德禮教，只不過是人爲保護自己而作出來的東西，強者從中得利，弱者受盡約束折磨，但沒有了又會天下大亂，君不君、臣不臣、夫不夫、妻不妻，你要我怎樣教你呢？」

韓柏失望地道：「你也不知道嗎？」

浪翻雲哈哈一笑，親切地按著韓柏肩頭道：「很好很好，我初時還擔心你染了赤尊信的魔性，現在看來你仍是我那晚在荒廟內遇到的大孩子。記著吧！大丈夫立身於世，自應因時制宜，只要行心之所安，便無愧於天地，你明白我的話嗎？」

韓柏感激涕零道：「明白明白！」世上除了秦夢瑤，他最怕的就是浪翻雲怪責他。

浪翻雲語重心長道：「男人的心很奇怪，把自己的女人送出可以是心甘情願，因爲那是他的選擇，無損尊嚴，但若要眼睜睜看著自己的女人被人搶走，可能會下不了台，你行事時要有點分寸。」

韓柏吁出一口氣，點頭道：「我一定不會忘記大俠的囑咐。」腦中不由幻想著勾引朝霞的快樂與刺激，暗忖浪翻雲也未必全對，自己這善良的大孩子，其實血液裏可能還有很重的魔性。

天色漸明。戚長征拉著水柔晶，走進封乾兩人隱居的小谷裏。谷內寧靜安逸。

封寒葛衣粗服，捋起衣袖褲管，正在水田裏工作。戚長征和水柔晶來到田旁，封寒一個閃身，來到兩人身前，平靜地道：「誰在追你們？」

戚長征不好意思地道：「是方夜羽的人，我……」

封寒冷然道：「不要說廢話，你們兩人內外俱傷，快隨我進屋內。」

這時乾虹青聽到人聲，走出屋外，見到兩人衣破血流的可憐樣子，不顧一切奔了過來，將兩人迎入屋內。封寒掌貼水柔晶背心，輸入眞氣，先爲她療傷。乾虹青則爲戚長征挑開血衣，細心清洗傷口和包紮，看到橫過他左肩胛上的深長傷口，痛心地道：「你這人！唉！」

戚長征鼓著氣道：「這次不是我去犯人，而是人來犯我。」乾虹青瞪他一眼，沒有再怪責他。

封寒收起按在水柔晶背心的手，喚道：「虹青！你過來扶著水姑娘。」

水柔晶訝道：「我不用青姊姊扶我。」

乾虹青走過去扶著她柔聲道：「封寒要我扶你，自有他的道理。」

封寒左手迅速點在水柔晶背後四處大穴上，水柔晶全身一震，身子發軟，倒入乾虹青懷內。

封寒站了起來道：「虹青抱她進房內躺下，順便爲她包紮腿上的傷口，若她不好好休息上十二個時辰，她將會大病一場，能否復元還是未知之數呢。」戚長征嚇了一跳，想不到水柔晶的情況如此嚴重，幸好自己把她帶到這裏來。

封寒走到戚長征後，坐在乾虹青的位子裏，伸手按在他的背心處，一邊默默聆聽戚長征說著昨晚發生的事。良久，封寒收回手掌，微笑道：「恭喜戚兄弟，你的武功已由後天進入先天的境界，如此年紀，有此成就，確是難得，也不勞我醫你，只要你打坐一段時間，當可復元。」戚長征至此對自己的突飛猛進再無疑問，心中歡欣若狂，站了起來，便要道謝。

封寒喝道：「坐下！」戚長征嚇了一跳，慌忙坐下。

封寒道：「不要以爲初窺先天之道，即可一步登天，你要走的路仍是遙遠漫長，更會招人之忌。何況即使身具先天眞氣，還需刀法經驗戰略各方面的配合，否則遇上眞正的高手，有力也沒法使出來。」

戚長征愧然應是，因爲他剛才的確起了點驕狂之念。

封寒續道：「你由此刻起，坐在這裏別動一個指頭，全神調息，敵人追來也不要理，否則你的功力將大幅減退。待功行圓滿時，將會自然醒來，若學那些不知天高地厚的小子，鹵莽行事，我第一個不饒你。」戚長征心生感激，堅決應諾後，立即閉目運功。

乾虹青從房內走出來，投身站起來的封寒懷裏，低聲道：「對不起！」

封寒安慰地拍著她的香肩，柔聲道：「傻孩子！爲何要說傻話呢？噢！我忘記了我的刀藏在哪裏了，可否幫我把它找回來？」

風行烈在顚簸裏醒來時，頭正枕在挨著一旁睡了的谷倩蓮大腿上，初陽的柔光灑進來，始發覺兩人躺在騾車柔軟的禾草上。一對灼灼的目光注視著自己。風行烈望去，嚇了一跳，原來「毒醫」烈震北一邊駕車，一邊掉轉頭來向他微笑。

他想坐起來，烈震北喝止道：「小蓮的腿不舒服嗎？爲何要坐起來？」風行烈大感尷尬，坐起來不是，但繼續這樣躺著更不是。

烈震北道：「人不風流枉少年，到了我這把年紀，萬念俱灰，甚麼也提不起興趣。」接著長長一嘆，好一會沒有作聲。

風行烈記起了昨晚，知道是烈震北將自己救了回來，試著運氣，豈知經脈暢通無阻，一些以前眞氣不能隨意運轉的地方，意到氣到，尤勝從前。更怪異的是師父厲若海輸入他體內的那股眞氣，竟消失得無影無蹤，禁不住大喜過望，顧不得烈震北的勸告，跳了起來，向著烈震北連叩三個響頭。

烈震北不勝欷歔道：「以我和若海兄的交情，受你三個響頭並不爲過，現在你體內道心種魔大法的餘害已除，反因禍得福，功力精進，好自爲之吧。」

谷倩蓮仍好夢正酣，風行烈將她移到車廂中間處，又以禾草爲她作枕，唯恐她有半點不舒服。

烈震北道：「穿過桂樹林後，就可看到雙修府。」

風行烈環目四顧。騾車現正由一斜坡往下行，坡底是一片望之無盡的桂樹林，四周丘巒拱衛，不見人煙，雙修府處於如此隱蔽的地方，難怪江湖上罕有人知其所在。

烈震北道：「趁還有點時間，讓我告訴你甚麼是道心種魔大法，以免我畢生研究的秘密，隨我之去湮沒無聞。」

風行烈心中一寒，烈震北的語調有著強烈的不祥味道。

烈震北續道：「要明白道心種魔大法，首先須明白先天後天之分，若海兄乃此中能者，必曾向你詳述箇中道理，你可否說出來給我聽聽？」

風行烈恭敬地道：「人自受孕成胎，所有養分神氣，均由母體通過臍帶供應無缺，此時受的乃是先天之氣，在任督二脈循環不休。至十月胎成，嬰兒離開母體，以自己口鼻作呼吸，由此時開始，吸入的無不是後天之氣，但先天之氣仍殘留體內，所以孩童的眼睛都是烏黑明亮，到逐漸成長，先天之氣盡失，於是眼神變濁，以至乎老朽而死，重歸塵土。」

烈震北點頭道：「說得不錯，萬變不離其宗，天下雖千門萬派，各有其修行的方式，最後無非都希望能由後天返回先天。但修後天氣還有路徑心法可循，修先天氣卻除了本身資質過人，還需機緣巧合，缺一不可。」

風行烈道：「恩師常說，一萬人修武，得一人能進窺先天之道，已是難得。普通武人，以至乎稱雄一時的高手，左修右修，體內的眞氣無非後天之氣，受限於人的體能潛力；只有修成先天氣者，才能突破規限，進軍無上武道。」

烈震北沉默片晌，點頭道：「令師說得不錯，所謂後天之氣，皆有爲而作，只有先天之氣，才是無爲而無所不爲，就像母體內的胎兒，渾渾噩噩，但澎湃的生命力，卻無時無刻不在胎內循環往復。」頓了一頓，烈震北一聲長嘆，道：「一旦闖進先天境界，人也會脫胎換骨，超離人世，看穿了人世間榮華富貴的虛幻，想若海兄四十歲前，橫掃黑道，創立邪異門，江湖上人人懼怕，但先天氣一成，立即拋開俗念，專志武道，其他事都不屑一顧，你知不知道他爲何會有此驚人的轉變？」

風行烈茫然搖頭。烈震北仰天長嘯，聲音激昂悽壯，把谷倩蓮驚醒過來，見到風行烈，勉強爬起身來，鑽進他懷內，又沉沉睡去。風行烈軟玉溫香抱滿懷，呆看著烈震北。

這時騾車進入桂樹林，香氣盈鼻。烈震北拉停騾子，讓車停下，轉過身來，灼灼的目光盯著風行烈，緩緩道：「先天之氣修練的過程，比之後天之氣還要走更長的道路，過程曲折危險，一不小心，便落入萬劫不復的絕境，能達到令師境界者，江湖上數不出多少人來。」

風行烈心道：「其中兩人必是龐斑和浪翻雲。」

烈震北神色凝重無比，兩眼閃著渴望的奇光，一字一字緩緩道：「假設先天眞氣的修練過程是一條漫漫長路，令師、龐斑、浪翻雲等都到達了路的盡端，只要再跨出一步，便會回歸到天地萬物由其而來那最原本的力量裏，由太極歸於無極，那也是老子稱之爲『無』，字之若『道』的宇宙神秘根本。」

風行烈深吸一口氣道：「我明白了，所以凡到達那最盡一點的人，都能感應到那點之外所存在的某一種神秘力量，故此對世間之事不屑一顧。」

烈震北苦笑道：「要對其他的事不屑一顧，實是知易行難，只要是人，自然有人的感情，由此亦可知要跨出那一步，實談何容易。」接著仰首望天，道：「古往今來，無數有大智慧的人窮畢生之力，殫思竭慮，苦研如何跨越那天人之間的鴻溝，最後歸納出兩種極端不同，但其實又殊途同歸的方法，就是正道的『道胎』、邪道的『魔種』。」

說了這麼多話，直到現在烈震北才進入正題，可知道心種魔大法，是如何玄奧難明，超越常理。風行烈聽得瞠目結舌，想問問題都無從問起。

烈震北眼中射出無限的憧憬，柔聲道：「所謂道胎魔種，其實都是象徵的意象，其目的是如何將血肉凡軀轉化成能與那最本源力量結合的仙軀魔體，當日傳鷹躍進虛空，飄然仙去，就是成功跨出了那一步，先例在前，可知仙道之說，並非虛語。」

風行烈囁嚅道：「前輩是否也正在這條路上走著？」

烈震北沒有直接答他，低吟道：「練精化氣、練氣化神、練神還虛、練虛合道，這四句話總結了整個由後天而先天，由先天而成聖的過程，但其中包含了多少痛苦、血汗、智慧、期待、渴望和捨棄。」

烈震北忽地意興索然，轉過身去，竹枝輕打在騾子的屁股處，車子又徐徐開動。風行烈仍滿腹疑問，但見到烈震北這般心灰意冷，唯有將問題吞回肚內去。

封寒抱刀坐在一張椅子上，守在小屋門外，冷冷看著進入谷內往他走過來形相各異的九個人。

那些人來到他面前，一字排開，當中的禿頂大漢大喝道：「閣下何人？」

封寒冷冷道：「山野村夫，哪來甚麼名字。」

那禿子當然是禿鷹由蚩敵，他一輩子血戰無數，眼力何等高明，雖不知對方是黑榜裏的封寒，哪會看不出對方是個高手，心中驚異不定。身旁的蒙氏雙魔和他合作多年，見到他這種神色，亦不敢輕舉妄動，只是全神戒備。反是其他人沉不住氣。日煞性如烈日，最是暴躁，由於被戚長征帶著水柔晶殺出重圍，早使他心中大不是滋味，追了整晚又撈不著敵人半個影子，此刻知道戚長征躲在這裏，哪還按捺得住，大喝一聲，左盾右矛，竟往封寒攻去，大喝道：「竟敢對由老不敬，看我取你狗命。」星煞月煞和他合作無間，亦自然搶出，分左右翼往封寒逼去。由蚩敵心想橫豎終須動手見眞章，由這三人試試對方虛實也好，故而並不攔阻。

封寒面容肅穆，冷冷看著三支長矛，分左中右三方，分別飆刺他的左肩、胸前和右脅，矛未至，嗤嗤勁氣已破空而來。眼看封寒瘦長堅實的身體要給戳穿三個大洞，刀芒閃起。「鏘鏘鏘！」以由蚩敵這麼好的眼力，也只是看到對方左手一動，三股寒芒便由他懷裏激射而出，劈中三個矛頭。要知日月星三煞看似隨意的合擊，其實藏有很深的學問，不但緩急輕重變化無窮，刺來的次序也不斷改變，務使敵人無從捉摸，封寒要以一把刀分別劈中敵矛，眞是談何容易。但封寒竟坐著便做到了。

日月星三煞如若觸電，虎口爆裂，匆忙退後，理應緊接而發那排山倒海的攻勢，半著也使不出來。

封寒亦是心中懍然，他這三刀已用上了全力，本估計對方連矛也應拿不穩，乘機格殺對方，以立聲威，豈知三人竟能全身而退，致大失預算。與浪翻雲的兩次決戰，三年的靜隱修性，封寒已非昔日的封寒，他的刀法達至了前所未有的境界。

由蚩敵大喝道：「退回來！」日月星三煞給封寒的三刀嚇寒了膽，聞言乖乖退後。

由蚩敵哈哈一笑道：「封兄的左手刀一出，包保天下沒有人會認不出來。哼！」接著語氣轉冷道：「既知封兄在此，我不能不向封兄先行打個招呼，若封兄立即放手，不再管戚長征的事，我們躬身送客；但若封兄蓄意和魔師過不去，待會動起手來，我們將會不講武林規矩，不擇手段地將你殺死，以你的眼光，定可看出我所說不是恫喝之語。」

封寒瞳孔收縮，送出兩道精電般的眼芒，冷冷道：「是的！你們或有殺死封某的實力，但我包保陪葬的名單裏定有你『禿鷹』由蚩敵在內。」

由蚩敵心中一寒，知封寒亦確有本領做到這點，點頭道：「若我們的實力只止於此，你的話對我確有心理上的威脅，但是，你錯了。」

一聲柔柔韌韌，非常悅耳動聽的聲音由遠而近的道：「是的！封兄錯了。」人影一閃，高眺俏秀的「人妖」里赤媚已站在由蚩敵身旁，微笑道：「我可以保證他們指甲尖也不會崩掉半塊。封兄若非腳跛了，請起身出手。」

封寒微微一笑道：「不見多年，里兄風采勝昔，是否練成了你的『天魅凝陰』？所以口氣特別狂妄自大。」

里赤媚鳳眼一凝，微微一笑道：「如此封兄是決定坐著和我動手了。」

封寒哈哈一笑道：「若非如此，豈不教里兄小看了。」

他說到最後一個字時，里赤媚已出手。他的左手刀亦劈出。里赤媚身一移閃到離封寒三步許的近處，一指往封寒眉心點去。「叮！」刀尖砍在指尖處，竟發出金屬的聲音來，可知里赤媚指尖蓄滿了驚人的氣勁。「砰砰砰……」在刀指相擊的同時，兩人交換了十多腳，每一腳也是以硬碰硬，毫無花巧。

里赤媚倏地退回原處，像沒有動過手那樣，微笑道：「不知封兄信否？我百招內可取你之命。」

封寒淡淡道：「或許是吧！但里兄亦當不能全身而退，不知里兄是否相信？」

兩人一問一答，內中均暗含玄機，首先是里赤媚採攻勢，步步進逼，但封寒守中帶攻，亦毫不遜色。

里赤媚柔聲道：「封兄對自己非常有信心，但假若我里赤媚不顧身分，命我三位兄弟先行圍攻你，在你疲於應付時，窺隙出手，你還以爲可以傷我里赤媚半根汗毛嗎？」

封寒啞然失笑道：「假若里赤媚連臉都不要了，封某把命陪上又有甚麼大不了。」

至此里赤媚亦打心底裏佩服這完全無懼的對手，拱手道：「所以非到必要時，我也不想不要面子地殺死封兄。不如我們打個商量，我們十個人加上你共十一個人，由現在起十二個時辰內，絕不參與對付或保護戚長征的事，任由戚長征逃去，封兄覺得這提議有沒有一定的建設性。」

封寒心中大叫厲害，里赤媚這幾句話，點明除了他們這十人外，還另有足夠殺死戚長征的力量，假設如此，則對方的實力，的確非他封寒所能抗拒。

里赤媚從容道：「以封兄的才智，自然明白其中關鍵，若我們眞有這樣的實力，封兄必敗無疑，戚長征也將不保；但假若我們只是虛張聲勢，戚長征便可從容離去。就算我們眞的另有強手能殺死他，他仍大有逃出生天的機會，何況我還另有贈品，就是放過水柔晶，任她返回塞外，絕不動她半條毛髮，這樣的條件，你更不會拒絕吧？」

戚長征的聲音在屋內響起道：「沒有人能拒絕，包括我老戚在內。」

封寒冷冷道：「小子你是否剛點了虹青的穴道？」

戚長征應了聲「是」後，昂然推門而出，來到封寒身後站定，長刀反貼背後，兩眼神光電射，一點倦容也沒有。

封寒看了他一眼，哈哈笑道：「事情愈來愈有趣了，里兄的提議恕我不願接受，因爲封某眞的手癢了。」

戚長征失笑道：「好一個手癢，我也有那種感覺。」

里赤媚仔細打量著戚長征，點頭道：「難怪怒蛟幫在黑道立得如此穩如泰山，因爲連你們這批第二代的人居然也有你這種上等貨色，好！」

「好」字尚有餘音時，他已展開魅變之術，來到戚長征右側，一肘往他的右肩擊去。戚長征的反應已是一等一的迅捷，右手一移，原本貼在背上的長刀來到了右肩處，刀鋒往外，正要以腕力外削時，里赤媚的手肘已重擊在刀鋒上。刀背撞在戚長征右肩處，戚長征忙扭肩發勁。「蓬！」兩人隔著長刀以肘肩硬拚了一記。戚長征晃了一晃，眼看要倒向封寒處，封寒右手按了他的腰一下，化去了他的跌勢。里赤媚退回原處，優閒自若。戚長征強忍著體內翻騰的氣血，心中駭然，想不到里赤媚的武功竟可怕至如斯地步，自問能否擋他十招，仍是未知之數。

里赤媚微微一笑道：「我剛才的提議，仍然有效，只不知封兄是否接受？」

封寒不解道：「你們實有足夠的力量殺死我們兩人，爲何仍如此轉折，費時失事呢？」

里赤媚道：「其中道理很快揭曉，此事一言可決，究竟是答應還是不答應？」

戚長征刀回鞘內，向封寒道：「這提議實在太誘人了，假設等在谷外的是龐斑，我老戚便自怨命苦，若等的只是方夜羽和紅顏白髮，說不定我可撿回小命。至不濟便是我給宰了，但卻仍可換回水柔晶以後的安全，不會血本無歸。封前輩認爲我的算盤是否打得響？」

封寒一聲長笑道：「英雄出少年，我封寒賭你不會死，去吧！」

里赤媚著眾人讓開道路，拱手道：「請！」戚長征大步離開。

當戚長征來到里赤媚身旁時，里赤媚誠懇地道：「戚兄！路上珍重了！」

戚長征瞪了他半晌，搖頭失笑，道：「你這人挺有趣哩！」然後放開腳步，全速飛馳，轉眼間消失在谷口處。

戚長征走出谷外，出奇地看不到半個人影，這時是深秋時節，很多樹都變得光禿禿，地上鋪著枯黃的落葉。他沒有半點欣喜。昨晚追捕他的人，沒有一千也有幾百，現在見不到他們，只能說他們都被部署起來，將在某一時刻對他發動攻擊。

狂奔了幾里路後，到了一片平曠野地上，十多名手提長刀的勁裝黑衣大漢由曠地另一方的叢林跳了出來，分散著向他包圍過來。戚長征湧起萬丈豪情，長刀掣出，幻起重重刀浪，疾施強擊，當先的一人運刀擋格，「嗆」的一響，那人的刀竟只剩下半截，一怔間，戚長征快刀已至，準確地劈在他眉心處，寒氣透腦而入，那人立即命喪當場。哨子聲在四方八面響起。無數黑衣人由密林蜂擁出來，剎那間戚長征陷身重重圍困裏。戚長征腳步迅速移動，使敵人不能完成合圍之勢，以免對方能發揮戰陣的全部威力。只見他忽前忽後，每一刀劈出，都有人應聲慘叫，落敗身亡，眨眼間已殺了對方十多人，曠野上刀光血影，戰況慘烈。

忽然，四把長刀分從四個角度向他砍劈過來，疾若電閃。戚長征心中一懍，知道遇上了對方特別的強手，否則刀勢不能使得如此功力十足，忙畫出一圈刀芒，護住全身。「叮噹」交擊之音響個不絕，四把刀全被擋開。戚長征離地躍起，投往兩丈之外，落地時揚刀迅劈，又有一人濺血倒下。他知道敵人勢眾，硬拚下去始終不是辦法，故而希望能闖進曠地外的疏林區，那時閃躲起來，會容易得多。兩把刀由後攻至。戚長征看也不看，反手兩刀，登時又有兩名敵人了賬；前面則飛出一腳，正中一持刀者的手腕，那人指骨全裂，大刀「噹啷」墜地，駭然後退。戚長征一聲長嘯，刀光潮湧，硬往前方敵人的刀光劍影闖過去。長刀電射下，攔路的兩名大漢，仰身倒跌。戚長征哪敢遲疑，長刀護著全身，趁勢人刀合一，奮勇狂衝。敵人紛紛倒下，硬是給他破開了一個缺口，兩腳用力，凌空往疏林掠去。對方不及阻截，眼看給他落進林內。

一刀一劍由林中射出，迎向他來。戚長征一看來勢，心中叫苦，難怪里赤媚有把握把自己留下來，原來對方竟有如此高手，若在平時，他或仍可硬闖過去，但他先前一番廝殺，早耗用了大量眞元，現在是強弩之末，唯有一沉氣，落到實地上，再深吸一口氣，長刀分別劈在對方劍刀之上。「鏘鏘」兩聲激響。那兩人飄落地上，正是連乾羅也要另眼相看的絕天和滅地，十大煞神之首的兩人。

攻勢停了下來，只是重重將他圍在曠野的邊緣處。戚長征一邊乘機調息，一邊瞪視著絕天滅地刀劍湧過來的森森寒氣，喝道：「來者報上名來。」

絕天冷冷道：「我是絕天，他是滅地，今天奉少主之命，來取你狗命。」

戚長征心中懍然，方夜羽手下還不知有多少奇人異士，不過僅是眼前的實力，便使他沒有信心能逃出去。以寡敵眾的最大弱點，就是寡者沒有回氣回力的空隙，而敵人則可以隨時抽身而退，待養精蓄銳後，再行出手。所以一旦陷身重圍，結局定是寡者至死方休，而絕天滅地兩人一出手，就把戚長征逼進了這等必死之地內。想當日即使以乾羅的強橫，也要逃走，可知兩人的厲害。

戚長征乃天生豪勇之人，明知這次凶多吉少，仍夷然不懼，挺刀往絕天滅地兩人逼去，刀鋒湧起森寒殺氣，翻捲而去。刀氣到處，以絕天滅地如此強橫的人，也退了小半步，刀劍才向他迎來。四周勁氣撲來。戚長征暗嘆一聲，倏地後退，擋了分由左右兩側及後方攻至的兩矛一刀，又拖刀殺了一人，絕天的刀和滅地的劍已攻至眼前。他人隨刀走，硬生生擠入兩人中間，避開其他攻來的兵器，施出精奧玄妙的貼身刀法，眨眼間三人兵來刀往，交換了十多招。絕天滅地踉蹌跌退，前者左肩被戚長征的快刀劃了一下，衣破肉裂，血光迸現；滅地左額角鮮血不斷而下，若再砍深少許，定可要了他的命。戚長征也不好過，右大腿中了滅地一劍，幸好尚未傷及筋絡，但已使他行動大受影響，左臂雖給絕天的刀鋒掃中，不過只傷破了皮肉，但失血的問題卻不可忽視。他連點穴止血的時間也沒有，又要應付四面八方攻上來的敵人。轉眼他又陷入苦戰裏。若非他進入了先天眞氣的領域裏，體內眞氣循環不休，只是這一番廝殺即可教他力盡而亡。

絕天滅地兩人乘隙出手，每次均帶起新一輪攻勢，不一會戚長征又多添幾道傷痕。漸漸戚長征已迷失在激烈的戰鬥裏，不辨東西南北，只知道要殺死四周的敵人，再沒有先前通瞭全局的優勢。但他的韌力也教絕天滅地兩人大爲驚奇。因爲在曠地上最利圍攻，他們的手下都是經過嚴格訓練的武士，每隊三十人，由一隊長率領；十隊成一團，十團成一師，組成了小魔師的戰鬥單位。這次對付戚長征調動了兩團共六百人，配以絕天滅地，敢說在這種寬曠的戰場，連黑榜的十大高手也有把握殺死，但戚長征到現在最少殺了他們四十人，依然未露敗象，怎不教他們大感訝異。

驀地一聲低吟，起自疏林之內，接著寒芒一閃，黑衣大漢潮水般翻跌倒地，來人已到了戰場的最內圍處。雖說己方之人注意力全擺在圈心的戚長征身上，但來人駭世絕俗的劍術，足令絕天滅地驚駭欲絕。劍到。強烈的劍氣使人連呼吸也難以暢順。絕天滅地捨下戚長征，刀劍齊往來人迎去。劍芒大盛，而更使人奇怪者，敵劍雖有催魂索命的威勢，但其中自有一種悠然的姿致。以絕天滅地兩人高強的武功，一時也捉摸不到敵劍若鳥飛魚躍，無縫可尋的劍路，駭然下各自回兵自保，不敢再作強攻。「叮叮！」兩聲清音，絕天滅地竟給對方硬生生震退了四、五步，倒撞進己方人裏，圍攻之勢立刻瓦解冰消。劍芒暴漲。圍在戚長征旁已呈混亂的黑衣大漢不是兵器離手，便是給點中了穴道，一時人仰馬翻，潰不成軍。由劍吟聲起而到全局逆轉，只是眨了幾眼的工夫，可知來人劍法是如何超凡入聖。

劍芒消去，來人現出身形，正是淡雅如仙的秦夢瑤。戚長征刀插地上，支撐著搖搖欲墜的身體，大口喘著氣，望向秦夢瑤，眼中射出感激神色。絕天滅地見所有倒地的手下，均只是穴道被點，大生好感，揮手命各人散開，只是把兩人重重困在內圍。

秦夢瑤來到戚長征身側，纖手搭在他肩頭上，一股眞氣送進他體內，訝然道：「原來戚兄踏入了先天眞氣的初段，不過現在有氣脈逆行的現象，再不宜動手，否則將會五臟爆裂而亡。」

戚長征自家知自家事，點頭苦笑道：「我也不想動手的。」

絕天施禮道：「小魔師座下十大煞神絕天滅地，見過夢瑤姑娘。」

秦夢瑤秀眉輕蹙道：「看樣子你們還是不肯罷休，這是何苦來哉。」

滅地出奇地恭敬道：「若有選擇，我們絕不願與夢瑤小姐爲敵。」

絕天道：「不知夢瑤小姐是否相信，敝上已預計到小姐會來此處，故早有準備。」

秦夢瑤輕嘆一口氣，向戚長征道：「戚兄請盤膝坐下，將眞氣好好調息，甚麼都不要理，其他一切有我應付。」

戚長征深深看了秦夢瑤一眼，坐了下來，眼觀鼻，鼻觀心，進入萬緣俱寂的定境。

秦夢瑤對他沒有絲毫拖泥帶水的反應大感欣悅，放下了心事般，俏目掃過絕天滅地兩人，然後移往與疏林相對另一邊的茅草深處，淡淡道：「四密尊者既已到此，還要等甚麼呢？」

騾車穿過桂樹林。林外是個斜坡，接著一條小河流過，河上有道石橋，連接著兩邊的碎石路，通往一個長滿蒼翠樹木的峽谷去。峽內隱見房舍，雜在紅葉秋色裏，如詩如畫，極是寧謐恬靜。

風行烈奇道：「爲何形勢如此危急，雙修府仍像全不設防那樣，也不見有人走出來打個招呼。」

烈震北道：「這樣美麗的景色，使人滌慮忘俗，若有拿劍拿刀的大漢巡來巡去，豈非大殺風景，我但願雙修府永遠是這個樣子。」卻沒有答風行烈的問題。

騾車駛過石橋。橋下流水淙淙，風行烈胸襟大暢，放眼領略眼前怡神悅目的美景，忘憂去慮。谷倩蓮在風行烈懷裏醒了過來，這時騾車駛進峽內，兩道清溪沿峽流出，溪旁長滿樹木花草，鳥兒唱和爭鳴，好不熱鬧。轉了一個彎，前面有個大石牌匾，匾上鑿著「雙修秘府」四個大字，牌匾左邊兩條石柱各掛著一個「囍」字的大紅燈籠。谷倩蓮皺起黛眉，臉色轉白，呆看著那兩個代表了婚筵喜慶的紅燈籠。

風行烈關心地道：「倩蓮！你是不是不舒服？」

谷倩蓮咬著下唇，向烈震北顫聲道：「婚禮何時舉行？」

烈震北道：「明天就是姿仙大喜的日子。」

谷倩蓮淚水簌簌留下，悲叫道：「爲何這麼急，小姐不是說要待到過年後嗎？」

風行烈心中也不知是何滋味，感到事情似與自己有關，唯有輕輕拍著谷倩蓮的粉背，冀能對她有多少慰藉。

烈震北平靜地道：「姿仙是想我親眼看到她的婚禮。」

風行烈和谷倩蓮兩人駭然道：「甚麼？」

烈震北像說著別人的事般淡然道：「我只剩下三天的命，否則姿仙不會那麼急著成親。」

谷倩蓮不顧一切爬了起來，跨到烈震北旁駕車的空位，投進烈震北的懷裏，嚎啕大哭道：「小蓮自幼沒爹沒娘，現在你又要離開我，教我怎麼辦？」

烈震北把車子停下，伸手愛憐地摩娑著谷倩蓮烏黑閃亮的秀髮，微笑道：「傻孩子，女大了自然要離開父母，將來有丈夫愛惜你，風世侄！我說得對嗎？」他這麼說已是視谷倩蓮爲女兒。

風行烈心中一酸，道：「只要我風行烈有一天命在，定會好好照顧倩蓮。」烈震北欣悅點頭。

谷倩蓮悲叫道：「以先生絕世無雙的醫術，難道不能多延幾年壽命嗎？」

烈震北失笑道：「我本應在四十年前便死了，我已偷了天公四十年歲月，到現在我眞的感到非常厭倦，罷了罷了。」頓了頓又道：「在這最後三日裏，我希望見到我的小蓮像往日般快快樂樂，每天日出前便來到我山上的小屋，陪我一齊去採掘山草藥物。」

谷倩蓮哭得更厲害了。烈震北無計可施，策騾前進。過了峽口，眼前豁然開朗，梯田千頃，層疊而上，最上處是片大樹林，巍峨房舍，聚在林內，氣象萬千，田間有很多人在工作著，見到烈震北和谷倩蓮回來，爭著上來打招呼，親切而沒有做作。三人跳下騾車，沿著梯田間石砌的階梯，拾級而上。谷倩蓮平靜下來，但紅腫的雙目，任誰也知她曾大哭一場。烈震北指指點點，興致極高地向風行烈介紹著沿途的草樹，原來大部分都是他從別處移植至此的。風行烈感受著他對花草樹木的深厚感情，想起他只有三天的命，不禁神傷。谷倩蓮默默伴行，一聲不響。不一會，三人到了位於半山的林樹區，景色一變，另有一番幽深寧遠的風貌。

一名管家模樣的老人迎了出來，躬身迎迓道：「震北先生和小蓮回來了，小姐在府內待得很心焦呢。」再向風行烈施禮道：「這位仁兄相貌非凡，定是厲爺愛徒風公子了。」風行烈慌忙還禮。

烈震北道：「這是雙修府總管譚冬，這裏每塊田的收成，都漏不過他的賬筆，人人都喚他作譚叔。」

譚冬道：「三位請隨小人來。」在前帶路。一座宏偉府第出現眼前，左右兩方房舍連綿，使人聯想到在這偏僻之處，需要多少人力物力，才可建出如此有規模的世外勝景。

來到府第的石階前，烈震北停了下來道：「我先回山上蝸居，你們若閒著無事，可上來找我，我還有話想和風世侄說。」

谷倩蓮眼圈一紅，一把扯著烈震北衣袖，不肯讓他走。烈震北呵呵笑道：「待會你也來吧！看我有甚麼禮物送給你。」風行烈勸開谷倩蓮，烈震北微微一笑，飄然去了，有種說不出的淡泊生死的氣概。

府第正門處張燈結綵，幾名青年漢子正忙著佈置，見到谷倩蓮都親切地打招呼。剛踏上石階，一名雄偉如山、樣貌戇直的青年大漢腳步輕盈，神情興奮地衝了出來，驟然見到谷倩蓮，臉上泛起不自然的神色，期期艾艾道：「小蓮！你回來了，我很高興。」

谷倩蓮冷哼一聲，毫不客氣地道：「不高興才眞吧！」轉身向風行烈道：「來！不用理他。」

風行烈大感尷尬，向那生得像鐵塔般的青年拱手爲禮，隨谷倩蓮往內走去。

一個響亮清脆的女聲由裏面傳來道：「成抗！快多找幾條綵帶來，這裏不夠用了。」

谷倩蓮聽到女子的聲音，臉色一沉，走了進去。寬廣的大廳內喜氣洋洋，一名嬌巧的女子，正插著蠻腰，威風八面地指揮著十多個男女僕婢，佈置舉行婚禮的大堂。風行烈暗忖，難道這就是雙修公主？不過他很快便知道自己錯了，谷倩蓮看也不看她半眼，扯著風行烈的衣袖，逕自穿過大堂，往內廳走去。那嬌巧女子與高采烈，竟渾然不覺兩人在身旁走過，反而當那隨行而至的譚冬走過時，給她一把截著，提出了一連串要求，使譚冬脫身不得。

谷倩蓮放開風行烈衣袖，走進內廳，十多名丫嬛正在整理喜服，鶯聲燕語，一片熱鬧，見到谷倩蓮，雀躍萬分，又拿眼死盯著風行烈，羡慕之情，充溢臉上。谷倩蓮情緒低沉至極，勉強敷衍了幾句，把風行烈介紹了給眾丫嬛後，領著風行烈由後門走進清幽的後院去。簫音忽起。吹的曲似有調似無調，就像大草原上掠過的長風，淒幽清怨。風行烈往簫音來處望去，林木婆娑間，隱見有一女子，坐在一塊大石上，捧簫吹奏。兩人來到女子身後。簫音忽止，但餘音仍縈繞不去。女子身形纖美文秀，自有一種高雅的氣質。她放下手中玉簫，緩緩轉過身來。風行烈眼前一亮，只見女子雅淡秀逸，高貴美艷，令人不敢逼視。一對剪水雙瞳，似是脈脈含情，又似冷傲漠然，非常動人。

谷倩蓮輕輕道：「小姐！」

雙修公主谷姿仙美目落到風行烈身上，大膽直接地上下打量了他一會，才道：「果是人中之龍，難怪厲門主對你期望如此之高。」

谷倩蓮再提高了點聲音道：「小姐！」

雙修公主美目寒光一閃，冷冷道：「明天是我大婚之日，小蓮你縱使不願幫忙佈置，也不得有任何破壞行爲，若違我之令，就算是你，我也絕不輕饒。」

谷倩蓮豁了出去，堅決地道：「公主你曾說過沒有更佳的選擇，現在我將比成抗那小子好上百千倍的選擇帶來了，你快趕那傻小子走吧！」

谷姿仙怒道：「大膽！」接著向風行烈婉轉地道：「公子莫要見怪，這小婢我一向寵慣了她，故敢如此不知輕重，公子遠道來此，不如先到外廂歇息，今晚讓姿仙設宴爲公子洗塵。」

風行烈正尷尬萬分，見她如此體貼，心中感激，連忙稱謝。

豈知谷倩蓮喝道：「不要走！」

谷姿仙臉色一寒，道：「這裏哪有你說話的餘地。」

谷倩蓮挺胸道：「想小蓮不說話，小姐一掌殺了我吧！」

風行烈僵在當場，不知如何是好。

谷姿仙秀目射出寒芒，盯著谷倩蓮，到連風行烈也在擔心谷姿仙會不會盛怒下把谷倩蓮殺了時，她輕嘆道：「小蓮！我的心情絕不比你好，你不想我爲難吧？」

谷倩蓮出奇地沒有哭，平靜地道：「小姐爲何要重蹈覆轍，把自己終身的幸福孤注一擲地投在一個茫不可知的目標上，就算要選人，也該選個你喜歡的，告訴我！風行烈有哪方面比不上成抗？」

谷姿仙這次反沒有發怒，望向兩人柔聲道：「像風公子這種人才，天下罕有。但小蓮你是不會明白的，正因爲風公子條件這麼好，我才絕不可選他爲婿，好了！這事至此結束，由此刻起，小蓮你不得再提此事。」

風行烈心中苦笑，他雖然從沒想要當谷姿仙的快婿，但身爲男人，給人這樣當面說他沒有資格入選，無論對方說得如何漂亮，亦大不是滋味，抱拳道：「公主不須將此事放在心上，風行烈今日來此，只希望能爲貴府盡上一分綿力，應付小魔師來攻的大軍，捨此外再無其他目的。」

谷姿仙襝衽道謝，向谷倩蓮道：「還不帶公子去客廂休息。」

谷倩蓮道：「來此之前，小蓮曾見過夫人。」

谷姿仙一震道：「她肯見你嗎？」

谷倩蓮昂然道：「她不但肯見我，還和我說了話，又將雙蝶令交了給我，爲她向小姐傳話。」

谷姿仙淡淡道：「你不用說出來了。」

谷倩蓮愕然道：「你不信我有雙蝶令嗎？看！」攤開手掌，赫然是鑄有雙蝶紋飾金光閃閃的一個小令牌。

谷姿仙嘆道：「據先朝規矩，在大婚的三日前我便自動繼承了王位，再不受夫人之令約束，小蓮你是白費心機，和風公子去吧！」

谷倩蓮手一震，令牌掉到地上，眼淚終奪眶而出，悲叫道：「小姐！爲何你要如此作踐自己，爲的只是一個遙遠渺茫的目標，那些事發生在百年之前，祖國現在已不知變成了甚麼樣子，那些人早忘記我們了……」

谷姿仙怒道：「住口！他們正活在暴政之下，朝夕盼望我們回去，小蓮你放肆夠了，快給我滾出去。」接著提高聲音喝道：「人來！」四條人影分由左右高牆撲入，跪在谷姿仙之旁。

風行烈留神一看，這四名壯漢背掛長劍，形態豪雄，均非弱者。

谷姿仙平靜地道：「給我將小蓮帶走，若非看在風公子面上，今天便叫你好看。」然後，向風行烈歉然一笑道：「風公子請勿見怪，今晚筵席前，姿仙再向公子請益。」

走出後院時，風行烈仍忘不了她簫聲裏含蘊著的淒怨，就像小鳥死前在荒原的悲泣。

秦夢瑤話剛說完，茅草叢內響起數人唸誦藏經的聲音，悠和一致。四密尊者以哈赤知閒爲首，穿過由黑衣大漢讓出來的路，來到秦夢瑤前，一字排開，形成與秦夢瑤及閉目趺坐的戚長征對峙的局面。誦經停止，四人向秦夢瑤合什問好。

秦夢瑤斂袵回禮，平靜地道：「四位尊者唸的是龍藏的《誅魅經》，是否把夢瑤當作了妖魅？」

秀俏若女孩的寧爾芝蘭手捏法印，不慍不火地道：「夢瑤小姐莫要見怪，到頭來仙佛妖魅，俱是妄空，故何須放在心上。」此喇嘛一上來便和秦夢瑤打機鋒，指出秦夢瑤斤斤計較自己是否妖魅，顯是未能通透佛法。

秦夢瑤笑了笑，予人一種毫不在乎的瀟灑，淡然道：「執著者虛空不空，反之無不虛空。若我們能放下執著，還有何事須爭？」

容白正雅邊數著他的佛珠，微笑道：「執著也有眞假之分，有執眞爲假，有執假爲眞。法雖有千萬種，卻只有一種是眞，若能只執其眞，執著又有何相干？」

對答至此，圍聽的絕天滅地等人均覺得茫然無得，只隱隱知道雙方語帶玄機，正在針鋒相對。哈赤知閒仍是那閒適模樣，像個旁觀者多過像個局內人。苦別行則苦著臉，好像天下每一個人都欠了他點甚麼似的。

秦夢瑤黛眉輕蹙，淺淺嘆了一口氣，「鏘」一聲拔出了名爲「飛翼」的古劍，斜指四人。四密尊者散了開去，形成一個大半圓，圍著俏立戚長征旁的秦夢瑤。哈赤知閒雙手下垂，苦別行雙手將鐵缽恭捧胸前，寧爾芝蘭手拈法訣，容白正雅手捏佛珠，四人神態各異，但自有一股森嚴的氣勢，使人膽寒心怯。眾人都不自覺往外移開，騰出更廣闊的空地，予來自青藏的四大絕頂高手，與中原兩大聖地的傳人，一決雌雄。秦夢瑤神色恬靜如常，俏臉無憂無喜，有若下凡的仙女，對這塵世毫不動心。

四密尊者心中懍然，他們四人雖一招未出，其實已發動了最強大的攻勢，聯手催發體內先天眞氣，一波一波向對方湧去，估計秦夢瑤起碼須揮劍破解，因爲若往後退，戚長征便會首當其衝，全身血管爆裂而亡，但立在原地的話，則只有動劍化解一途。哪知秦夢瑤只是以纖手輕輕握著「飛翼」古劍，便自然生出劍氣，在他們眞氣形成的壓力網打開了個缺口，恰恰護著自己和戚長征，怎不教他們訝異。更使他們煩惱的是，他們勢不可永無休止地發放眞氣，當氣勁中斷時，若他們沒有新的攻勢，在微妙的氣機牽引下，秦夢瑤的劍將會在此消彼長間，達到了最強的氣勢，那一劍將會是無人可以抵禦的。所以唯一方法，就是四人須趁勢而攻，且必須是全力合擊，以圖一舉粉碎秦夢瑤的劍勢，在這種絕無花巧的短兵相接裏，雙方以強攻強，勝敗可能出現在數招之內。其實所有關鍵都出在秦夢瑤沒有先出劍這事上，故而呈現如此局面。也可以說劍一出鞘，秦夢瑤立即佔了先機，再像上次那樣，牽著四密尊者的鼻子走。重蹈覆轍的窩囊感，使這四個精修密法的喇嘛僧大不是滋味。是不是眞的比不上她呢？四密尊者無懈可擊的強大氣勢，相應地減弱了少許。秦夢瑤的劍立即出生感應，開始緩緩畫出一個完美無缺的小圓周，衣袂飄飛如欲乘風而去的天仙。

當她畫至一半時，四密尊者已知要糟，若讓她畫滿整個圓圈，他們的氣勁將全被破去。他們的眞氣甚至會被對方的劍圈吸掉小半，再轉過來對付他們。雙方間曠地上的野草，混著塵土，連根拔起，在空中旋舞著。哈赤知閒兩手拱起，掌心向內，先提起貼在胸前，再緩緩前推，腳下踏著奇異的步法，似欲前又似退，其實仍是留在原地不動。黃袍鼓滿，一股強大的氣旋，往秦夢瑤捲去，成為對秦夢瑤正面最強大的攻擊。苦別行鐵缽離手旋飛，來到雙方中間三丈的高空處，定在那裏急轉，發出刺耳的嘯叫聲，苦別行一對眼，眨也不眨地看著秦夢瑤的劍。容白正雅和寧爾芝蘭分在左右最外圍，位於秦夢瑤左右兩側的方位，前者手揚珠飛，珠串中分而斷，抖得筆直，一百零八顆佛珠排隊般一粒接一粒，成「一」字形，向秦夢瑤左脅下激射而去，既好看又怪異。寧爾芝蘭皙白修美的手掌分飛起舞，右掌不住平削直砍，方正厚重；左手圈翻搖擺，卻有著強烈的圓靈盈飄的氣派，對比下使人有種極不協調的感覺，並生出一重一輕的兩股氣勁，到了秦夢瑤右側五步許外，竟融會為一，變成正反交集的狂飆，刮向秦夢瑤，若對方不懂應付，純以陽勁或陰勁化解，將立刻吃上大虧。這四密尊者，武技早臻先天之境，此時全力出手，均採遙攻，以避去了和秦夢瑤的劍作近距離交接。

秦夢瑤面對如此強大無儔，籠罩了前側三方的駭人攻勢，四種不同方式的進擊，仍是那副雅淡寧逸的姿勢神態。平靜通圓的禪心使她對整個凶險的形勢沒有半分遺漏地看個通透，也清楚對方之所以能把自己陷於這種險境，全是看通了她必須留在該處，以保護趺坐地上的戚長征。從某一角度去看，四人是有些不擇手段，務求在這代表了藏派和中原佛門的決戰中成為勝方。也可以說對方沒有信心在公平較量下勝過她秦夢瑤。他們的信心已被削弱。秦夢瑤拈劍微笑，劍芒暴漲，往正面的哈赤知閒激射而去，快逾電閃。四密尊者眼見秦夢瑤仍靜守原處，但「飛翼」卻像長了數丈般，破入哈赤知閒狂湧過去的氣勁裏，心中都駭然狂震。至此他們終於明白爲何秦夢瑤能超越了慈航靜齋三百年來所有上代高手，成爲第一個踏足塵世的人。她已練成了《慈航劍典》的劍道至境——先天劍氣。達到劍隨意轉，物隨心運的最高劍道心法。天下間，除了浪翻雲的覆雨劍外，她是第一個達到這種道境的人。

寒芒一漲即收，接著繞身而轉。秦夢瑤「飛翼」貼體，旋舞急轉，層層劍氣，將她和戚長征完全包裏其內。「蓬！」哈赤知閒的袍袖推勁，與秦夢瑤的先天劍氣正面交鋒。由肩而下的整截寬袖化作碎片，揚舞於哈赤知閒身前整個空間，這四密尊者之首臉色轉白，赤著兩手，往後退了小半步。苦別行一聲佛號，鐵缽由上而下，飛襲秦夢瑤頭心，那也是她唯一的弱點和空隙。一字珠串和包含了方圓重輕的氣勁亦左右襲至。「劈劈啪啪！」一百零八粒佛珠撞上劍網，炸成碎粉，繞軀而去，眼看要射往右側的寧爾芝蘭。氣勁則被秦夢瑤人劍合一產生的氣旋所牽引，竟分解還原爲方重和輕圓兩股力道，也繞過了她，剛好迎上激射而來的珠碎。「蓬蓬！」兩下悶雷般的轟鳴，同時在秦夢瑤兩側響起。容白正雅和寧爾芝蘭兩人遙生感應，同時一震，不往後退，反踉蹌衝前了兩步。氣勁狂旋，塵土飛揚，四密尊者便若在狂風裏逆行那樣，袍服向後狂飄。

「叮！」秦夢瑤飛翼劍沖天而起，點正缽底。鐵缽竟黏貼在劍尖上。繞體寒芒消去，露出秦夢瑤優美動人的嬌軀。四密尊者受到牽引，身不由己，八掌翻飛，齊往秦夢瑤狂攻而去。他們終於守無可守，唯有改遠攻爲近攻。秦夢瑤劍尖輕顫，鐵缽旋起，向哈赤知閒飛去。飛翼劍化作千萬道寒芒，洪流般將四尊者全捲了進去。哈赤知閒雖然移前強攻，仍是那優閒模樣，使人懷疑即使被人當場擊斃，那優閒的樣子仍不會改變。飛缽已至。哈赤知閒雙手一伸，竟將急旋的飛缽拿個正著。鐵缽眼看已給他接個結實，竟奇怪地又在他雙手內多轉了小半圈。哈赤知閒有若觸電，一聲慘哼，失控地往後連退數步，被逼退出戰圈之外。掌劍翻飛。劍掌勁氣交擊似爆竹般連串響起。在旁圍觀的絕天滅地等人看得呆若木偶。只見茫茫劍影裏，三尊者以驚人高速倏進急退，但始終逸不出劍圈之外。哈赤知閒臉色轉白，額上冒出冷汗，捧著鐵缽動也不動，似乎完全不知己方的人正和敵人生死決戰，閒適之態再不復見。「嘶……」劍氣破空聲掩蓋了其他一切雜音。功力稍淺者不自覺伸手掩耳。劍影消斂。苦別行、寧爾芝蘭、容白正雅踉蹌而退，回到原處。秦夢瑤回劍鞘內，神情莊嚴聖潔，俏臉上閃著動人心魄的采輝，使人生出下跪膜拜的衝動。「噹！」鐵缽由哈赤知閒手中掉到地上。哈赤知閒臉色回復先前模樣。四尊者齊向秦夢瑤合什敬禮。

哈赤知閒變回一向的閒適自在，從容道：「我們四人輸得口服心服，立即回返青藏，永不出世，鷹刀之事，交由紅日法王處理。」

寧爾芝蘭恭謹地道：「夢瑤小姐使我等得窺劍道之至，獲益不淺，請受我等謝禮。」再向她合什致敬。

容白正雅道：「紅日法王乃自八師巴以來，我藏最傑出的武學天才，夢瑤小姐遇上時小心了。」

苦別行的苦瓜臉罕有地露出笑意，隨著開始往後移的其他三尊者向後退去，道：「我等今日輸的非關乎武功，而是輸在道法的較量上，這戰果將會如實帶回青藏，不會有半字誇大，也不會有半字低貶。」

藏經頌讚中，四人速度加快，沒入茅草叢的深處。由哪裏來，往哪裏去。

絕天乾咳一聲，抱拳施禮道：「這裏若沒有小人的事，我等也告退了。」

秦夢瑤溫婉地道：「請！」

眾人來得突然，退得突然，轉眼退得一乾二淨。

秦夢瑤凝立不動，忽地嬌軀一顫，掏出白巾，檀口微張，一口鮮血，吐在巾上。她看著白巾上觸目驚心的血跡，不自覺地想起落在韓柏手上的另一條白巾。

戚長征呼吸轉重。秦夢瑤知他快要醒來，收起白巾，面容回復平時的清冷自若。

戚長征一聲長嘯，跳了起來，看到四下無人，不能置信地向秦夢瑤道：「他們走了？」

秦夢瑤點頭道：「戚兄現在打算往何處去？」

戚長征道：「大恩不言謝，夢瑤姑娘此番援手，戚長征永誌不忘。」

秦夢瑤微笑道：「若非戚兄受傷在前，功力未復，何需夢瑤相助。若戚兄由今天起，閉關百日，功力將可更進一層樓，有望進軍刀道至境。」

戚長征眼中射出渴望神色，旋又嘆道：「可惜我俗務纏身，不能如小姐般無掛無礙，現在我須立刻趕返朋友處，看看他們的情況，夢瑤小姐仙蹤何往，有沒有用得著我戚長征的地方？」

秦夢瑤搖頭道：「你最好歇息十天，才作他想，否則遇上里赤媚這類高手，必能以種種戰略，引發你的內傷，使你永不能成爲眞正的刀道宗師。」

戚長征透出一口涼氣道：「此妖的確非常厲害，小姐有把握對付他嗎？」

秦夢瑤搖頭道：「他的天魅凝陰已大功告成，令人頭痛至極。戚兄！請吧。」

戚長征躬身行禮，依依不捨地離去。秦夢瑤抹過一絲苦笑，四密尊者已敗返青藏，她和紅日法王之戰便在眼前。她嘆了一口氣，收拾情懷，望著雙修府的方向趕去。

第八章

由道入魔

第八章　由道入魔

位於雙修府左方客廂的靜室內，谷倩蓮在風行烈懷裏哭得像個淚人兒。風行烈胸前衣衫盡濕，也不無淒涼之意。他體會到烈震北即將而來的死亡，和雙修公主谷姿仙為了復國之事，犧牲個人幸福，嫁與自己不愛的人，凡此種種，對谷倩蓮的打擊是多麼嚴重。

谷倩蓮悲泣道：「沒有了！沒有了！一切都沒有了。」

風行烈撫著她的嬌背，低聲道：「哭吧！好好哭一場吧！」

谷倩蓮抬起俏臉含淚問道：「你會不會離開我，若會的話，早點告訴我也好，讓倩蓮一併消受吧！」

風行烈不知好氣還是好笑，見到她翹起來的高臀豐圓誘人，念頭一轉，一掌打了下去，發出「啪」一聲清脆響聲。

谷倩蓮痛得整個人彈了起來，立在床旁，看著坐在床沿的風行烈，好一會才怨道：「開心吧！人家給你打醒了。」

風行烈妙計得逞，長身而起，硬功後再來軟功，憐愛地以衣袖拭去她臉上的淚珠，柔聲道：「痛不痛？」

谷倩蓮點頭幽幽道：「當然痛！但卻很歡喜。行烈！若我惹得你不高興，你便那樣打我吧！但可不准打別的地方。」

風行烈湧起甜入心脾的感覺，輕輕把她擁入懷內，道：「好點了嗎？」

谷倩蓮點點頭，眼中射出熱烈的情火，仰臉看著風行烈道：「行烈！現在我把清白之軀交給你好嗎？」

風行烈嚇了一跳，道：「現在是大白天呀！」

谷蓮噘嘴道：「怕甚麼！沒有人會來的，門又給我鎖上了，你不喜歡我嗎？」

風行烈道：「我怎會不喜歡你？」

谷倩蓮道：「方夜羽的人隨時會來，還有柳搖枝那淫賊。誰也不知明天會怎樣，我不想這輩子只落得個一無所有，行烈啊行烈！給倩蓮吧！」

風行烈完全瞭解谷倩蓮突如其來那抑制不住的春情，那是在極度失望和痛苦裏的一個反常行爲。她要在絕望的深淵裏抓著一點東西，那就是他「實質」的愛，肉體的交接。像谷倩蓮這樣嬌俏可人，風華正茂的少女，沒有正常男人能拒絕她的獻身，何況雙方還有從患難中建立起來的眞摯感情。風行烈毅然將懷中嬌娘攔腰抱起，往大床走去。

官船在四艘水師船護送下，朝鄱陽湖駛去。這天天氣極好，陽光普照。昨夜范良極以韓柏內傷未癒爲理由，又因陳夫人、陳家公子、兩名妾侍及一眾婢僕護院的離去，騰空了許多房間出來，於是命柔柔睡到隔壁房內，弄得韓柏牙癢癢地，恨不得生啖下范良極一片老肉來。這時柔柔已返回韓柏房內，服侍他梳洗穿衣，范良極見兩人這麼久還不出房到下艙的主廳去，忍不住過去拍門。走出房外，朝霞剛好路過。范良極忍著心裏的愛憐，以最親切的態度向她問好。哪知朝霞眼中閃過驚惶之色，略一點頭，急步下樓去了。范良極滿肚疑雲，想不通朝霞昨天還是好好的，今天卻變成那樣子。

「篤篤！」范良極一邊看著朝霞消失在階梯處，一邊敲響了韓柏的門。裏面傳來混亂的響聲和整理衣服的聲音。

范良極怒道：「快開門！」

門開。韓柏一臉心虛，想乘機閃身出來，卻給范良極撈個正著，搭著他肩頭往內走去。柔柔衣衫不整，釵橫鬢亂，俏臉嬌紅，垂著頭坐在床上，明眼人一看便知剛受過韓柏帶點暴力的侵犯。

范良極在他耳邊細聲道：「幹了沒有？」

韓柏苦笑道：「你不可以遲點來嗎？」

范良極出奇地沒有動氣，和聲道：「小柏！再忍幾天吧！」接著拉著他走出房外，低聲道：「你是不是對朝霞發動了攻勢？」

韓柏奇道：「你怎麼會知道？」

范良極聽得心花怒放，鼓勵地大力拍著他肩頭，讚道：「好！好！不愧守諾言的天生情種，進行得如何？記得不要急進，免得她誤會你是大淫棍，雖然你可能眞是淫棍也說不定。」

韓柏怒道：「你再說這種不是人的鬼話，休想我再向朝霞下手，一切後果自負，莫怪我沒言之在先。」

范良極嘻嘻笑道：「得了得了！胸襟廣闊點可以嗎？快告訴我你施展了甚麼追求手段？」

韓柏正要說話，左詩由房內走出來，見到兩人鬼鬼祟祟模樣，知道沒有甚麼好事，半怒半嗔瞪了兩人一眼，敲門走進浪翻雲在走廊尾的房內去。

范良極瞪目以對，好一會回過神來，向韓柏道：「你究竟做了甚麼傷天害理的事，連她都用那種看淫賊的眼光看我們？」

韓柏怒道：「你又說鬼話了。」

范良極聳聳肩膊，表示這次不關他的事，追問道：「快說！」

韓柏剛想說，腳步聲在樓梯響起，朝霞走了上來。兩人作賊心虛，嚇得分了開來，裝作若無其事的站在廊中，可惜唯一可以做的事卻只是望著長廊的空壁，神態說不出的尷尬和不自然。

朝霞垂著頭來到兩人身前，以低不可聞的微音道：「老爺著我上來問范老爺子有沒有空，和他再下一盤棋。」

范良極悶哼道：「這一局我定不會讓他！」

韓柏愕然道：「怎麼？原來昨晚你輸了。」

范良極怒道：「勝負兵家常事，昨夜我精神不佳，讓我就去將他殺得人仰馬翻，俯首稱臣給你這小子看看。」言罷怒匆匆去了。

朝霞慌忙轉身逃跑。韓柏低呼道：「如夫人！」朝霞停了下來，耳根立即紅了起來，卻眞的沒有繼續逃走。韓柏來到她身後，張開了口，忽地發覺腦中一片空白，不知說甚麼才好。他可以說甚麼呢？

柔柔這時走了出來，興奮地道：「大哥又要和陳老下棋嗎？我要去搖旗吶喊。」朝霞聽得柔柔出來，嚇了一跳，匆匆往下走去。

柔柔這時才發覺朝霞也在，微笑來到韓柏身旁，低聲道：「只要你對她施出剛才向我使的手段，我保證霞夫人明知你是頭老虎，也心甘情願讓你吃進肚去。」再送他一個媚眼，嫋嫋婷婷的去了。

韓柏知柔柔怪他剛才硬逼她親熱，致被范良極撞破。搖頭苦笑，暗忖赤尊信生前必是非常好色，累得自己也要步他後塵，不過無可否認，那是世上最美妙的事情，若果秦夢瑤也像柔柔那樣任他胡爲，眞是朝幹夕死也甘願。

左詩忽推門把俏臉伸出來道：「喂！你進來一下！」

韓柏指了指自己的鼻尖，奇道：「你找我！」

左詩道：「誰找你？是浪大哥找你呀。」

韓柏慌忙進房。浪翻雲坐在窗前几旁的椅上，伸手請韓柏在小几另一邊椅子坐下。韓柏受寵若驚，慌忙坐下。這間房比韓柏那間上房至少小了一半，韓柏坐了唯一的空椅子，左詩自然地坐到床上，她自幼在怒蛟島長大，不像一般閨秀的害羞畏怯，但畢竟是浪翻雲的床，這舉動亦顯示了她對浪翻雲親暱的態度。

浪翻雲先對左詩道：「詩兒吃了早點嗎？」

左詩道：「吃了！但你還沒有。」

浪翻雲道：「不要說早餐，有時我連續十天八天不吃任何東西，只是喝酒，就算要吃，一天內也絕不多過一餐，且是淺嚐即止。」

韓柏奇道：「你的肚子不會餓嗎？」

浪翻雲上下打量了他幾眼，問道：「你有過幾天半粒米也沒有進肚嗎？」

韓柏想了想，拍腿道：「的確有過，不過那時我顧著逃命，根本忘了肚子餓。」

浪翻雲道：「不是忘記了，而是你已能吸收天地的精氣，你不妨試試十天八天只喝清水和吃水，看看有甚麼感覺？」

韓柏面有難色，道：「放著這麼多好東西不吃嗎？我……」

左詩低罵道：「大哥在指點你的武功，還像傻子般糊塗。」

韓柏如夢初醒，道：「哦！原來不吃東西也是練功的一種，想來也有點……」望了浪翻雲一眼後，立即識相改口道：「噢！不！是大有道理，起碼可練成面對美食不動心的耐力。」

浪翻雲失笑道：「小弟你的性格確很討人喜歡，詩兒都這麼容易和你混熟，來！你將赤尊信和你說過的話，做過的事，詳細道來，看看我有甚麼方法使你更上一層樓，莫要辜負了赤兄對你的期望。」

韓柏大喜，忙將整個過程，一五一十，細說其詳。他說得繪影繪聲，一會扮赤尊信，學著他的語氣，一會又扮回自已，活靈活現，非常生動。令一向對武功不感興趣的左詩，也聽得津津有味。

浪翻雲不時發問，每個問題都是韓柏想都沒想過的，例如當他說到躲在土內，偷聽地面上的龐斑和靳冰雲對答時，浪翻雲便皺眉道：「這事非常奇怪！以龐斑的神通，怎不知土內的人是生是死？難道是他故意放你一馬？其中必有重要的關鍵。」

足足個多時辰，韓柏終把經歷說完，乘機問道：「和里赤媚一番大戰後，我有一個奇怪的感覺，就是我雖非他的對手，但捱打的本領卻似乎比他好一點，若能在這方面更進一步，說不定可教他頭痛一番。」

左詩哂道：「眞沒志氣，不去想怎樣勝過人，偏想怎樣去捱打。」

浪翻雲笑道：「詩兒！你想不想有個這樣的弟弟？」

左詩慌忙拒絕道：「噢！不！我才不要這樣的弟弟。」話雖如此，但俏臉上卻露出了笑意。

左詩雖是韓柏不敢染指的美女，也聽得心中一蕩，感受著左詩對他的親切和好感。故作失望地嘆了一口氣。

浪翻雲回到正題道：「小弟你若是一般高手，我要指點你易如反掌，但你是龐斑外第一個身具魔種的人，只有你自己才清楚應走甚麼道路。」

韓柏失望地道：「但我眞的不知這條路應怎樣走。」

浪翻雲沉吟半晌道：「你剛才說那天在酒樓上，忽地湧起強烈要殺死何旗揚的慾望，壓也壓不下去，後來見到秦夢瑤，忽然又拋開了殺人的念頭，對嗎？」

韓柏喜道：「正是這樣！不知如何，自有了秦夢瑤在心中後，我便像脫胎換骨變了一個人似的。」

左詩瞪了他一眼道：「你是不是見一個便要喜歡一個呢？長年累月下去，會變成甚麼局面？」

韓柏攤手自白道：「事實上我最早喜歡的是秦夢瑤，你們也知後來我是怎樣遇上柔柔的，也知朝霞是怎麼一回事，不過最後我也確是喜歡上她們了。」「呀！」他像記起了甚麼事似的，不過看了看左詩後，立刻欲言又止。

左詩半怒道：「是不是有甚麼怕爲人知的事，要不要我迴避一下？」

韓柏道：「我雖覺得說出來沒有甚麼大不了，卻怕詩姑娘覺得不堪入耳。」

浪翻雲笑道：「詩兒，韓小弟說的必是有關男女歡好的事，故怕說出來時，你會感到尷尬。」

左詩俏臉升起兩朵紅雲，但又的確很想聽下去，咬牙道：「只要他不是故意說些淫邪的穢事，詩兒不會怕的。」

韓柏大感冤屈道：「我又不是淫邪之徒，怎會故意說淫邪之事。」

浪翻雲哈哈一笑道：「不愧左伯顏之女，全無一般女兒家的裝模作樣，韓小弟說吧！」

於是韓柏將和花解語的事避重就輕地說出來，最後道：「自那事之後，我感到整個人都不同了，對自己更有信心，否則也不能在里赤媚手下逃命，更不敢大著膽厚著臉皮去纏秦夢瑤。」

左詩本已聽到面紅耳赤，但當韓柏說到自己「厚著臉皮」時，心想這人倒有自知之明，不禁「噗哧」一聲，笑了出來。

浪翻雲忽又問起韓柏與秦夢瑤交往的情況來，問得既深入又仔細，最後微笑道：「小弟你眞是福緣深厚，艷福齊天，假設我沒有看錯，基於男女陰陽相吸的道理，秦夢瑤的道胎仙體，恰好和你的魔種生出了天然的互相吸引，所以即使以她超離凡俗的仙心，也感到對你難以抗拒，那或者是比愛情更要深入玄奧的東西，或者那才配稱爲眞正的愛情。」

韓柏全身一震，狂喜道：「若眞是那樣，我便是世上最幸福的人了。」旋又頹然道：「不！我看她對我雖有好感，甚至與別人不同，但頂多也只當我是個好朋友。唉！況且我也不敢像碰柔柔般去碰她，她瞪我一眼我便要心怯。」

浪翻雲道：「任是何人，都會像你這般患得患失。不過你也要小心點，在花解語的奼女心法影響下，魔種的元神雖與你結合爲一，但因結合的過程成於男女交合之中，使你擁有了對異性強大的吸引力，這事微妙非常，微妙非常。」

韓柏點頭道：「我自己身在局中，當然明白大俠的話，因自與花解語做了那事後，我的確常有難以遏止的愛慾之念，不過我算非常小心，自問可克制自己。」

左詩看了韓柏一眼，坦白想了想，也不得不承認他有種非常吸引女性的特異氣質和性感，若非自己心神全放在浪翻雲身上，說不定也會被他吸引，難以把持。但儘管如此，自己仍是愛和他玩鬧，愛看他難堪時的傻樣子，甚至喜歡和他在一起時的感覺。

浪翻雲忽道：「不對！」韓左兩人愕然望向他。浪翻雲眼中精芒閃過，沉聲道：「我忽然直覺感到韓小弟的問題出於何處。」

韓柏固是露出渴想知道的神情，左詩亦大感好奇，追問道：「大哥還不快說出來。」

浪翻雲道：「這是赤尊信也沒有估計到的情況，就是兩種不同性格的衝突，致產生互相壓制的情況，試想赤尊信和韓柏在性格上根本是南轅北轍，沒有半點相似，若非秦夢瑤的出現，韓小弟早變成性格分裂的狂人。」

韓柏駭然道：「那怎麼辦好呢？」

浪翻雲道：「放心吧！你早過了那危險期，還得多謝『紅顏』花解語，若非她將你和赤尊信唯一相同的一點引發出來，魔種才能使你有這麼強大的生命力，使你覺得自己挺捱得打。」

左詩奇道：「他和赤尊信有何相同之處？」

浪翻雲淡淡道：「那就是男人的色心。」

左詩俏臉一紅，似嗔似怨地橫了浪翻雲一眼。

韓柏大感尷尬，道：「那可如何是好？」

浪翻雲道：「古時大地被洪水所淹，大禹採用疏導而不是乃父圍堵的方法，解去了水災之禍。小弟你體內的魔種也有若洪水，若只用堵塞之法，終不能去禍，唯有疏導之法，才可將洪水化去，以爲你用，明白了嗎？」

左詩皺眉道：「那韓柏豈非要學赤尊信那樣，高興便殺人，高興便姦淫婦女嗎？」

韓柏點頭道：「看來這不大行得通吧！否則他日來除我的，說不定就是大俠你自己。」

左詩失笑道：「你這人哩！」

浪翻雲悠然道：「這就是由道入魔之法，但這『魔』已不同了，是有道之魔。我不是叫小弟你去作姦犯科，想赤尊信何等英雄，行爲光明磊落，只不過因不隨俗流，率性行事，致被視爲邪魔外道。只要小弟放開懷抱，在緊要關頭拿緊方寸，以疏導之法，將魔種納入正軌，由道入魔，再由魔入道，將來成就，實不可限量。」

韓柏聽得全身輕鬆起來，說不出的自在舒服，看了左詩一眼後，低聲道：「假設我和喜歡的女子相好，會不會因沉迷色慾，傷了身體，又或以後永遠沉溺慾海，變成個……個大淫棍。」

左詩黛眉蹙起，不滿道：「你在說甚麼？我一句也聽不清楚。」韓柏暗忖我正是要你聽不到。

浪翻雲道：「你具有魔種後，我一眼便看出你身負先天奇陽之氣，所謂孤陽不長，所以你這人特別沒有耐性，時常想到處鬧事生非。你對女人有特別的需求，就是魔種這股奇氣在作祟。換了是別的修武者，自然有色慾傷身的問題，但在你而言，卻剛剛相反，女色對你有利無害，但須緊記不能隨意始亂終棄，若是兩相情願，逢場作戲，也是無妨，我們幫會中人，少年時誰不風流，你本性善良俠義，我也不會擔心你會出亂子，惹來一身情孽。」

聽到浪翻雲說「兩相情願，逢場作戲」，左詩的俏臉又紅了起來，偷望浪翻雲一眼後，垂下了頭。

韓柏哈哈笑道：「聽大俠一席話，實勝讀萬卷書，甚至勝過行萬里路，眞想將范老鬼捉來聽聽，哈哈！有利無害，待會我定要和柔……噢！」

左詩終抵受不住韓柏的「魔言魔語」，站了起來道：「我還是找霞夫人聊聊。」范良極恰於此時，連門也不敲，推門便進，差點和左詩撞個滿懷。左詩逃命般去了。

范良極大步來到韓柏身前，兩手拿著他的衣襟，將他小雞般提起來，凶神惡煞地道：「剛才誰說要捉范老鬼？」

浪翻雲莞爾道：「看范兄神色，定是又輸了一局。」

范良極頹然放下韓柏，無奈道：「這陳老鬼別的本事沒有，但高句麗話卻的確比我們說得好，棋術也比我高明。」再嘆一口氣道：「誰能教我勝回他一局，我願將所有偷來的東西全贈給他。」

韓柏跳了起來道：「你們聊聊，我有事出去一趟。」

范良極反手將他抓個正著，悠悠道：「是不是想去找柔柔？」

韓柏道：「是！是……噢！不！」

范良極道：「對不起，專使上課的時間到了。」

洞庭湖。離怒蛟島西面五十里近沅水一座漁村的一間石屋內，燈火明亮，洋溢著酒肉的香氣，怒蛟幫主上官鷹、凌戰天和八名幫中的領袖人物，正在用膳。翟雨時走了進來。自有人爲他加設椅子，請他坐下。翟雨時面色凝重，毫無動箸的打算。眾人不由放下碗筷，十雙眼睛都落到他臉上。

上官鷹道：「有甚麼最新的消息？」

翟雨時道：「仍沒有長征的消息，自他闖韓府後，就像突然從人間裏消失了那樣，不過曾有人看到方夜羽的人昨天大舉出動，往武昌東郊去了，看來在追殺長征，事情有點不妙。」

凌戰天道：「遠水難救近火，現在只有希望這小子吉人天相。」

上官鷹道：「怒蛟島那邊的情勢如何？」

翟雨時道：「方夜羽的詭計確教人一時難以看得透，怒蛟島附近沒有半點敵人的影蹤，不過胡節的水師，黃河幫和卜敵的戰船，正分批離開鄱陽，往洞庭駛來，看情形他們是決意先封鎖洞庭的所有出口，再攻佔怒蛟島，然後來個甕中捉鱉。」

凌戰天道：「除非我們能棄船上岸，否則以他們結合後的龐大實力，遲早能逐一找上我們。」

上官鷹道：「還有個問題在於我們不能將幫內所有船艦集中一處，那樣將會立刻被他們找到我們的。」頓了頓，上官鷹又道：「是否應趁怒蛟島仍未落在敵人手中，回師怒蛟島，和敵人決一死戰，也好過被他們逐一殲滅我們的實力。」

翟雨時搖頭道：「方夜羽正想我們這樣做，在實力上我們太吃虧了。」

凌戰天點頭道：「和敵人硬拚，實是下下之策，不過他們若要找上我們，縱有官府協助，仍非易事，只要大哥回來，我們便有把握多了。」

上官鷹道：「胡節等既已往這裏來，不是說雙修府之圍已解嗎？」

翟雨時道：「方夜羽手中的胡節水師和黃河幫，從一開始便是用來針對我們，我們既不到鄱陽去，他們自毋需再在水路上包圍雙修府，但並不代表他們肯放過雙修府，假設我估計無誤，雙修府之戰將在一兩天內爆發。」眾人沉默下來，都有種有心無力的失落感。

凌戰天道：「放心吧！大哥定不會讓惡人得逞。」

翟雨時道：「還有三個消息，其中一個明顯不利我們，但另兩個消息則是禍福難料。」眾人呆了一呆，連忙追問。

翟雨時道：「第一個消息來自京師的眼線，以楞嚴為首對付我們的『屠蛟小組』已傾巢而出，除了楞嚴外，包括『矛鏟雙飛』展羽在內的十二名特級高手，正來此途中，使我們對比下更顯得勢單力弱。」

眾人一齊色變，這屠蛟小組是專門為對付怒蛟幫而成立的精銳隊伍，組員的身分保密神秘，但既是楞嚴挑揀出來，又有展羽這黑榜級高手在內，其他人也必是一時俊彥，極不好應付。

凌戰天道：「看來他們是想乘大哥上京之機，一舉擊潰我們。」

翟雨時道：「另一個消息，是八派聯盟的『元老會議』，即將在京師舉行，至於時間地點和目的，現在仍未被洩漏出來。」

凌戰天道：「此事不要輕忽視之，八派的元老會議竟在西寧劍派道場所在的京師舉行，顯是由西寧三老召開，事情並不樂觀。」

各人都明白凌戰天的話，因為西寧派等於朱元璋的近身親兵，說不定這會議是由朱元璋下旨召開。若八派真的來對付怒蛟幫，那可能縱使加上了浪翻雲，怒蛟幫也要全軍覆沒，因為強弱之勢實在太懸殊了。

翟雨時道：「最後一個消息，是近日突然流傳於江湖，說的是傳鷹的厚背刀，落到鬼王的舊部『赤腳仙』楊奉手內，現在整個武林都沸騰起來，試問誰不想把鷹刀據為己有，連朱元璋也難免要找來看看，或可使自己成為永生不死的神仙，那時便可千秋萬世做其皇帝，唉！這事也不知將如何了局。」

這時有人進入屋內，到了翟雨時旁，湊在他耳邊低聲說了幾句話。

翟雨時臉色一變道：「我們的神醫瞿秋白失蹤了。」

上官鷹一震道：「監視他的人怎會如此疏忽？」

凌戰天道：「小鷹莫要動氣，我早猜到這老狐狸有此一著。」

上官鷹想起殺父之恨，臉也脹紅了，咬牙道：「我們立即發動所有人手，務要把他找出來。」

凌戰天和翟雨時齊道：「萬萬不可。」

上官鷹道：「爲甚麼？」

翟雨時淡淡道：「若我沒有猜錯，屠蛟小組已到了洞庭，否則給瞿秋白天大的膽子，也不敢這樣逃去。」

上官鷹一掌拍在檯上，碗碟連著飯菜全跳了起來，喝道：「來吧！我上官鷹若有半絲懼怕，就不是男子漢！」

眾人沉默下來。在整個怒蛟幫的歷史裏，從沒有一刻比現在更令人感到絕望和沮喪。

正午時分。離開封寒隱居處十里外的一座密林內。

絕天滅地兩人掠進林裏，來到里赤媚前跪下敬禮，絕天稟告道：「里老所料不差，秦夢瑤果然及時趕到，並與四密尊者動上了手。」

里赤媚冷冷截斷他道：「秦夢瑤敗了嗎？」

絕天道：「恰恰相反，四密尊者全受了傷，當場大方認輸，並願立即回返青藏，秦夢瑤像耍了場漂亮的劍舞般便贏了。」

里赤媚左旁的由蚩敵駭然道：「秦夢瑤的劍必是在絕天的腦海留下了非常深刻的印象，否則不會以這樣誇大的口氣說出來。」

滅地恭敬地道：「由老！我可以保證絕天沒有誇大，秦夢瑤的劍已到了傳說中所謂『仙刀聖劍』的境界，我相信天下間只有浪翻雲的覆雨劍或可堪比擬。」

蒙大蒙二、日月星三煞和各將一齊動容，感受到當時絕天滅地兩人觀戰時心內的震撼。

里赤媚搖頭低嘆道：「她果然到達了『慈航劍典』上所說劍心通明的境界，證明了劍道中確有這種虛無縹緲的境界存在，此戰足使她躍登爲慈航靜齋近千年歷史上最高的典範，但可惜她卻須像那剛盛開的牡丹，也愈接近萎謝的終局。」

由蚩敵愕然道：「除了龐老外，我一向最服老大你，但這句話卻大是欠妥，若秦夢瑤如此厲害，恐怕你的天魅凝陰只能和她平分秋色，爲何反說可摧殘她？」

里赤媚微笑道：「假設剛才絕天說的是：『看不到有任何人受傷。』我現在會立即下令全軍撤退，因爲雙修府之戰將因秦夢瑤的介入必敗無疑，但現在我可告訴你們，秦夢瑤的劍心通明仍有破綻，那破綻就是韓柏，因爲她眞的愛上了韓柏。嘿！好小子。」他不由想起韓柏反撐在他小腹的那一腳。

眾人聽得齊感茫然，爲何看不到有人受傷，反代表秦夢瑤的劍心通明更臻極境？

里赤媚道：「龐老曾翻閱過慈航劍典，事後告訴我劍心通明的最高意境，在於『無念勝有念，無跡勝有跡』十個字，若連絕天也可看到有人受傷的痕跡，那秦夢瑤仍差了那麼一點點，所以我判斷出她亦受了一定程度內傷，四密尊者均達先天秘境，豈是易與之輩。」

眾人聽得心悅誠服，無話可說。秦夢瑤那種高手，等閒不會受傷，若受傷的話，必然非常嚴重，難以痊癒。

里赤媚沒有半分自傲，淡然道：「我本想親自截擊秦夢瑤，現在實無此需要，何況紅日法王一得到四密尊者以藏密心法傳給他的敗訊，必會拋下一切，立即趕去與秦夢瑤決一雌雄，我們亦毋需向紅日爭取頭籌。只須在適當時機插上一手就足夠了。」

由蚩敵道：「趁還有些時間，我們不如去把戚長征幹掉？」眾人均表贊成，顯示出和戚長征所結下的仇恨，已深不可解。

里赤媚搖頭道：「萬萬不可，那等於硬要將封寒逼出山來，多他這樣一個能使平淡趨於絢爛的強敵，於我們有百害而無一利。」

蒙大皺眉道：「那我們是否應找個地方喝杯酒、吃碗麵、並且歇歇腳？」

里赤媚笑道：「這眞是個好提議，就讓我們到南康去，因爲不捨也到了那裏，我們今晚可順道看看他去那裏幹甚麼。明天才上雙修府。」接著雙目寒光一閃道：「只要鷹飛知道戚長征將他的女人弄上手，我包保他立刻趕上兩人，貓捉耗子般把他們弄死。」

范良極和韓柏這對難兄難弟，剛上完課，苦著臉往上艙走去。這位置近於船頭的兩層船艙，和上艙頂的望台是其他守衛的禁地，全由范豹和增援而至的二十八個怒蛟幫精銳，扮作護院和家丁把守，范豹還特別調來了四位聰明嬌俏，武功高強的女幫眾，扮作婢女，服侍各人。

一邊走上樓梯，韓柏一邊怨道：「扮甚麼鬼專使，現在想到雙修府湊湊熱鬧也不成。」

范良極兩眼一瞪道：「你是想去找秦夢瑤伺機混水摸魚般佔佔口舌便宜才眞吧？」

韓柏氣道：「不要以小人之心，度我君子之腹，我是爲大家著想，才有這個想法。若不用裝神弄鬼，起碼不用像是兩個高句麗棄嬰般牙牙學語！你也不用困在這裏，下一盤棋輸一盤棋，受盡陳老鬼的凌辱糟蹋。」

范良極頹然往上走去，嘆道：「說得有點道理，連棋聖陳都因教我們這兩個不肖學生以致疲勞過度，滾了回房去睡午覺。」

兩人這時走至上艙，長廊靜悄無人，一片午飯後的寧靜安詳。

韓柏乘機打了個呵欠，道：「我也累了，趁還有兩個多時辰才到鄱陽，讓我好好睡一頓午覺吧！」

范良極伸手搭著他肩膀，嘻嘻笑道：「你眞的是去睡覺嗎？」

韓柏老臉微赤，道：「凡事都要保持點含蓄神秘才好，告訴我！假若雲清現在就在房中等你上床，你會不會回去睡午覺？」

范良極一愕道：「這也說得有點道理。」

韓柏得理不饒人，道：「我這樣做，是爲大家好，若我功力盡復，楞嚴派人來救那八個小鬼時，就不用你四處奔波，疲於奔命。」因到了鄱陽後，他們的船將會停泊下來，等待浪翻雲行止。敵人若要來，就應是在那數天之內。

范良極嘿嘿怪笑道：「韓大俠眞偉大，你儘管回去找柔柔睡覺，看來我唯有串串浪翻雲的門子，讓時間過得快一點。」

韓柏一把抓著他，低聲道：「你不怕浪翻雲正在睡午覺嗎？」說完猛眨了兩下左眼。

范良極笑罵道：「你眞是以淫棍之心，度聖人之腹，你看不出浪翻雲爲詩姑娘治病嗎？而且浪翻雲從不以你那種淫棍式的眼光看詩姑娘。」

韓柏愕然道：「治甚麼病？」

范良極啐道：「你連詩姑娘經脈鬱結都看不出來，眞讓我擔心你那淺小如豆的眼光見識，將來如何應付滿朝文武百官。」

韓柏落在下風，反擊道：「若他兩人眞的……嘿！你也不會知道吧！」

范良極兩眼一翻，以專家的語調道：「怎會看不出來？常和男人上床的女人自有掩不住的風情，噢！我差點忘了告訴你，自我碰上朝霞後，從沒有見過陳令方到她房內留宿，所以你若肯細看朝霞，當可發覺她眉梢眼角的淒怨。」接著撞了他一肘，怪笑道：「懷春少婦，哪耐寂寞，表演一下你的風流手段吧！」

韓柏聽得呆了起來，難道陳令方力有不逮，否則怎會冷落這麼動人的美妾？

范良極嘆道：「不要以爲陳令方這方面不行，當他到其他妾侍房中過夜時，表現得不知多麼威風，還勇猛得讓我懷疑他是否眞是惜花之人呢，所以我才想爲她找個好歸宿，在沒有其他選擇下，唯有找你這個廖化來充充數，白便宜了你這淫棍。」

韓柏出奇地沒有反駁，眼中射出下了決定的神色，默然片晌後，往自己的上房走去。范良極則逕自找浪翻雲去了。

韓柏看過自己的房和柔柔的房後，大爲失望，兩房內都空無一人，柔柔不知到哪裏去了。他走出房外，正躊躇著好不好去參加浪翻雲和范良極的小敘，開門聲起，左詩由朝霞的房中出來，見到他俏臉微紅道：「找你的專使夫人嗎？」說完臉更紅了，顯是洞悉韓柏不可告人的意圖。

韓柏心急找柔柔，厚起臉皮道：「詩姊姊請指點指點！」

左詩嗔道：「誰是你姊姊？」

韓柏使出他那無賴的作風道：「當然是詩姊姊你，小柏自幼孤苦無親，若能有位姊姊時常責我教我，那眞是好極了。」其實這幾句話他確是出自肺腑，絕無半點虛情假意，事實上他也極少作違心之言。

左詩橫了他一眼道：「我這個姊姊有甚麼好？我最愛管人罵人，你這頑皮的野猴受得慣嗎？」

韓柏見她語氣大爲鬆動，心中大喜，認左詩爲姊本是浪翻雲一句戲言，但對他這孑然無親的人來說，卻搔到癢處，何況是這麼動人的姊姊，給她罵罵管管不知多麼稱心，連忙拜倒地上，涎臉叫道：「詩姊姊在上，請受弟弟一拜。」

左詩只是和他鬧著玩玩，豈知這無賴打蛇隨棍上，立刻面紅耳赤，慌了手腳，扶他起來不是，但若讓他那樣拜在地上，給人撞上更加不好，只有急叫道：「快站起來！」

韓柏大樂道：「詩姊姊先答應認我作弟弟再說。」

左詩頓足道：「你現在就不聽教了，教我如何當你的姊姊？」

韓柏大喜站起來道：「詩姊詩姊詩姊！」連叫三聲，眼圈一紅，低聲道：「我終於有親人哩。」

左詩亦是心頭一陣激動，自己何嘗不是除了小雯雯外，孑然一身，浪翻雲對自己雖是關懷備至，但他總像水中之月，似實還虛，難以捉摸。兩人各有懷抱，一時默然相對。

好一會後左詩如夢初醒，道：「你不要以爲我認定了你作弟弟，還要觀察你的行爲，始可決定。」

韓柏苦著臉道：「我只是個野孩子，不懂規矩，詩姊最好教我怎樣做才算是正確。」

左詩「噗哧」一笑道：「不要這樣子，你做得挺不錯了，只是急色了點。」接著轉身往浪翻雲的房間走去，到了門前停下，轉過身來道：「你的柔柔在霞夫人房內。」再甜甜一笑，敲門進房。

韓柏喜得跳了起來，覺得自己愈來愈走運，愈來愈幸福，唯一的缺陷只是秦夢瑤不在身旁。他整整身上的高句麗官服後，走到朝霞房門，曲指剛想叩下去，想道：「這是朝霞的閨房，是除陳令方外所有男人的禁地，自己這樣闖進去，豈非眞的變成登徒浪子，狂蜂浪蝶？」

正猶疑間，門給拉了開來，香風起處，溫香軟玉直撞入懷內。韓柏怕對方跌傷，猿臂一伸，將她摟個正著。隨之在門後出現的赫然是柔柔，和他面面相覷。懷內的朝霞給他摟得嬌軀發軟，嚶嚀一聲，若非給韓柏摟著，保證會滑到地上。這時雖是秋涼時分，一來時當正午，二來艙內氣溫較高，兩人的衣衫都頗爲單薄，這樣的全面接觸，只要是成年的男女便感吃不消，何況兩人間還已有微妙的情意。要知此時韓柏得浪翻雲提點後，不再刻意壓制心內的感情慾念，又正值情緒高漲，要找柔柔胡天胡地的當兒，恰似箭在弦上，蓄勢待發。另一方的朝霞卻是深閨怨女，飽受苦守空幃的煎熬。正是乾柴烈火，這下貼體廝磨，箇中反應，可以想像。韓柏不堪刺激，慾火狂升，若非柔柔擋在門處，怕不要立即抱起朝霞，進房內大逞所欲，甚麼道德禮教，都拋諸腦後，更何況妻不如妾、妾不如偷，現在是「理直氣壯」去偷人之妾，更刺激起體內魔種本性。朝霞面紅耳赤，尤其她並非未經人道的黃花閨女，身體立刻感觸到韓柏的異樣，一時迷失在這可愛有趣的年輕男子那具有龐大誘惑力的擁抱裏。

柔柔「呵」一聲叫了出來，道：「公子！」

朝霞全身一震，醒了過來，纖手無力地按上韓柏的胸膛，象徵式地推了一把，求饒似的呻吟道：

「專使大人！」

韓柏強忍著慾火似要爆炸的感覺，用手抓著朝霞豐滿膩滑的膀子，把她扶好，歉然道：「是我不好，剛想拍門……你就……嘿！」

朝霞嬌柔無力地站直身體，輕輕掙了掙，示意韓柏放開他的大手。韓柏戀戀不捨地鬆手，往後退了小半步。

朝霞仰起燒得紅透玉頸的艷麗容顏，櫻唇輕啓，微喘著道：「不關專使的事，是朝霞不好，沒有看清楚就衝出門來。」這時她早忘了韓柏不論任何理由，也不該到她房內去。也忘了以韓柏的身手，怎會不能及時避到一旁。兩人眼神再一觸，嚇得各自移開目光。

朝霞背後的柔柔橫了韓柏一眼，道：「公子是否找奴家？」

韓柏期期艾艾道：「噢！是的！是的！」

朝霞乘機脫身，往膳房走去道：「讓我弄些點心來給專使和夫人嚐嚐。」

直到她撩人的背影消失在長廊轉角處，韓柏的靈魂才歸位，一把拖著柔柔，回到自己的房內去，還把門由內關緊。

范良極走進房內時，浪翻雲正憑窗外望，喝著久未入喉的清溪流泉，見他進來，笑道：「范兄請坐，我很想和你聊幾句哩。」

范良極接過浪翻雲遞來的酒，一口喝乾，劇震道：「天下間竟有如此美酒，使我感到像一口吸乾了大地所有清泉的靈氣。」

浪翻雲微笑道：「這是女酒仙左詩姑娘釀出來的酒，用的是怒蛟島上的泉水，名為清溪流泉，范豹知我心事，特別運來了兩罈，我見雙修府之行在即，怎可無酒盡歡，忍痛開了一罈來喝，范兄來得正好。」

范良極正容道：「無論浪兄如何捨不得，我可以坦白對你說，當你由雙修府回來時，必然半滴酒也不會剩下來；因為無論你把餘下那罈藏到了哪張床底下，我誓會把它偷來喝掉。」

浪翻雲失笑道：「你這豈非明逼著我要立刻喝光它？」

范良極陰陰笑道：「那還用說嗎！」

兩人齊聲大笑，都有酒逢知己千杯少的痛快。浪翻雲像忽然回到了和上官飛左伯顏凌戰天等對酒高歌的遙遠過去裏，重新感受著酒杯裏的眞情。

范良極讓浪翻雲斟滿了清溪流泉，互相碰杯後，各盡一杯，感慨地道：「難怪你能和左詩相處得如此融洽投機，因為一個是女酒仙，一個是男酒鬼。媽的！眞是好酒，使我整個人全放鬆了，一點憂慮也沒有。媽的！清溪已是厲害，還要在其中再來一道流泉，眞要操他奶奶的十八代祖宗。」

浪翻雲含笑聆聽著這名震天下的首席大盜醉後包含著深刻智慧的粗話，靜默了片晌，道：「范兄不知是否與我有同感，只有清溪流泉才使人眞正體會到『醉』的妙境，其他的都不行，包括她父親左伯顏的紅日火在內，仍嫌邪了半分。」

范良極挨在椅背上，掏出盜命桿，燃著了煙絲，一口一口地呑雲吐霧起來。不旋踵又踢掉鞋子，竟然蹲踞椅上。

浪翻雲看進酒杯裏去，想著：天下間還有甚麼比酒更美妙的事物？只有在酒的迷離世界裏，他才能盡情地去思念紀惜惜。

范良極奸笑一聲，道：「浪兄會不會因愛上了清溪流泉，也因此愛上了創造它的女主人呢？」

浪翻雲微微一笑，道：「你吸的煙絲眞香，給我嚐一口。」

范良極見有人欣賞他的東西，而且更是「覆雨劍」浪翻雲，喜得呵呵一笑，特別加了把菸絲，遞過去給浪翻雲，道：「除了清溪流泉外，保無對手。」

浪翻雲深吸了一口，再運氣扯入肺內，轉了幾轉，分由耳孔鼻孔噴射出來，動容道：「這是武夷的『天香草』！」把盜命桿遞回給范良極。

范良極接過煙桿，愛憐地看著管上的天香草，嘆道：「我正在後悔上次去偷香草時偷得太過有良心。」想起清溪流泉，浪翻雲感同身受，和他一齊長嘆。這時左詩推門進來，見兩人在聊天，微笑坐到床沿。

浪翻雲溫柔地道：「詩兒！爲何如此意氣飛揚？」

左詩心中嚇了一跳，暗忖難道自己是爲多了韓柏這個義弟而開心嗎？這令她太難接受了。慌忙道：「沒有甚麼，只是剛才和柔柔及霞夫人談得很開心吧。」

浪翻雲嘴角抹過一絲另有深意的笑意，望向范良極道：「不知范兄有沒有想過一個問題，就是當楞嚴的手下來救人時，只要你和韓柏一出手，立刻就會洩了底細。因爲他們正在找尋你們，故特別留心敏感。」

范良極得意笑道：「我怎會沒想過這問題，且早想好妙法應付，包保對方看不穿我們。唉！可惜卻沒有了你浪翻雲，唯有靠詩姊姊的義弟柏弟弟了。」

左詩本聽得津津入味，到了最後那幾句，如在夢中驚醒地「哦」一聲叫了起來，立刻羞紅了俏臉，曉得剛才和韓柏說的話，沒有一字能漏過兩大頂尖高手的法耳。不由暗恨起韓柏來。或者眞要管管這害人的傢伙了。想到這裏，左詩芳心一震，省悟到自己確有點情不自禁地喜歡韓柏，而浪翻雲卻在一旁像個親大哥般鼓勵著她，告訴她這才是好歸宿。想到這裏，不由幽怨地看了浪翻雲一眼。

浪翻雲長身而起，來到左詩旁邊，伸手搭在她香肩上，輕鬆隨意地道：「詩兒！不要在只有一個選擇時下任何決定，讓自己多點時間，多些選擇，你才知哪個眞是最好的。」頓了頓再道：「無論你是哪個選擇，只要你認爲是最好的，浪翻雲都有信心保證他會接受，且范兄就是保人。」

谷倩蓮一洗先前慘淡的花容，毫不避嫌地拉著風行烈的手，在通往後山的小徑上走著，不斷唱著動人的江南小調，令人陶醉的秋波，毫不吝嗇地向剛佔有了自己處子之身的軒昂男兒拋送。風行烈有種盡舒舊鬱的感覺。怪疾已癒，心的枷鎖又在谷倩蓮美妙的肉體處找到了打開的寶匙。那並非代表了他心中再沒有靳冰雲，而是拾回了往昔被摧殘了的自信心。到現在才能確切肯定他眞的和谷倩蓮墜入了那愛的長河裏，以前他始終只是半信半疑。這時來至雙修山的高處，俯瞰山腰處連綿的府第，有種離開了煩囂塵世的感覺。谷倩蓮半挨在他懷裏，以出谷黃鶯般的嬌嗲聲音，向他介紹雙修府的形勢和勝景。

風行烈向著這剛由少女變成了小婦人的美女微笑道：「假設雙修府之戰我們能幸而不死，又應到哪裏去？」

谷倩蓮嬌軀一顫，將俏臉後仰，枕在風行烈寬闊安全有若淵渟嶽峙的肩膊處，驚喜地道：「行烈！你是第一次和倩蓮談及我們的將來。」

風行烈哈哈大笑，不理谷倩蓮的抗議，將她攔腰抱起，繼續往後山走去，嘆道：「我多麼希望雙修府事了之後，找個山林隱逸之地，和你雙宿雙棲，過一段神仙日子，順道潛修武技，待攔江之戰後，才再決定何去何從。」

谷倩蓮纖手緊摟著他的脖子，欣悅地道：「小蓮會好好作你的妻子，全心全意伺候你，爲你浣衣造飯，烹茶煮酒。」

風行烈愕然道：「你不用理你的小姐了嗎？」

谷倩蓮玉容轉冷，好一會後狠狠道：「我恨她！恨她！恨她！恨她將自己嬌貴的身體白送給那傻子。我再不能忍受留在這裏。」

風行烈憐惜地吻上她的臉蛋，道：「我明白你的感受。不用傷心！無論我到哪裏去，都會把你帶在身旁，永遠不會捨棄你。」

谷倩蓮喜上眉梢，指著下面林木掩映裏的一座小石屋道：「那就是震北先生的『忘仙盧』了。」

水柔晶緩緩醒轉，驚喜地發覺自己正睡在戚長征懷裏，坐在屋前的一張木椅內。封寒戴著竹笠，在水田裏工作著，漫天陽光下，一切景物都給提升到一種超越了現實的奇異層次裏。乾虹青坐在旁邊的椅子上，正和戚長征親切地閒聊著。小谷內蟲鳴鳥唱，有種使人懶得動也不想動的氣氛。

水柔晶忽地記起正被人追殺，一驚下在戚長征腿上坐起來，驀然感到懷內有團毛茸茸的東西，「呵，」一聲喜叫道：「噢！小靈貍！」小靈貍熱烈地擺著尾巴，大鼻子往她粉頸又鑽又嗅。

乾虹青笑道：「柔晶你醒了，快多謝長征吧！若非他以體氣助你復元，恐怕你要今晚才能醒來哩。」

水柔晶抱起小靈貍，讓牠能好好地和自己親熱，絲毫沒有離開戚長征腿上的意思，向乾虹青道：「我只謝青姐你，不會謝他，因爲我是他的女人，保護我是他的天職。」

戚長征哈哈大笑，道：「到現在我才明白淩大叔教我們拈花惹草時要小心的訓誨，因爲一不小心，會多了很多的天職。」

乾虹青像看著個頑皮的弟弟般瞪了他一眼道：「你也不知哪裏修來的福分，得到柔晶以身相許，還在說風涼話。」

水柔晶坐側了少許，向著乾虹青，也讓小靈貍和戚長征正面親熱親熱。看到小靈貍的大鼻湊向戚長征時他的尷尬樣子，水柔晶不住發出奔放爽朗的嬌笑。

封寒這時由水田走回來，脫下竹笠，用搭在肩上的汗巾拭掉臉上的汗水，望著像個快樂純眞小女孩的水柔晶，點頭道：「這是年輕人才會有的開懷忘憂，看到水姑娘，我感到自己老了。」其實他心中想到的卻是水柔晶必是天生樂觀的人，否則爲何醒來後像完全忘了自己背叛了方夜羽，忘了四周仍是危機四伏的險惡環境。

水柔晶站了起來，將小靈貍放在肩上，走到封寒身前，小嘴竟在封寒臉上吻了一口，感激地道：「叔叔！水柔晶很感謝你。」一陣嬌笑，毫無避忌地坐回戚長征大腿上。

封寒呆在當場，忽地哈哈一笑，來到乾虹青旁的椅子坐下，朝著戚長征道：「里赤媚的人撤走了，我知你心急趕回怒蛟幫，不過我看最好你能在這裏多留兩三天。」

戚長征嘆道：「我實在很想留在這個美麗的小谷，但卻做不到，早先柔晶告訴我，我幫的形勢險惡非常。」

乾虹青見封寒呆看著水田景色，伸出玉手過去，讓封寒握著，柔聲道：「你是否捨不得這地方？」

封寒微笑道：「我再也當不成刀手了，因爲已沒有了以前能捨棄任何物事的襟懷，也沒有了爭霸天下的壯志，虹青！隨我到塞外去吧！我自幼便憧憬著在荒原上逐水草而居，坐看朝陽從大地升起來，黃昏落下去的壯麗美景。」

乾虹青點頭道：「無論你到哪裏去，我都會跟在你身旁，直至老死。」

戚長征歉疚地道：「前輩……」

封寒喝止道：「不用說多餘的話，橫豎也要走，我們立即就走。」

乾虹青站了起來，道：「我去收拾細軟。」回屋去了。

水柔晶也站起來道：「青姊！讓我助你！」抱著小靈貍追著去了。剩下兩個男人，一老一少兩代的用刀高手默然坐著。

封寒拿起挨在椅旁的寶刀，遞過去給戚長征道：「此刀名『天兵』，乃百年前一代名匠北勝天採自天山冷泉內稀有的寒鐵打製而成，鋒利無倫，與浪翻雲的『覆雨劍』、龐斑昔日的『三八雙戟』、言靜庵的『飛翼劍』、厲若海的『丈二紅槍』，並稱江湖上的五大名器，今天對我已無關重要，我就把它傳給你，戚長征你絕不可辜負我這番心意。」

戚長征連忙跳起來，在封寒面前跪下，雙手高舉接過「天兵」寶刀，口中應諾。

封寒嘴角露出一絲笑意，道：「趁現在還有點時間，我便將多年左手用刀的竅要，盡傳與你，但你卻不可當我是師父，明白嗎！」

戚長征大喜應道：「小子明白！」

第九章

種魔大法

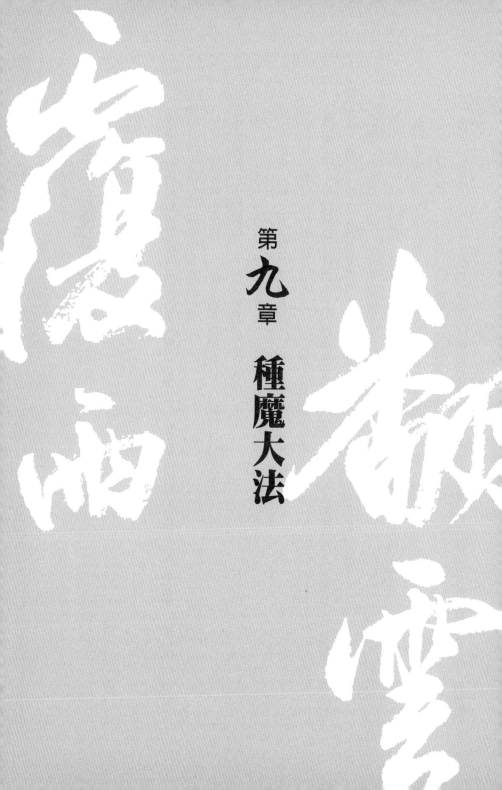

第九章　種魔大法

柔柔坐在梳粧鏡前整理著高起的美人髻，換了另一套有暗鳳紋的絳紅色高麗女服，眉梢眼角盡是掩不住的春情，俏目閃耀著幸福滿足的華采。

坐在一旁的韓柏嘆道：「范老頭說得沒有錯，現在連我都會看了。」

柔柔拋來一個媚眼道：「范大哥教會了你甚麼？」

韓柏坦言道：「你的老頭大哥教會了我怎樣去分辨有男人寵愛的女人。」

柔柔橫他一眼，若嗔若喜地低罵道：「你們都是大壞蛋！」

范良極的聲音在門外突然響起道：「浪翻雲要到雙修府去了，你們不出來送行嗎？」

隆隆聲中，官船緩緩往碼頭泊去。韓柏應了一聲，走出門外，浪翻雲和左詩都站在長廊裏。左詩見他出來，垂下了目光，神態有點異乎平常，看得韓柏心中升起一股奇怪的感覺。

浪翻雲向他微笑道：「小弟這個午覺睡得好嗎？」

韓柏老臉一紅，期期艾艾答非所問地道：「我並不是那麼習慣睡午覺的。」

這時柔柔走了出來，到了左詩旁親熱地挨挽著她道：「浪大俠定要快點回來，免得詩姑娘掛心。」

范良極冷然道：「只爲了清溪流泉，浪翻雲自會趕回來。」

浪翻雲失笑道：「范兄眞知我心。」轉向左詩道：「聽說雙修府有一種叫香衾的特有名花，我摘回來給詩兒插在鬢邊上。」

左詩喜道：「你最少要摘三朵回來，讓我可送給柔柔和霞夫人。」

陳令方的笑聲傳來道：「好一個愛花惜花之人，陳某佩服佩服！」

跟在後面的是垂著頭的朝霞。韓柏和范良極對望一眼，同時猜到對方所想到的問題。現在陳家實質只剩下陳令方和朝霞兩人，伺候陳令方起居的工作，自然落到朝霞肩上，使兩人接觸機會大大增加，說不定陳令方會對朝霞燃起新的愛意，那樣問題便大了。若朝霞不再是怨婦，他們亦失去了「勾引朝霞」的「道德支持基礎」。

浪翻雲淡淡道：「陳老心情看來甚佳。」

陳令方道：「我的心情本來大大不好，但一見到你們，甚麼煩惱都給拋諸腦後，甚至變成了樂趣。」

范良極嘿然道：「麻煩來了！定是與胡節有關。」

左詩道：「陳公煩些甚麼事呢？」

陳令方長嘆道：「明晚這艘官船，將會比沿江任何一間妓院都要熱鬧，因為胡節聯同了鄱陽五府的府督，召來名妓，在船上設宴歡迎我們，你說我們該不該煩惱？」

浪翻雲伸手拍拍范良極老削的肩膊，啞然失笑道：「希望你沒忘記曾保證過有應付的方法。對不起！我要失陪了！」

風行烈和谷倩蓮踏進忘仙廬的小廳時，烈震北攤開紙墨，運筆疾書。他的手握著長筆管的盡端，手肘離檯，垂直大筆，以中鋒寫出令人難以相信的蠅頭小字，字體秀麗整齊，就若以最細的筆鋒寫出來那樣。

見到兩人，烈震北放下毛筆，蒼白秀氣的臉上綻出一絲微笑，眼光落到谷倩蓮身上，慈和地道：「在這裏一住就是七年，小蓮你也由一個整天作弄人的黃毛丫頭，變成亭亭玉立的出眾少女，現在夫婿都有了。」

谷倩蓮像忘記了烈震北只還有兩天的命，不依地道：「先生取笑人家！」

風行烈有點作賊心虛，改變話題道：「今早先生說及道心種魔大法，說到一半，沒有再說下去……」

烈震北揮手打斷他的話，沉吟片晌，長嘆一聲道：「這是牽涉佛道兩家和魔門所傳說的『最後一著』。」

風行烈和谷倩蓮愕然齊聲道：「最後一著？」

烈震北眼中射出憧憬和渴望的神色，緩緩點頭道：「是的！最後一著。」

兩人知道他還有下文，靜心等候著。烈震北望著窗外陽光漫天下的山巒遠景，長長吁出一口氣道：「無論是魔或道的修練過程，由入門開始，直至最高深的層次，無不有前人的典籍可尋，像慈航靜齋的劍典，藏密的智慧書，傳說中的戰神圖錄，少林的達摩訣、淨念禪宗的禪書，又或流傳下來的佛經道典。唯有這能超脫生死，成仙成佛的最後一著，卻不見於任何典籍。」頓了頓，喟然道：「因為知道這最後一著的人，就像找到了這生死囚籠的缺口，飄然逸走，再也不回來，或者根本回不來了，就像我佛釋迦牟尼的涅槃，大俠傳鷹的飛馬躍空而去，對尋求仙道的人來說，最後一著始終是千古奇謎。」

風谷兩人聽得目瞪口呆，古往今來，修仙修道的人多如恆河沙數，但眞正悟通最後一著，致成仙成聖的究竟有多少人？

烈震北道：「魔門的道心種魔大法，就是針對這最後一著竭盡無數智慧人力憑空構想出來的偉大功法，但能否就此達至破空仙去的境界，卻從未有人試過。」

風谷兩人不約而同深吸一口氣，以壓下心中的震撼和激動。

烈震北眼中射出緬懷和憂哀的神色，嘆了一口氣道：「十六年前，我曾摸上慈航靜齋，見到言靜庵，可惜我比龐斑遲去了七年，否則我和靜庵或將不止是知心好友。」

風谷兩人對望一眼，均知烈震北原來暗戀上武林兩大聖地至高無上的兩個領袖之一的言靜庵。也感受到烈震北傷心人的懷抱。

烈震北完全沉湎在當年使他既心醉又心痛的回憶裏，長長吁出一口梗在心頭的悲鬱之氣，徐徐道：「靜庵告訴我龐斑的魔功已到了登峰造極的化境，只差那最後一著，便可超脫塵世，成仙成聖。」

風谷兩人頭皮發麻，這個對龐斑的批評，出自言靜庵之口，使人沒辦法懷疑，如此說來，浪翻雲也不是他的對手了。

烈震北續道：「龐斑雖出身魔門，卻非殘忍好殺之人，但事實上黑白兩道死於他手上的頂級高手，又確是難以計數。」

谷倩蓮皺眉道：「先生這話不是有些矛盾嗎？」

烈震北微笑道：「行烈！你明白我這些話背後的含意嗎？」

風行烈點頭道：「當年傳鷹大俠決戰八師巴於高崖之上，其時情況雖無人可知，但觀乎八師巴立即拋開一切，返回布達拉宮，觸地成佛，可見在生死決戰的時刻，會把決鬥者靈力提升至生命的最巔峰，發生一些在平日裏絕無可能發生的事，甚至悟破這最後一著的玄虛。」

烈震北點頭讚道：「說得眞好！六十年來，龐斑一直在尋找一個相埒的對手，現在他終於找到了，那就是浪翻雲。」接著一陣狂笑，仰天叫道：「靜庵呵！你終於成功了，只有你才可助龐斑練成道心種魔大法。」

兩人爲之愕然，爲何言靜庵竟會助龐斑去練那邪異無倫的道心種魔大法？

烈震北沉默下來，待情緒平復後，緩緩道：「道心種魔大法乃魔門秘法裏最詭異莫測的『鎖魂術』，一般的鎖魂術就如天竺的催眠法，在某一短暫時間內把兩人的心靈連接起來，但道心種魔大法卻高了無數的層次，可把兩個人的元神鎖起來，一個是種子，一個是爐鼎，鼎滅種生，種子便吸收爐鼎死亡時三魂七魄散離釋放出的龐大能量，超脫生死，離凡入聖，確是勘破生死的千古奇術。」

風行烈蹙起劍眉道：「既然種魔大法古今從未有人成功過，又是憑空構想出來的方法，龐斑怎肯花二十年苦功去追求這麼虛無縹緲的功法？」

烈震北哈哈笑道：「世上還有甚麼比仙道之說更不實在，更難把握的。修仙煉道的人，就像被困在一座沒有出路的塵世大監獄裏，只要知道某處或有一出口，誰耐得住不去試試看，道心種魔大法正是這樣一個可能的神秘出口。」

烈震北不理兩人的震駭，道：「種魔大法整個竅要，植基於魔門的魔種和道家的道胎兩種極端不同的功法而來，簡而言之，就是如何把魔種和道胎合二爲一，龐斑雖因行烈體內奇異的生氣，不能滅去爐鼎，但卻成功地將魔種轉化成道胎，獲得了元神的再生，只差小半步，便可跨越天人之隔，烈某眞是佩服得五體投地。」

兩人聽得茫無頭緒，連問問題也不知從何問起。

烈震北道：「你們感到難以明白箇中玄妙，是非常合理的，因為那牽涉到人類神秘的心靈力量。或者我簡單些向你們說出道心種魔的過程，或可助你們有多點的了解。」

風行烈虎軀一震，因為他知道烈震北即將要說出來的事，直接和他有關，也和靳冰雲有關。

韓柏的房內，陳令方、范良極、韓柏和范豹四人在商量怎樣應付明晚的盛宴。

陳令方道：「我本以安全作為理由，推了按察都檢司白知禮安排在他公廨內的洗塵宴，但到他們要到船上來時，我卻是再難推搪，因為這是不可廢的禮節應酬，我想拒絕也說不出口來。」

范良極瞪他一眼道：「這可好了！數百人湧了上來，教我們如何應付，范老宗，你有沒有辦法？」

范豹苦笑道：「有宗兄在，本來我是一無所懼，但胡節如此明來搶人，我們反拿他沒法，若我們立即由水路把人運走，又恐逃不出他們勢力龐大的魔爪。」

陳令方道：「不如殺了他們，一了百了。」

范良極瞇著雙眼仔細看了他一會，點頭道：「無毒不丈夫，這不失為一個辦法，雖然是可惜了點，總好過洩出了浪兄在船上的秘密。」

韓柏哈哈一笑，站了起來，搖頭擺腦往房門走去，道：「唉！有人在浪大俠前誇下海口，我倒要看看那是個怎麼樣的口。是河口？溪口？還是井口？又或只是一泓死水的臭渠口？」

范良極大怒由椅上跳了起來，在韓柏開門前老鷹捉小雞般一把將他攫著，正要曉以大義，重重教訓，韓柏及時迅速在他耳旁低聲道：「你把陳老鬼拖在這裏，我乘機去勾引朝霞。」

范良極微一錯愕，鬆開了手，讓韓柏逃出房外，出了一會神，緩緩轉過頭來，倏地捧腹大笑道：「我想到了個很蠢、很簡單，但是又很有效的方法！」

韓柏走出長廊，往朝霞的房艙走去，經過左詩的房門前，忽地聽到房內柔柔的聲音響起道：「那你是不是愛上了浪大俠？」

韓柏明知偷聽女兒家私語是不對的，可恨這句話確有無比魔力，又由於對新認姊姊的關心，硬是邁不開腳步。

一陣沉默後，左詩幽幽嘆道：「我也弄不清楚我們間是兄妹之愛多一點，還是男女之愛多一點，但我知他確是疼惜我，肯爲我做任何事。柔妹！我的心很亂。」

柔柔道：「浪大俠說得對，詩姊給自己點時間吧！讓一切自然發展，終有一天你會得到最好的選擇。」

左詩嘆道：「攔江之戰一天未分出勝負，我都不會有安樂的好日子過，只是擔心就可把我煩死了。唉！這也是我最憂心的地方，在攔江之戰前，我絕不想大哥爲我的事分心，不想他有任何牽掛。」

聽到這裏，韓柏本要走，但柔柔忽低聲問道：「假若浪大俠不幸戰敗身死，你會怎麼辦？」

左詩平靜但堅決地道：「我會以死爲他殉葬。」

柔柔道：「這正是浪大俠最擔心的地方，難道你想小雯雯沒有了母親嗎？」

左詩道：「就算我不自殺，也會活生生鬱死，我最清楚自己的事。」

柔柔道：「那你爲何還懷疑自己對浪大俠的愛。」

左詩幽幽再嘆道：「柔妹你不明白的了，我和浪大哥的關係很複雜，他是自幼藏在我心中一個美麗的傳說和神話，是我父親最親愛的酒友，也是最懂欣賞我釀出來的酒的偉大酒徒，和他一起時，每一刻都是美妙無倫的，但那是否男女之愛，我卻不知道。」

柔柔低聲道：「那你有沒有渴望和他親熱歡好？」

這句話又把門外欲走的韓柏留在原地，不知如何，他確想聽聽這香艷刺激的答案。

左詩沉默了一會，才輕輕道：「大哥有種灑然超脫於男女肉慾之外的氣概，即使他碰我的身體，甚至抱著我，我會感到很快樂、很滿足，但卻從沒往男女情慾方面想過去，但若他不嫌我，我會毫不猶豫把一切都交給他，但我知道他不會這麼做的，在他心裏，只有一個紀惜惜，再容納不下別的女人。不要以爲我在怪他怨他，我絕對沒有這意思，只要大哥肯喝我爲他釀的酒，我就再無他求了。」

韓柏聽得肅然起敬，因爲秦夢瑤也有那種氣質，但他仍渴想得到她的身體，嘆了一口氣後，終邁步往朝霞的房艙走去。

烈震北道：「種魔大法有三個條件，就是種魔者、爐鼎和魔媒。」頓了頓續道：「首先要種魔者達到類似元神出竅的境界，才有資格借鼎播種，以這次來說，種魔者就是龐斑，爐鼎便是行烈了。」

風行烈一呆道：「魔媒是否靳冰雲？」

烈震北點頭道：「傳統的種魔大法，魔媒是某樣物件而非人，總之這魔媒無論是塊玉牌，又或一條絲巾，一把刀，都帶有種魔者的精神異力，使種魔者和活人爐鼎生出微妙的感應和聯繫，無論活爐鼎去到天涯海角，也逃不出種魔者的精神感召，邪詭非常。所以歷代敢修此法者，莫不是魔門擁有大智大慧、出類拔萃之輩。」

谷倩蓮伸出纖手，握緊了風行烈顫震著的手。烈震北現在所說的，無不是超越了一般武功範疇的魔功邪術，教聞者怎不心驚膽跳。

烈震北仰天一笑，搖頭道：「至於以人爲媒，以情爲引，橋接種魔者與爐鼎的元神，實乃龐斑妙想天開的創舉，眞虧他想得出來。不過若非靜庵，龐斑也不會想出這妙絕古今的魔媒。」

谷倩蓮看著面如死灰的風行烈，已明白了幾分，悲叫一聲，顧不得烈震北的存在，上身伏進風行烈懷裏，將他摟個結實，以自己的嬌軀予愛郎一點慰藉。

風行烈摟著谷倩蓮火般灼熱的身體，舒服了點，深吸一口氣道：「言靜庵爲何要這樣助他？冰雲與言靜庵是甚麼關係？」

烈震北道：「言靜庵看出當時天下無人是龐斑百合之將，若任由他這樣逐家逐派挑戰下去，不出十年，武林將元氣大傷，一蹶不振，而且若任由龐斑如此肆虐下去，當時各地正在努力推翻蒙人的力量遲早也會冰消瓦解，所以唯一之法，就是助他練成道心種魔大法，起碼可以使中原武林有了喘息的機會，而事實證明了全因龐斑退出了江湖的鬥爭，蒙人終被趕出中原，於此可見靜庵這一著是多麼厲害，影響是多麼深遠。」

風行烈閉上眼睛，好一會後睜開來，道：「我明白了！看來龐斑愛上了言靜庵，但爲何言靜庵不以愛情將他縛在身旁，豈非兩全其美？」

烈震北搖頭道：「靜庵知道這並不是最好的方法，所以憑著龐斑對她的愛，逼他退隱二十年，而龐斑亦藉此良機，退修魔門最高境界的種魔大法。其中再有細節，就非外人所能知了。」

風行烈道：「爲何冰雲會給捲入其中，成爲魔媒。」

烈震北望著窗外，微微一笑道：「太陽快下山了，我們到屋外看看夕陽美景好嗎？」

風谷兩人的心同時抽搐了一下，想到這將是烈震北這輩子能看到的最後第二個黃昏。

到了門外，韓柏鼓起勇氣，輕輕叩響了兩下。房內傳來衣衫窸窣的微響。

輕盈的腳步聲來到門後，朝霞的聲音響起道：「請問是哪一位？」

韓柏聽到朝霞語氣裏的戒備和防範，差點臨陣退縮，拔腳就跑，但待會范良極必會追問他事情進行得如何，那怎樣交代？唯有硬著頭皮道：「如夫人！是我！是韓柏。」

朝霞在門後靜默下來。韓柏見沒有動靜，催促道：「開門吧！」

朝霞在門後急道：「不可以，專使你快走吧！會給人知道的。」

韓柏道：「如夫人不用擔心，你先開門再說。」

朝霞沉默下去，但她急促的喘息聲卻非那道門阻隔得住。韓柏其實亦是情迷意亂，提心弔膽，既想朝霞快點開門，以免給人撞見他在串門子；另一方面，又不知假若朝霞眞的拉開房門，自己應該說些甚麼，或做些甚麼？

朝霞幽幽一嘆道：「公子！求求你不要這樣，朝霞很爲難哩。」

韓柏大喜道：「你終於不叫我專使了，快開門，我和你說幾句話兒後，立即就走，否則我會一直拍門，直至你開門爲止。」沒有辦法下，他唯有使出看家本領——無賴作風。

朝霞懷疑道：「眞的只是幾句話嗎？」

韓柏正氣凜然道：「我以高句麗專使的身分保證這是眞的。」

朝霞「噗哧」一笑嗔道：「人家怎能信你，你這專使身分是假的，還能作甚麼保證？」

韓柏見她語氣大有轉機，忙道：「身分是假，說話卻是眞的，這可由韓柏保證。」

「咿唉！」房門拉了開來，朝霞俏立眼前，一對剪水雙瞳紅紅腫腫，顯是剛哭過。韓柏很想乘機香她一口，終是不敢，由她身旁擠進房內。朝霞把門關上，轉過嬌軀，無力地挨在門上，垂下目光，不敢看他。房內充盈著朝霞的香氣，繡帳內隱見被翻皺浪，氣氛香艷旖旎；偷情的興奮湧上心頭。韓柏轉身走回來，到身體差點碰上朝霞時，才以一手撐在朝霞左肩旁的門上，上身俯前，讓兩張臉距離不到一尺，氣息可聞。朝霞呼吸急促起來，酥胸劇烈地起伏著，檀口控制不住地張了開來，紅霞滿面，眼光怎樣也不肯望往韓柏，卻沒有抗議韓柏如此親近她。韓柏暗罵陳令方暴殄天物，放著這麼動人和善良的尤物不好好疼愛，任她春去秋來孤衾獨枕，天下間再沒有比這更有損天德。

當他剛想替天行道時，朝霞以僅可耳聞的聲音道：「求求你快說吧！給老爺知道便不得了。」

韓柏傲然道：「知道又怎樣？有我在，包保你安然無恙，我還要罵他冷落你多年呢！」

朝霞一震，抬起迷人的大眼，駭然道：「你怎會知道的？」

韓柏暗叫糟糕，表面卻若無其事，暗忖不如栽贓到范良極身上，道：「是老范告訴我的，他的棋雖然下得差，但看相卻是功力深厚，連你平時愛穿甚麼衣服，是否喜歡餵雀他也可以看得出來。」

朝霞震驚地道：「這也是他告訴你的。」韓柏點頭應是。

朝霞想了想，輕咬著唇皮道：「你認爲他肯不肯爲我看相？」

韓柏輕鬆地道：「有我專使大人在這裏，哪輪得到他區區侍衛長擅表意見。」

朝霞「噗哧」一笑道：「你現在哪像專使，只像個頑皮的野孩子。」

韓柏見她在眼前近處輕言淺笑、吐氣如蘭，意亂情迷下，湊嘴往朝霞香唇吻去。朝霞大駭，慌急下伸出手掌，按上韓柏的大嘴。卻給韓柏的嘴壓過來，掌背貼上自己櫻唇，兩人變成隔著朝霞的纖纖玉手親了一個吻。朝霞另一手按在韓柏的胸膛上，想把他推開，總用不上半分力氣。韓柏見只吻到朝霞的掌心，已是一陣消魂蝕骨的感覺，心想一不做二不休，先吻個飽再說，想要拉開朝霞護嘴的玉掌，忽感有異。兩行清淚由朝霞的美眸滑下來。韓柏手忙腳亂下，掏出了一條白絲巾，爲朝霞拭去淚漬，叫道：「不要哭！不要哭！」忽地呆了一呆，想起這是秦夢瑤的絲巾，登時像給冷水蓋頭澆下來，慾火全消。

假若自己如此半強迫地佔有朝霞，那自己和採花淫賊有何分別？秦夢瑤也會看不起他。這時朝霞掩嘴的手已無力地按在他胸膛上，若他想嚐這美女櫻唇的滋味，只消稍微俯前，即可辦到。韓柏心中充滿歉意，拭乾她俏臉上的淚珠，見再沒有珠淚流出來後，移開身體，珍而重之收起秦夢瑤的香巾。

朝霞的手因他移了開去，滑了下來，垂在兩旁，緩緩睜開美目，以幽怨得使人心顫的眼光掃了他一眼，垂下頭去，低聲道：「你是否當我是個喜歡背夫偷漢的蕩婦，否則爲何這樣調戲人家，不尊重人家？」這罪名可算嚴重極矣。

韓柏知道自己過於急進，唐突了佳人，忙道：「我絕沒有不尊重你的意思，請相信我！求你信我吧！」說到最後，差點急得哭了出來。

朝霞抬起俏臉，責備地望著他道：「你剛才不是曾保證過只說幾句話便走嗎？現在看你怎樣對人家，教人如何信你？」

韓柏充滿犯了罪的懊悔，嘆道：「是我不好，你責罰我吧！」

朝霞見他神態眞誠，氣消了大半，幽幽一嘆，把門拉開道：「妾身哪來資格責罰堂堂專使大人，你先出去吧！我想一個人獨自安靜安靜。」

韓柏垂頭喪氣走出門去，站在走廊裏，卻聽不到關門的聲音，愕然回首，朝霞半掩著門，露出艷麗的玉容，美目深注道：「韓柏！」

她還是第一次叫他的名字，聽得他心神一顫，順口應道：「霞姊！」

朝霞給他叫得垂下了頭，好一會才低聲道：「告訴我！你對朝霞是否只是貪著玩兒？」

韓柏衝口溜出道：「不！我想娶你爲妾。」才說出口，立知要糟，對方怎知自己和范良極有這協議，這樣擺明只納人爲妾，誰受得了。

豈知朝霞不但沒有立即給他吃閉門羹，還仰起俏臉，幽幽道：「你這樣說，我反而相信你，因爲沒有人會用這樣的蠢話去騙女人的。」頓了頓又道：「你是否心裏一直這麼想，所以忍不住衝口說了出來？」

韓柏對朝霞的善解人意，大是感激，抹過一把冷汗後，拚命點頭。

朝霞幽怨地望著他，悽然道：「你知不知朝霞身有所屬，再沒有嫁人作妾的自由？」

韓柏心道，我怎會不知，現在擺明是誘你這個他人之妾。口中卻道：「道德禮教是死的，人是活的，我韓柏絕不吃這一套。」

兩人隔著半掩的門，反各自說出了心事。朝霞眼中掠過複雜的神色。她雖是出身青樓，但初夜卻落入陳令方之手，接著由陳令方贖身，所以從未和別的男人有過肉體關係。本下了決心，這一世便從良做這比自己大了近三十年的男人的小妾算了，豈知只過了十多天後，陳令方對她的熱情不住冷卻，最後連她的閨房也不肯踏足半步，使她獨守空房，箇中的淒涼傷心，自苦自憐，唯她個人自知。現在遇上了這充滿了懾人魅力，但又天眞有趣的年輕男子，怎不教她心亂如麻，欲拒還迎。和這可恨卻又可愛的人相對的每一刻，都是驚心動魄，卻沒有絲毫困苦了她多年的空虛或苦悶。

甚至每當想起他時，內心深處都會充滿著既怕且喜的奇異情緒。感情的天地由冰封的寒冬，轉移至火熱的夏季，但她卻要壓制自己心中高燃的情火。這感覺她從未曾由陳令方身上得到半點一滴。可是她又怕韓柏只是貪色貪玩，逢場作戲，那她就給害慘了，以後的日子會更難過，像剛開了眼的失明人，忽又被迫不准看東西。這仍不是她最大的矛盾，而是無論陳令方對她如何不仁，終是她的丈夫，背叛丈夫使她有很重的犯罪感。但又偏是這犯罪感，使她有向陳令方報復的快意。朝霞的芳心亂成一片，要把門關上嘛，又有點捨不得。

開門聲響。韓柏望去，見到被推開的正是有范陳兩人在內自己的房門，這時要避開也來不及了，一個人走了出來。「砰！」情急下朝霞大力掩門。韓柏心叫完了，若給陳令方聽到看到，和捉姦在床實沒有太大分別。定睛一看，來的原來是柔柔。

柔柔向他招手道：「公子！你過來。」

韓柏如釋重負地走過去，順口問道：「他們在裏面幹甚麼？」

柔柔甜甜一笑道：「下棋！」

韓柏裝了個不忍目睹的鬼臉，心想范良極為了朝霞，表現了偉大的犧牲精神，竟肯再次接受陳老鬼的凌辱。

柔柔一把拉著他的手道：「你跟我來！」

韓柏大喜道：「原來你忍不住了。」

柔柔媚態橫生地瞅了他一眼道：「誰忍不住了？」

韓柏給她拖到左詩的房前，一呆道：「要到裏面去嗎？」

柔柔道：「你不想讓你的詩姊閒來管教你一下嗎？」

夕陽在西天散發著動人的餘暉。

烈震北看了一會，微微一笑道：「十六年前的一個黃昏，我和靜庵在靜齋後山觀看夕陽西下的美景，我向她問道：『假設我比龐斑來早一步，你會不會喜歡上我呢？』靜庵笑著答我道：『傻子！靜庵怎會知道假設的事呢？』到了十六年後的今天，我仍記得當時她眼角逸出的憐意，靜庵啊！你是烈震北一輩子中最敬愛的女子。」

谷倩蓮一陣心酸，挽起烈震北的手，乖女兒般靠緊著他，安慰著他。風行烈心中也感悽然，一時忘了追問冰雲的事。

烈震北道：「慈航靜齋傳授武功的方法非常特別，講求『心有靈犀一點通』，所以師父選徒最是嚴格，靜庵費了三年工夫，遍遊十八省，才能找到靳冰雲。」

風行烈心中一震，掌握到了烈震北的意思，靳冰雲因自小和言靜庵有著微妙的心靈感應，所以氣質神態會逐漸轉化，變得愈來愈肖似言靜庵，所以若龐斑向言靜庵索取靳冰雲，在某一個程度上等於得到了言靜庵，而言靜庵亦有如將部分的自己獻上給龐斑，其中確是非常微妙。

烈震北仰天一陣狂笑，嘿然道：「龐斑確非常人，竟以這樣的方法得到了靜庵，又免去陷身情局之苦，以情制情，確是妙著。」

風行烈全身劇震，狂叫道：「我不想聽了！」

他終於明白了整件事的始末，龐斑得到了冰雲後，故意收她爲徒，再蓄意鍾情於她，造成一段充滿乖逆倫常的畸戀，使那種愛更刺激更深刻，然後利用冰雲來作魔媒和橋樑，又利用他作播種的爐鼎。冰雲是無辜的，只因她要遵從師門的命令，也可能是抵受不了龐斑的魔力。

谷倩蓮驚惶地由後面摟緊他，淒叫道：「行烈！有倩蓮在關心你呢！」

風行烈喘著氣，心中想到的是無論如何也要再見上靳冰雲一面。

烈震北看著逐漸深黑下去的夜空，淡淡道：「你們須動身到前山去，否則會趕不及姿仙爲行烈設的洗塵宴。」

韓柏和左詩、柔柔這兩位絕色美女親切對坐小房內，一個是新認上的義姊，一個是心愛的女人，不由充滿幸福的感覺。但又有點爲左詩和浪翻雲的關係擔心，因爲若浪翻雲只知喝酒而不去慰藉左詩，左詩豈非第二個朝霞？

胡思亂想間，左詩向他道：「你不是挺能說會道的嗎？爲何進房後變了啞巴。」

韓柏恭謹地道：「弟弟正專心要聆聽詩姊的教誨，忘了說話。」

左詩俏臉一紅嗔道：「誰是你的詩姊？我還沒正式答應哪！」

柔柔在旁笑道：「詩姊將就點，就收了他作弟弟吧！」

沒有人比她更清楚左詩的心意，只憑左詩著她召韓柏到自己房內傾談，即可知左詩對韓柏確有點意思。但更深一層來看，左詩最愛的依然是浪翻雲，無論是那一種愛。所以她心甘情願聽浪翻雲的話，依從他的指示，試著可不可以另行找到眞正的愛情，使浪翻雲不用再爲牽掛她而分心，好好準備應付攔江之戰。柔柔有信心左詩遲早會受到這弟弟的吸引，因爲韓柏對女人實有近乎魔異的誘惑力，尤其是他那顯露出來無拘無束的眞性情，更增女性對他的傾心，這是她自己的親身體會，絕對錯不了。韓柏並不是個有野心或大志的人，只愛隨遇而安，又不喜斤斤計較，也是這種性格使他更能品嚐愛情的滋味。他也不缺乏女性傾慕的條件：正義任俠、不畏強權、膽大包天、任性不羈、佻皮多情，在在都使有慧眼的女性心儀意動。他是個能令女人眞正快樂的男人。

韓柏的聲音響起道：「爲何詩姊姊和柔柔你兩人都忽然不說話了？」

柔柔倏然望向左詩，後者亦是俏臉微紅地低垂著頭，不知在想甚麼，不禁催促道：「詩姊！你有話爲何還不說出來？」

左詩瞄了正搔頭抓耳的韓柏一眼，輕輕道：「我忽然想起，若說了出來，豈不是作了幫凶，助他去勾引良家婦女嗎？」

韓柏聽得似和朝霞有關，大喜道：「詩姊姊快說出來！」

柔柔在旁道：「詩姊說吧！霞夫人實在很可憐哩。」

左詩向柔柔道：「我已告訴了你，由你轉述給你的公子聽吧。」

柔柔狡猾一笑，站了起來，道：「這是你們姊弟間的事，我怎管得著。」竟不理左詩的反應，逕自推門去了，留下兩人在房內。

左詩嬌羞無限，想隨柔柔逃去，卻怕更著形跡。韓柏是玲瓏剔透的人，對事物的直覺尤其敏銳，立刻察覺到事情的異常，望向這秀麗無倫的姊姊，忍不著怦然心動，吞了口涎沫，暗叫道：柔柔在弄甚麼來著，難道不知道左詩是浪翻雲的嗎？忽又想起之前柔柔勸左詩聽浪翻雲的話，給自己多點時間，好作選擇，當時聽過便算，沒作深思，現在回想起來，隱隱中指的選擇可能就是他呢。天呀！究竟是怎麼一回事，爲何會如此三千寵愛在一身，船上三位美女，一個是自己的了，另兩位則似乎正等著自己去接收，連義姊也不能例外嗎？如此下去，怕最後眞要廣納姬妾。不過想起若家中有十來位嬌妻美妾，包括了秦夢瑤和靳冰雲，不要說朱元璋以皇位來交換他不會答應，連神仙也沒有興趣去當了。愈想愈興奮，一時忘形下，不禁拿那對賊兮兮的眼偷偷打量左詩，看的方式自然失去了對義姊應有的尊重。

左詩怒道：「你看甚麼？不准你胡思亂想。」這兩句眞是欲蓋彌彰，說完後她連耳根都紅透了。

韓柏不知她是眞怒還是假怒，嚇了一跳，垂頭自責道：「我該死！確是該死！」

他這麼說，擺明了他是以左詩爲對象胡思亂想，這次輪到左詩暗叫一聲天呀，這義弟爲何如此懂得引誘自己，又偏做得那麼自然眞誠，討人歡喜，教人難以責怪。她忙藉著想起浪翻雲來加以對抗，可是只能想起假若她嫁給了韓柏，浪翻雲會泛起安慰欣悅的面容。小雯雯定會和這毫不拘束計較的義弟相處得來的。

想到這裏，自己嚇了一跳，暗責道：「左詩啊！你是否春心動了，你不知羞恥的嗎？」

韓柏見她神色喜怒交替，心下惴然，重新湧起對這義姊的畏敬，試探問道：「詩姊！你不是有話和我說嗎？」

左詩吸了一口氣，壓下波動的情緒，以所能做到最平靜的語氣道：「你想不想知道陳令方冷落霞夫人的原因？」

韓柏一呆道：「當然想！」

左詩橫了他一眼，心想這小子一聽到有關美女的事，立刻眉飛色舞，往後不知還要納多少妻妾。不過也是他這種風流多情的性格，故特別易得女性傾慕，不像有些人一輩子笨拙古板，不解風情。嘆了一口氣道：「陳公太迷信了，認爲朝霞腳頭不好，一進門就累他丟了官，所以才會有把朝霞送人的念頭。」

韓柏兩眼爆起精芒，形相忽地變得威猛無比，充滿豪雄俠士的成熟氣概，勃然大怒道：「甚麼？這樣的事情也會發生，他當朝霞是甚麼東西？」

左詩從未見過韓柏這威猛豪情的一面，看得秀目一亮。

韓柏忽又回復天眞神態，喜形於色地自言自語道：「這麼看來，假設我要了朝霞，反是對陳老鬼做了件好事，這眞是太好了，太好了。」

他本性善良，雖覺追求朝霞理直氣壯，可是陳令方怎樣不好總算是個戰友，何況陳令方除了朝霞一事外，其他各方面都和他們合作愉快，若能不傷害他，自是最理想。

左詩見他爲這「好消息」得意忘形，竟無端升起了一絲妒意、有點狠狠地道：「不要樂翻了心，做出傻事，男人的心很奇怪，他可以樂意把朝霞送給你，但若被他發覺你在暗地勾引強搶他的小妾，又可能會變成極端不同的另一回事。」

韓柏唯唯諾諾，一副欣然受教的表情。不知如何，左詩對他的神態更看不順眼，微怒道：「這消息是大哥告訴我的，他並沒有著我告訴你，只是我怕你闖出禍來，故自作主張告訴你。」

韓柏感激地道：「我知詩姊愛護我。」

左詩跺腳道：「我不要做你的義姊。」

韓柏一呆道：「那你要做我的甚……噢！對不起！」心想這次糟糕透了，這麼樣的話也可口沒遮攔，以左詩一向的作風，可能以後都不會理睬自己了。哪知左詩雖氣得脹紅了俏臉，卻出奇地沒有發作，只是怒瞪著他。

韓柏低聲下氣道：「詩姊不要不認我這弟弟吧，若我做錯了甚麼，儘管罵我好了！」

左詩幽幽嘆了一口氣，道：「韓柏！我有一個提議，至於做不做得到，你自己看著辦吧。」

韓柏過了關般心花怒放道：「詩姊囑咐的，弟弟必可做到。」

左詩瞅他一眼道：「不要說得那麼篤定，別人或會做得到，你卻要困難得多。」

韓柏好奇心大起，道：「求詩姊快點說出來！」

左詩猶豫片晌，俏臉再飛起兩朵紅雲，難以啓齒地輕輕道：「你最好多點耐性，不要那麼急色，若你和霞夫人——眞弄出了事來，會把事情搞得更複雜的。」

韓柏心知肚明這確不易辦到，自和花解語初試雲雨情後，幾乎每和心愛的女性親近時，都自然地想發展到進一步的肉體關係，不過左詩既這麼說，唯有恭謹答道：「弟弟一定會在緊要關頭，記起詩姊的勸誡，及時懸崖勒馬。」

左詩招架不住他大膽露骨的「髒話」，站了起來，想逃出房去，韓柏早先她一步，把門拉開。

左詩芳心忐忑狂跳，瞪他一眼道：「在那種情況下，不准你想起我。」接著紅著俏臉，帶著一陣香風去了。剩下韓柏一個人愣在門旁，不知是何滋味。

窗外天色轉暗，房內燃著了油燈。易燕媚赤裸著嬌軀，嬌慵無力擁被而臥，眼光卻落在坐於窗前檯旁正翻閱各地傳來報告書的乾羅身上。看著這充滿男性魅力，舉止瀟灑不凡的黑道大豪，心中充盈著前所未有的幸福感和合體交歡後的滿足感。她清楚感到乾羅是以眞心愛她和寵她。雖是秋涼天氣，乾羅只是穿著長褲，卻任上身精赤著，露出瘦不露骨，一點沒有衰老之態，反充滿著力量的強壯肌肉。武功到了乾羅這級數，早超脫了老病的威脅。

易燕媚嬌俏而又均勻豐滿的胴體離開了大床，來到乾羅身後把他緊抱著，肉體的接觸使她全身掠過火燙般的快感，忍不住呻吟起來。

乾羅露出傾聽的神色，道：「老傑來了，你先披上外衣吧。」易燕媚忙走回床邊，在地上拾起被乾羅隨手拋在地上的長袍，蓋在動人的肉體上。

叩門聲響。乾羅道：「老傑請進！」

老傑推門而入，看也不看雲雨過後神態誘人的易燕媚，逕自在乾羅身旁的椅子坐下，問道：「少主的傷勢有何進展？」

乾羅眼中精光一閃，沉聲道：「只看你問這句話，便知有些迫在眉睫的事發生了。」

老傑點頭道：「少主請先回答我這問題。」

乾羅道：「幸好我精善男女採補之術，又有燕媚豐盛的元陰養我的元陽，不出十天，定能完全復元，但若要現在立即動手，遇上大敵時會有一定的壞影響。」

老傑道：「少主復元得這麼快，眞是天下喜訊，使我們在部署方面，可以更揮灑自如。」

乾羅道：「怒蛟幫方面的情況如何？」這時易燕媚來到乾羅身後，溫柔地爲乾羅按摩背肌。

老傑道：「近日江湖上流傳著一個消息，就是朱元璋正和蒙人餘孽聯手掃蕩大明開國後殘留下來的地方勢力，事成後朱元璋會把一個省的地方，畫入蒙人勢力範圍內，當做獎賞。至於是哪一個省，卻是無人知道。」

乾羅啞然失笑道：「這必是怒蛟幫放出來的消息，要弄至地方上人心不安，再由地方官報上朝庭，造成對朱元璋的壓力，這一著不可謂不厲害，又不用費一兵一卒，定是凌戰天和翟雨時想出來的妙計，長征便不會有這種心術。」

老傑道：「現在怒蛟幫的人都潛進了地下活動，洞庭一帶佈滿了方夜羽的人，使我們在偵察上出現困難，不能掌握眞正的形勢。假若這謠言屬實，怒蛟幫會有動輒全軍覆沒之險。」

乾羅關心地道：「有沒有我兒長征的消息？」

老傑搖頭表示沒有消息，道：「我很想見見這小子。」

乾羅笑道：「你定會喜歡他，此子天生是吃江湖飯的人，前途無可限量。」頓了頓又道：「看來眼前當務之急，就是要援助怒蛟幫，先不說長征和我有父子關係，只衝著和浪翻雲的交情，我們便不能袖手。」

易燕媚道：「傑老！雙修府的情況如何？」

老傑道：「若我所料不差，雙修府的大戰最遲會在明天爆發，剛才我接到少章傳來的消息，有一批形相怪異的人剛抵南康，但立即失去影蹤，其中有對孿生老叟，看來就是蒙大蒙二那兩隻怪物，另有一人，是人妖里赤媚也說不定。」

乾羅眼中厲芒一閃，冷哼道：「里赤媚！」

易燕媚擔心地低聲道：「城主康復前，萬萬不要和他動手。」

老傑同意點頭，乘機向易燕媚道：「易小姐曾跟了方夜羽一段時間，知不知道他手下尚有甚麼能人？」

易燕媚聽到方夜羽的名字，玉容一黯，道：「方夜羽對自己的事，從來諱莫如深，教人摸不到他的深淺，但我曾在一偶然場合，聽到他們談起一個叫鷹飛的青年人。我印象特深的原因，是因爲這人乃當年八師巴愛徒，名震大漠冷血殺手鐵顏的曾孫。白髮紅顏兩人對他都極爲推崇，隱有視他爲蒙古新一代的第一高手，照他們當日所說，此人應已抵達中原。」

老傑道：「這消息非常重要，若這人的功力與方夜羽相埒，就非常不好應付。」見到乾羅皺眉苦思，問道：「少主想到甚麼問題？」

乾羅道：「我在想里赤媚爲何不怕露出形跡，不繞過南康往雙修府，卻到這裏盤桓，究竟有何目的呢？」

雙修夫人谷凝清靜坐禪室之內，眼觀鼻、鼻觀心，正數著佛珠唸經，驀地停下手來，望往長方禪室另一端打開了的門外夜色裏，淡然道：「何方高人駕臨？」

一個斯文婉約的聲音在外面平靜地響起道：「夫人！是不捨來了。」到最後一字時，僧袍如雪、孤傲出塵的不捨出現在進門處。

谷凝清秀目閃過殺機，飄身而起，烏黑長髮無風自拂，寬大卻無損她曼妙身材的尼姑袍貼體波動，足不沾地下，有若來自幽冥的絕美精靈，似緩實快地往不捨掠去，雪白纖美的右掌，直往不捨胸膛印去。不捨嘴角抹過一絲苦笑，負手身後，傲立不動。谷凝清倩影一閃，玉掌印實不捨胸前。不捨踉蹌跌退，落在靜室前空地上，嘴角逸出血絲。

谷凝清停在門前，冷冷道：「你為何不避？」她不怪自己打人，卻怪人不避她。

不捨苦笑道：「夫人為何收起了五成功力，一掌把不捨殺了，我們的恩怨不是一了百了嗎？」

谷凝清冷然自若，緩緩移前，來到幾乎與這仙風道骨的清秀白衣僧碰在一起的近距時，停了下來，伸手按上他的胸膛，低聲道：「只要我掌力一吐，包保你甚麼武林、天下蒼生、為師報仇、決戰龐斑諸事，再也休提，你眞不怕壯志未酬身先死嗎？」

不捨淡淡一笑，迎著谷凝清凌厲的眼神，柔聲道：「我踏入凝清靜修之地時，早預估了你一見小僧，會立下殺手，也準備了如何躲閃，但當凝清你眞的攻來時，小僧卻忽然不想避了。」

谷凝清玉掌輕按下，感覺到這曾和自己有夫妻親密肉體關係的男子的血脈在流動著，芳心掠過一陣莫名的戰慄，眼睛雖瞪著對方，心內卻是一片茫然，不旋踵又湧起一股恨意，冷冷道：「你再稱自己一句小僧，我立刻殺了你。」

不捨依然是那溫柔斯文的語調道：「不捨怎會故意惹起夫人怒火？」

谷凝清玉掌仍按在不捨胸膛上，美眸殺機轉盛，一字一字道：「你以前的法號不是叫空了嗎？為何改作不捨？你捨不得甚麼？捨不得你要重振少林的大業？還是擊敗龐斑的美夢？」

不捨眼中閃起淒色，苦笑道：「我改名不捨時，想到的只有一個谷凝清。」

谷凝清嬌軀一震，往後連退數步，勉強立定，顫聲道：「你……你……」

不捨往前移去，來到谷凝清身前，保持著剛才相若的近距離，憐惜地細看谷凝清淒美絕俗的容顏，柔聲道：「凝清你以爲我會把你忘記嗎？整個少林的佛經加起來也比不上你的魅力。」

谷凝清雙目淚花滾動，怒道：「既是如此，爲何你不盡丈夫的責任、父親的責任，卻要回去當和尚？袖手不理我們復國之事，累我變成無雙國的千古罪人。你既然走了，爲何又要回來？你說沒有忘記我，爲何二十多年來，對我們母女不聞不問？」

不捨舉起衣袖，想爲谷凝清拭掉玉臉上剛滾流下來的淚珠，谷凝清先一步叫道：「不要碰我，先答我的問題？」

不捨頹然收手，凝望著這曾和自己同衾共枕，整整一年，每晚都作肉體親密接觸，共修雙修大法的絕代嬌娘，語氣轉冷道：「因爲你並不愛我！」

谷凝清呆了一呆，俏臉血色褪盡，往後踉蹌退了兩步，捧著胸口，悖然道：「竟是這個理由，當年你爲何不說出來？」

不捨仰天長笑，充滿了悲鬱難平之意，好一會才道：「許宗道難道是求人施捨一些根本沒有多餘的愛給他的人嗎？」

谷凝清垂下雙手，神態回復冷漠，平靜地道：「現在爲何你又說出來？」

不捨神態自若道：「我中了你一掌，受了嚴重內傷，自問遇上強敵時有死無生，再不讓你和姿仙知道我不是一個不負責任的丈夫和父親，恐怕沒有第二個機會了，這答案凝清你滿意了沒有？」

谷凝清扭轉身去，背著不捨，不想讓他看到臉上的熱淚，悲聲道：「爲何當年你又說，天下無事比追求佛法更重要，說甚麼世事盡是虛幻，爲何不把眞相說出來，這算是負責任嗎？」

不捨淡然道：「因爲當時我想傷害你，我想看你被我捨棄的模樣，因爲我嫉妒得要發狂了。現在厲若海死了，但我仍在妒忌他，爲何我只能得到你的身體，但在你心中卻無分毫席位？」
谷凝清霍地轉過身來，淚珠不斷流下，好一會才稍微平復，悽然搖頭道：「許宗道，你是不會明白的。」
不捨瀟灑一笑道：「不明白就算了，我今天來，只是忍不住想再見你一面，再無他求，夫人請了。」
谷凝清喝道：「不准走！」
不捨柔聲道：「夫人有何吩咐？」
谷凝清聽得呆了一呆，昔日兩人相處，不捨最喜說的就是這句話，此刻聽來，就像依然停留在那段時光裏，心中一軟道：「你知不知道我是不能對你動情的嗎？」
不捨愕然道：「這話怎說？」
谷凝清緩緩移前，直至動人的身體完全靠貼著不捨，仰起明媚美艷的俏臉，輕柔地道：「到了今天，我也不用再瞞你，雙修心法，男的須『有情無慾』，女的卻須『有慾無情』，大法才可望修成。當年我自問不能對你無情，所以故意逼使自己全心全意去思念若海，甚至在夢中也喚著他的名字，心想待雙修大法功成，才向你吐露眞相，以後好好地愛你，做你的賢妻，豈知你大法一成，便要走了，我根本沒有機會向你說出來。」
不捨全身劇震，向後連退六、七步，臉上現出痛苦神色，呻吟道：「有情無慾！有慾無情！」
谷凝清道：「我早發現你髮內有戒疤，看穿你是和尚，但這正合有情無慾的心法，所以並不揭破，事實亦證明我是對的，我們的雙修大法終於修成，眼看復國可期，你卻走了，你說我應不應恨你？」頓了頓幽幽一嘆道：「但這一刻，我對你再無半點怨恨，唉！當年若我早點告訴你我懷了姿仙，宗道你恐也不會如此不顧而去吧？」

經過了二十多年的分離後，這對恩怨交纏的男女，終於各自說出了自己的心事。

谷凝青嬌體再度移前，貼上了不捨，纖手伸出，摟緊了他的腰，仰起俏臉喟然道：「這二十多年來，每天我都在恨你，到了今夜，我才知道自己這麼恨你，全因為我其實是深愛著你。對若海的傾慕，已是發生在前世的舊事。來！到我的靜室去，讓凝清獻上她的肉體，為你療傷。」

不捨搖頭道：「凝清！以前總是我聽你的話，現在你可以聽一次我的話嗎？」

谷凝清道：「說吧！凝清在聽著。」

不捨道：「乖乖地返回靜室內，當甚麼事也沒有發生過，若不捨死不了，終會再回來見你，拋開一切，與你攜手共渡餘生。」

谷凝清一顫道：「你語氣中隱含一去不復回的憂哀，是否有強敵在旁窺伺，使你知道自己命不久矣，所以要把我騙回靜室內？」

不捨伸手將她緊擁懷內，輕嘆道：「我眞傻，竟想瞞過你的慧心靈智。」

谷凝清全身抖顫，俏臉泛起紅霞，呻吟道：「宗道，我是第一次感到你對我既有情，亦有慾。」

不捨道：「我也是第一次感到凝清對我的愛意。走！」

兩人緊擁一團，沖天而起。

《覆雨翻雲》卷四終

新人間叢書131

覆雨翻雲修訂版〈卷四〉

作　者—黃易
主　編—葉美瑤
編　輯—邱淑鈴、黃嬿羽
董事長
發行人—孫思照
總經理—趙政岷
出版者—時報文化出版企業股份有限公司
108台北市和平西路三段二四〇號三樓
發行專線—（〇二）二三〇六—六八四二
讀者服務專線—〇八〇〇—二三一—七〇五・（〇二）二三〇四—七一〇三
讀者服務傳真—（〇二）二三〇四—六八五八
郵撥—〇一〇三八五四〜〇時報出版公司
信箱—台北郵政七九〜九九信箱
時報悅讀網—http://www.readingtimes.com.tw
電子郵件信箱—liter@readingtimes.com.tw
校　對—黃易、余淑宜、陳錦生
企　畫—陳靜宜
印　刷—盈昌印刷有限公司
初版一刷—二〇〇四年十一月十五日
初版二刷—二〇一三年六月五日
定　價—新台幣二四〇元
⊙行政院新聞局局版北市業字第八〇號

ISBN 957-13-4190-8
Printed in Taiwan

國家圖書館出版品預行編目資料

覆雨翻雲修訂版／黃易著. --初版. --臺北
市：時報文化, 2004〔民93-〕
冊；　公分. --（新人間；128-139）

ISBN 957-13-4186-X（一套：平裝）

ISBN 957-13-4187-8（第1冊：平裝）ISBN 957-13-4188-6
（第2冊：平裝）ISBN 957-13-4189-4（第3冊：平裝）
ISBN 957-13-4190-8（第4冊：平裝）ISBN 957-13-4191-6
（第5冊：平裝）ISBN 957-13-4192-4（第6冊：平裝）
ISBN 957-13-4193-2（第7冊：平裝）ISBN 957-13-4194-0
（第8冊：平裝）ISBN 957-13-4195-9（第9冊：平裝）
ISBN 957-13-4196-7（第10冊：平裝）ISBN 957-13-4197-
5（第11冊：平裝）ISBN 957-13-4198-3（第12冊：平裝）

857.9　　　　93016670